LES IMPRUDENTS

OLIVIER BERTRAND

LES IMPRUDENTS

ÉDITIONS DU SEUIL
57, rue Gaston-Tessier, Paris XIXe

ISBN 978-2-02-141310-6

www.seuil.com

À Aimé Thibon

Prologue

C'est une histoire que je connais depuis toujours. Le 3 mars 1944, tous les habitants d'un hameau ardéchois ont été exécutés parce qu'ils avaient caché des résistants. Un de ces « petits massacres » oubliés de l'hiver 1943/1944, comme disent des historiens. Les Allemands sont venus à l'aube, ils ont fusillé les hommes, les femmes, les enfants. Dans ce hameau-là il y avait quinze habitants, mais on a retrouvé seize corps. Qui était ce seizième homme ? Qu'était-il venu faire dans ce trou perdu ? Je crois que personne n'a jamais vraiment cherché à le savoir. Je l'ai toujours entendu appeler « l'Inconnu des Crottes » (c'est le nom du hameau, cela veut dire les grottes en provençal).

Je viens de là. Enfin ma famille vient de là. De ce hameau des Crottes, qui dépend de Labastide-de-Virac, village où je passais, enfant, toutes mes vacances. Les Laborie ont vécu là des siècles. Mon arrière-grand-père, Joseph, se louait « pour paysan » avant la Première Guerre. Puis il a laissé un pied sur une mine, en octobre 1915 dans la Somme. Il a quitté son régiment pour un hôpital de la région parisienne, où une infirmière bénévole s'est occupée de lui. Henriette Mellot avait 28 ans. Elle était issue de la bourgeoisie commerçante de La Varenne-Saint-Hilaire, à côté de Paris.

Ils sont tombés amoureux, elle s'est mariée contre l'avis de sa famille, pour suivre son paysan en Ardèche, où elle a crevé la misère.

Quand j'étais enfant, nous passions voir Henriette aux vacances. Elle était devenue aveugle. Pour nous reconnaître, elle passait sur nos visages une main décharnée, très douce, pas une main de paysanne : « Toi, tu es Olivier. »

Avec sa solde de démobilisation, Joseph s'est acheté une paire de bœufs. Il se serait loué avec eux pour travailler la terre des autres, un paysan boiteux plus deux bœufs, cela fait beaucoup plus qu'un paysan boiteux tout seul. Mais un matin, en ouvrant la porte de sa grange, Joseph a trouvé ses bêtes sur le flanc. La grange grouillait de vipères. Un sac de toile traînait au sol. Quelqu'un avait empoisonné ses bœufs. J'ai souvent entendu mon père raconter cette histoire, qui expliquait l'exil, la pauvreté. Elle me plaisait. Elle était romanesque. Je ne sais pas si elle est vraie.

Dans les années trente, les parents d'Henriette ont trouvé un emploi de cantonnier pour Joseph, à Paris. Les Mellot descendaient de vignerons de la Loire, ils tenaient une boutique de vins fins, rue du Bac. J'ai découvert ces origines avec ce livre. Joseph a tenu quelques mois à Paris, puis en cachette d'Henriette il a écrit au maire de son village, Étienne Bourelly, un exploitant forestier, pour lui demander s'il le ferait travailler, s'il revenait à Labastide. Bourelly a répondu d'accord, et les Laborie sont rentrés. Joseph a travaillé comme charbonnier et bûcheron, avant de devenir le garde champêtre de Labastide. Ils pouvaient difficilement nourrir quatre enfants, alors les deux aînées sont restées en région parisienne.

La deuxième fille de Joseph et Henriette s'appelait Yvette. C'était ma grand-mère. Elle est née aux Crottes en 1920, mais a été élevée à La Varenne, chez un oncle, expert-comptable. Avec son épouse, ils n'avaient eu qu'une fille, morte à 3 ans en se piquant à un rosier. Ils ont choyé Yvette. La fille de paysans a reçu une éducation soignée. Cela fabrique des passe-muraille, qui ne se sentent légitimes nulle part. Cultivée, élégante, Yvette est devenue chapelière, et a rencontré à la fin des années trente un bel homme, Roger Bertrand.

Je n'ai jamais connu ce grand-père. Je n'ai de lui qu'une photo noir et blanc, sur laquelle il ressemble à Errol Flynn, large sourire et fine moustache bordant la lèvre supérieure. Il est mort très jeune, de la tuberculose, après avoir eu avec Yvette deux fils, dont mon père, Claude Bertrand.

Yvette et Roger se sont mariés, et se sont réfugiés à Labastide-de-Virac, dès que la guerre est venue. Ils y ont passé les premières années du conflit, avant de remonter en région parisienne, probablement quand la zone Sud a été envahie. J'imagine ce jeune couple, parisien, chic, débarquant dans ce coin très isolé. Je ne l'ai pas encore précisé, mais Labastide-de-Virac est un très beau village. Enfant, je pensais avoir beaucoup de chance de venir de là. J'adorais le calcaire très clair, presque bleuté dans ma mémoire, des pierres saillantes. Le mortier sableux qui les retenait. J'aimais les odeurs, les ruelles. Les paysages de garrigues tout autour du village dominant. La silhouette trapue du château protestant, dont les tours avaient été rasées à la fin des guerres de religion, pour mater la Réforme. Cela lui donnait une silhouette austère. J'aimais l'idée d'un château incomplet, alors que je passais des heures dans le Larousse, page « Château », à me promener sur les chemins de ronde et le donjon. Les propriétaires ont fait reconstruire récemment les deux tours et les deux tourelles. Il est plus fin, plus classique. Beaucoup moins mystérieux. Les Crottes sont à trois kilomètres.

Ma grand-mère ne m'a jamais parlé du massacre. C'est mon père qui m'a conduit là-bas, très tôt. Le hameau était abandonné. Tout m'impressionnait. Le silence. Les ombres. Celles d'une ruelle sous une voûte qui relie les deux corps d'une ferme. Les figuiers avaient crevé les sols. Ils poussaient au milieu des maisons. Leurs branches ressortaient par les fenêtres, elles semblaient appeler à l'aide. Je me revois sur la pointe des pieds regarder par une vitre voilée de poussière la vaisselle du dernier petit déjeuner, brisée au sol. Je me revois, et pourtant je ne sais plus si j'ai réellement vu cette scène. Ou si mon imagination l'a inventée. Nos mémoires se construisent sur du sable.

Aucun habitant des Crottes n'a survécu au massacre. Comme il s'est déroulé à huis clos, personne n'a jamais témoigné. C'est du moins ce que je pensais, avant de commencer ce livre. Une épaisse chape de silence s'est posée sur la vaisselle brisée. Les habitants évitaient de parler des Crottes, d'y aller. Mon père m'a seulement raconté qu'un an après le massacre, il y est retourné avec sa mère, il avait 5 ans, c'était en mars 1945. Des coquelicots avaient poussé, cela formait une bande rouge, juste à l'endroit où les corps s'étaient affaissés. Je lui en ai reparlé l'autre jour. Il n'est plus certain d'avoir vu cela. D'être retourné si tôt aux Crottes. Et puis les coquelicots poussent rarement début mars.

Nos histoires familiales ressemblent à des tapisseries mangées, qu'il faut recoudre, compléter, pour comprendre certaines scènes, réparer nos mémoires imparfaites.

Je me suis toujours demandé qui était l'inconnu, fusillé à l'aube avec ces paysans, dans ce hameau perdu. Que venait-il faire là ? Avec le temps, je lui ai inventé mille identités. Résistant. Allemand. Voleur. Déserteur. Amant d'une paysanne que des soldats auraient surpris, à l'aube du 3 mars 1944. Il est mort sous X, aurait pu passer toute sa mort dans l'anonymat, il ne s'en serait pas plaint. Cela le rendait universel. Mais pourquoi personne n'a-t-il jamais cherché à savoir ce qu'il faisait là ? Pourquoi n'a-t-on pas essayé de lui rendre son identité. Que cache ce silence ?

Chapitre 1

Ce que j'en sais

Ce matin de mars il fait froid, dans le cimetière de Labastide-de-Virac. Une trentaine d'habitants sont réunis, je ne les connais pas tous, je viens rarement en mars. Nous formons un demi-cercle, autour de six tombes modestes, tabliers de ciment serrés les uns contre les autres. Des plaques, sur les gravillons, indiquent les noms de cinq familles. La sixième tombe, à gauche, est plus étroite. Elle ne porte aucune plaque, aucun nom. Juste un petit vase, avec un bouquet de fleurs blanches et rouges, en plastique.

Les discussions forment un murmure, qui s'éteint doucement. Un silence profond s'installe, troublé par le chant d'un oiseau dans un cyprès. Soudain il se tait, lui aussi. Comme s'il sentait qu'il se passe quelque chose d'inhabituel. Le maire se met à égrener des noms, et le village ponctue chacun d'un chœur sourd. « Lucien Boyer » : « Mort pour la France ». « Madeleine Boyer » : « Morte pour la France ». « Georges Boyer » : « Mort pour la France ». Je regarde les tombes, les habitants en demi-cercle, est-ce qu'ils frissonnent eux aussi ? « Jules Brunel » : « Mort pour la France ». « Joséphine Brunel » : « Morte pour la France ». J'entends le fracas des soldats au lever du jour. « Adrien Manifacier », « Madeleine Manifacier », « Georges Manifacier », des cousins de ma grand-mère, « Morts pour la France » également. J'imagine les enfants que l'on essaie de rassurer au milieu des cris allemands. « Jean-Marie Alcaini », « Philippe Alcaini » : « Morts pour la France ». Et les Galizzi, Teresa, Noël, leurs enfants, Antoine, Michel, Jacques. « Morts pour la France » eux aussi. Enfin, le maire conclut : « Un inconnu », et le village murmure : « Mort pour la France ». Alors, les larmes que je retenais roulent lentement sur mes joues, je les essuierai furtivement, comme on fait parfois au sortir d'une salle de cinéma.

*

Tout ce que je sais de ce massacre tient en très peu de lignes. Un soir de fin janvier 1944, des résistants sont arrivés à Labastide-de-Virac. Ils disaient être le maquis Bir-Hakeim, ils n'étaient pas d'ici, ils avaient besoin d'être planqués. On leur a d'abord prêté une ferme, près du hameau des Crottes, le mas de Serret. Ils y sont restés près d'un mois, puis des SS ont attaqué une première fois, le 26 février 1944, à la suite sans doute d'une dénonciation. Les résistants se sont défendus avant de battre en retraite, par les gorges de l'Ardèche. Les Allemands ont alors incendié la ferme et ils sont repartis. Quelques-uns des maquisards sont revenus, on les a cachés cette fois dans une maison des Crottes. Les Allemands ont attaqué de nouveau, le 3 mars 1944 à l'aube. Les maquisards étaient repartis la veille, alors ils ont tué les paysans et leurs enfants, seul le fils Boyer, Georges, a réussi à fuir, mais ils l'ont rattrapé et tué. Le lendemain, on a retrouvé seize corps. Pour quinze habitants. Personne n'a jamais su qui était l'inconnu. On a enterré tout le monde au cimetière de Labastide. On a posé une plaque aux Crottes, en hommage aux victimes « de la barbarie nazie ». Et construit un monument au cimetière, pour les seize martyrs « massacrés le 3 mars 1944 ». Ensuite, on a cessé de parler de ça, pas d'y penser.

C'est tout ce que je sais, je crois, avant de commencer ce livre.

*

Mon père n'a passé que ses premières années à Labastide, pendant la guerre. Il est venu s'y installer à la retraite, après la mort de ma mère, en achetant une petite maison à côté de celle d'une cousine Paulette Pianetti. C'est à elle que j'ai parlé en premier de mon envie d'écrire cette histoire, de découvrir qui était l'inconnu. Quand j'étais enfant, je pensais que Paulette était une sorcière : elle est coupeuse de feu, a le don d'apaiser les brûlures, en faisant des signes mystérieux, sans même toucher la peau des gens. Je l'ai vue faire un jour. Nous étions en vacances dans la maison d'une tante, l'ancienne grange de mon arrière-grand-père Joseph, sur les hauteurs du village. Ma mère préparait le repas, soudain elle a trébuché, elle a mis son bras en avant pour se protéger, il est tombé à plat sur la plaque électrique, rouge vif. Je me souviens du cri, du bruit de la brûlure sur la peau de ma mère. Mon père a couru chercher Paulette, qui a fait les signes mystérieux, en frôlant la plaie. Ma mère, agnostique et matérialiste, ne croyait pas un instant que l'on puisse guérir une blessure par un fluide invisible. Mais la douleur s'est atténuée, elle a disparu doucement. Une semaine plus tard il ne restait aucune trace de la brûlure. Ma mère est restée agnostique, matérialiste, mais elle a reconnu les pouvoirs de la cousine de mon père.

Paulette m'a dit: «C'est bien. Si quelqu'un doit écrire ce livre c'est toi.» Je pense qu'elle voulait dire «toi tu es journaliste, c'est ton métier de chercher et d'écrire». Sur le coup, cela m'a fait drôle. J'étais en train de lire *Le Rapport de Brodeck*, de Philippe Claudel. L'histoire d'un homme chargé par son village d'un rapport sur le meurtre collectif d'un inconnu. Au fil des pages, je découvrais l'horreur qui avait précédé le massacre, dévasté la vie de Brodeck. Je ne savais rien des Crottes, peu de ma famille.

*

Comment démarrer une enquête sur un massacre vieux de soixante-quinze ans? Je pensais commencer par les constatations, comme sur une scène de crime, et rechercher en archives les procès-verbaux des gendarmes, le rapport d'autopsie. Mais Paulette m'a donné un conseil. «Tu devrais commencer par aller voir René Tourre. Presque tous ceux qui savaient des choses sont morts à présent, il ne te faut pas trop tarder. Lui, il a une bonne mémoire, et il ne brode pas.»

Quand j'étais enfant, René Tourre tenait le bureau de poste de Labastide. Une silhouette voûtée dans ma mémoire. Un homme assez grand, pensif lorsqu'il traversait le village. Il semblait accaparé par un monde invisible. Ses parents avaient tenu un café, l'un des sept que comptait Labastide jusqu'à la Première Guerre (pour moins de trois cents habitants). Trois bistrots pour les catholiques, trois pour les protestants, et le septième tenu par un vieux mécréant, le père Chambon, au-dessus de la mairie. Les appartenances religieuses (le mot n'était pas trop fort) structuraient le village. On se mélangeait peu. Le curé interdisait d'aller aux enterrements protestants, et à la tuade du cochon, les catholiques portaient le boudin ou le bout de gras à leurs parents et amis, tous catholiques. Les protestants faisaient de même entre eux. Les haines et les amitiés étaient en lien avec le temple et l'église, elles perduraient sans que les gens ne sachent plus vraiment leur origine.

Les Tourre étaient catholiques. Leur café, à côté de l'église, faisait aussi restaurant, tabac, téléphone, bureau de poste, marchand de journaux. Bref l'endroit où l'on savait tout sur tout ce qui se passait au village.

*

René Tourre habite désormais à Vallon-Pont-d'Arc, à onze kilomètres de Labastide. Dans une villa récente, à côté de chez sa fille. Il m'attend ce matin-là sur le pas de la porte, il m'a vu arriver de loin (je roule dans une Kangoo orange réformée de la DDE). Les baies vitrées de sa maison donnent sur la vigne et le chemin. René Tourre a 94 ans, une poignée de main ferme et un regard attentif. Je commence par me situer : le fils de Claude, petit-fils d'Yvette Laborie, arrière-petit-fils de Joseph… Il me coupe : « Je sais bien qui tu es, pardine ! » René Tourre est vif pour son âge. Dans sa famille, sur les dix générations avant lui, les hommes sont morts en moyenne à 84 ans, précise-t-il. Il est féru de généalogie. Je me dis que c'est un atout pour moi. S'il aime se promener dans le passé, mon projet va l'intéresser.

J'explique mon idée : je voudrais découvrir l'identité de l'inconnu des Crottes, raconter le massacre, quel était ce maquis, qui l'avait dénoncé. Je crois que j'avais un peu fantasmé l'accueil des anciens de Labastide. Enfin, un enfant du pays (ou presque) allait raconter notre histoire, rechercher l'inconnu ! René Tourre a haussé les épaules, et il a juste dit : « À quoi ça sert de remuer tout ça ? » J'ai bredouillé la mémoire, la transmission, ce que les enfants doivent savoir, pour grandir, se construire… « Ces braves gens sont morts, laissons-les en paix », a-t-il abrégé. J'ai senti qu'il était prudent de faire machine arrière. « Parlons de Labastide avant-guerre alors, vous voulez ? »

*

Le village était beaucoup plus isolé à l'époque. Pourtant j'avais déjà l'impression d'arriver au bout du bout du monde, quand nous venions pour les grandes vacances. Nous avions quitté la région parisienne la veille dans l'après-midi, mon père avait roulé toute la nuit sur la nationale 7, en fumant la fenêtre ouverte. Avec mes sœurs, nous dormions à l'arrière, serrés les uns contre les autres. En général on se réveillait au passage de Lyon, ou de la raffinerie de Feyzin, dont les cheminées me semblaient les douaniers d'une frontière invisible, au-delà de laquelle j'entrais en vacances. On quittait ensuite la vallée du Rhône, après les baraques à nougat. On traversait le Rhône à Pont-Saint-Esprit puis une route sinueuse s'enfonçait dans une garrigue dense. Chênes verts, buis, épineux. Le maquis. Les virages se succédaient. À l'arrière, nous gardions les fenêtres ouvertes, pour guetter les signes avant-coureurs de Labastide, les odeurs de thym citronné, de lavande – quand aucun d'entre nous n'avait vomi à cause des virages.

Je n'ai jamais compté les lacets pour arriver là-haut. C'était mon village. J'aimais qu'il soit difficile d'accès. La rentrée scolaire ne viendrait jamais me chercher là. La famille de ma mère venait d'Italie, des environs du lac de Côme, je n'ai jamais pu regarder *Rocco et ses frères* sans sangloter. Mais mes racines sont ardéchoises, parce que j'y passais mes vacances enfant, que j'y ai ressenti mes premiers émois, premier baiser, premiers bals. À l'époque ils se tenaient devant la mairie, en haut du village. On dansait au milieu de la route. Quand une voiture grimpait la côte, ses phares trompaient les capteurs du lampadaire, qui pensait voir le jour et s'éteignait. On s'écartait pour laisser passer l'automobile, scrutée comme une bête curieuse.

La mémoire de René Tourre est précise, colorée. Je pose peu de questions : il aime raconter, j'aime écouter. Jusqu'aux années trente, aucune route ne menait à Labastide. Un chemin de terre et de sable partait de Vallon-Pont-d'Arc au nord pour rallier Laval-Saint-Roman au sud. Le goudron n'est arrivé qu'en 1929, en même temps que l'électricité et le téléphone. Certains n'avaient jamais quitté le village. D'autres allaient, une fois par an, à Vallon, pour la foire de fin novembre. On ne voyageait alors que pour le service militaire, ou la guerre. Les grands-parents Tourre avaient voyagé, eux, jusqu'en Saône-et-Loire, pendant la Première. L'un de leurs fils avait perdu un poumon, et l'armée leur avait offert le trajet et l'hôtel pour aller le voir au Creusot. En les installant dans leur chambre, l'hôtelier avait allumé la lumière. Lorsqu'ils s'étaient couchés, le père avait demandé à la mère d'éteindre, elle avait soufflé sur l'ampoule. Ils avaient dormi avec la lumière, raconte leur petit-fils.

À partir de 1929, le village a disposé d'une belle route goudronnée arrivant de Vallon. Mais elle s'arrêtait au village. Labastide était une impasse. Pour continuer vers le sud, le Gard, il fallait emprunter la route de sable blanc. Un chemin, sur la gauche, à la sortie du village, partait en direction des gorges de l'Ardèche, du mas de Serret, des Crottes.

Je prends des notes, j'écoute. On est encore très loin de mon histoire. Je ne suis pas pressé. Les intrigues sont des prétextes. Elles permettent aux voyeurs d'ouvrir toutes les portes du couloir.

Le premier appareil téléphonique a été installé en 1929, dans le café des grands-parents Tourre. « Le zéro à Labastide ». Les habitants sont venus le voir. « Comme ils avaient peur, ils confiaient leurs histoires à ma mère. C'est elle qui demandait le numéro, puis elle parlait pour eux. » Le père Pradier, un vieux vantard qui avait fait partie du corps expéditionnaire à Salonique pendant la Première Guerre, racontait qu'il y était « téléphoniste ». Mais quand la mère Tourre lui a tendu le combiné, la première fois, il s'est mis au garde-à-vous, l'appareil au bout d'un bras, tenu raide le long de son corps. Il a crié dans le vide : « Allô ? » Le père Tourre a soupiré : « Mais il te faut le porter à ton oreille, cougourde [courge], si tu veux entendre ! »

Le village n'était « pas très imaginatif », soupire René Tourre. On reproduisait ce que faisait le papet, qui avait fait comme son papet. Un village roublard en revanche. Les parents Tourre commandaient en douce des fioles d'extrait de pastis à un distillateur de Nîmes, qui les leur envoyait dans un paquet adressé à la poste, sans aucun nom. Ils tenaient le bureau, savaient que c'était pour eux. Le père faisait ses dosages. Le meilleur pastis de la région, dit son fils. Ils en écoulaient dix à quinze litres par semaine et, d'après René, des gens venaient de Vallon, le dimanche, pour le boire. Un coiffeur commandait toujours deux verres, le second pour un ami qui devait le rejoindre. Invariablement, le père Tourre lui demandait, au moment de payer : « Alors il est pas venu, aujourd'hui, votre ami ? – Ben non, il est pas venu. »

Quand une bouteille était vide, on envoyait René chercher la suivante dans l'anfractuosité d'un mur d'une ruelle du village. Pareil pour le vin : au milieu de la soirée, il descendait remplir l'arrosoir de douze litres, dans une autre cave que celle où l'on stockait officiellement le vin. Cela permettait d'économiser 20 francs par hectolitre (René Tourre n'est pas très chaud pour que je raconte cela, mais je crois qu'il y a prescription).

Chacun faisait sa piquette, à base d'aramon, de grenache, de carignan, d'un peu de syrah. J'ai bu mon premier verre à Labastide, à 12 ans. C'était incroyablement âpre, végétal. Un vieux paysan, le Nadal, me l'avait tendu en me disant : « Tiens. À ton âge, un garçon boit du vin. » J'avais avalé ma grimace en même temps que le vin. J'aimais bien ce vieux, qui se déplaçait sur une « bleue », une mobylette Motobécane, pour aller à son potager, et parfois rendre visite à une jeune femme qui vivait en bas du village, recevait des hommes. J'aime depuis l'âpreté dans le vin.

Tricher avec la douane était un sport local. Le Chambon, le vieux mécréant dont le café se trouvait au-dessus de la mairie, s'est fait avoir deux fois. La première, la volante s'était garée en contrebas de l'église, et les agents avaient approché discrètement. La salle était pleine, les verres aussi, rien n'avait été marqué dans le cahier, il avait pris une amende salée. La seconde fois, la mère Chambon les avait vus arriver. Elle avait voulu planquer la bonbonne de pastis sur un rebord de fenêtre, au-dessus du terrain de pétanque, mais elle l'avait cassée et toute la maison empestait l'anis.

Un soir, dans un village voisin, il y avait bal devant un café. La nièce de la propriétaire dansait avec un inconnu. Sa tante l'avait appelée : la bouteille de pastis était vide, il fallait en récupérer une autre, sous la paille, dans la grange. La nièce y était allée. L'inconnu l'avait suivie. Le lendemain soir, la volante avait débarqué au café. La tante avait dit vous pouvez fouiller, ils avaient dit pas la peine, menez-nous plutôt à la grange, et là ils avaient sorti les bouteilles de la paille. Parmi eux se trouvait l'homme de la veille.

Une cloche au loin sonne midi. Je devrais filer. Je pense à la pauvre nièce, dupée par l'inconnu du bal.

Les visiteurs étaient rares, avant-guerre. Le facteur faisait la tournée depuis Vallon, dans une Citroën Rosalie (avant 1934 il la faisait à vélo). L'épicier ambulant, M. Dugoul, venait de Montclus, un hameau du Gard. Il en profitait pour acheter des escargots, des peaux de lapin. Les femmes se retrouvaient au cul de son fourgon pour discuter. Les gendarmes faisaient la ronde à vélo, de Vallon à Orgnac-l'Aven, en passant par Labastide. Mais quand il faisait trop froid, ils s'arrêtaient au café Tourre et téléphonaient à Orgnac, pour s'assurer que tout allait bien. Les maquignons venaient à cheval de temps en temps choisir des bêtes, que leurs commis récupéraient le lendemain à pied.

René Tourre me propose un pastis. Pas de volante en vue, j'accepte. Plongé dans l'avant-guerre, je n'ai pas vu la matinée passer. Et René continue. Le soir, il fallait laver le sol du café à grands seaux, après la fermeture, il le faisait avec sa mère : les hommes venaient jouer à la manille ou la belote après le souper, et ceux qui chiquaient, le Nadal, le Pradier, le Raoux, le Joffre, le Manifacier, crachaient par terre toute la soirée. Toutes les chaises étaient prises. René les écoutait raconter l'ancien temps. C'est ainsi qu'il a appris le patois. Il se souvient du prix de cigarettes dont je n'ai jamais entendu les noms. Les Élégantes (2 francs le paquet), avec un peu de tabac et beaucoup d'herbe économique. Les Celtiques, épaisses.

Mais il faut vraiment que je parte, on m'attend pour déjeuner chez mon père. Je reviendrai bientôt, avec d'autres questions. En me raccompagnant à la porte, René Tourre me serre la main, et il me dit : « C'est drôle, tu as la démarche de ton grand-père. » J'en reste interdit sur le seuil. Je réponds juste : « Ah bon ? Merci. » Et je file. Mon père ne m'a quasiment jamais parlé de son père. Je n'ai que ce portrait en noir et blanc, je ne sais pas quelle démarche avait Errol Flynn.

Yvette et Roger ont débarqué à Labastide avec la guerre. Les paysans ont immédiatement rebaptisé Roger Bertrand « Lou Capeou », car il portait toujours d'élégants chapeaux, parfois inclinés sur l'œil droit.

*

Avec le début du conflit, Labastide s'était encore un peu plus repliée sur elle-même. Le marchand ambulant ne venait plus. Il n'y avait plus d'essence, plus d'autorisation de circuler, de moins en moins de choses à vendre.

La guerre restait malgré tout une réalité lointaine. L'isolement protégeait le village. Le seul Allemand que les habitants connaissaient était un brave homme qui avait quitté son pays quelques années plus tôt. Il travaillait dans les bois, faisait le bouscatier (le charbonnier en patois), comme mon arrière-grand-père Joseph. Un soir, il a joué un bon tour au père Chante. Il était strictement interdit de laisser filtrer un rai de lumière, les fenêtres des habitations devaient être peintes en bleu, afin que l'aviation anglaise ne puisse se repérer dans la nuit. Les journaux faisaient régulièrement état de condamnations, parfois de coups de fusils, pour ce type d'infraction. Le père Chante passait outre. Ce soir-là, l'Allemand est arrivé sous ses fenêtres, fin saoul, comme souvent. Il était avec le père Sanzogni (dont l'arrière-petite-fille, Patricia, tient aujourd'hui la poste du village). Il a aperçu la lumière et s'est mis à brailler, avec son accent prononcé : « Qu'est-ce que vous faire, là ?! » Le Chante a éteint prestement. Ce fut l'une des plus grosses frayeurs liées à la guerre, à Labastide. Jusqu'à l'arrivée du maquis.

Chapitre 2

Le mouchoir brodé

Au lendemain du massacre des Crottes, des gendarmes sont venus de Vallon-Pont-d'Arc, en compagnie d'un docteur de la ville. « Au pied d'un mur, écrit Louis Abrial, dans son rapport médical du 4 mars 1944, quatorze cadavres : quatre femmes, sept hommes, trois jeunes gens, tous tués par balles à la suite d'une fusillade. Les hommes et les jeunes gens présentaient des plaies sur la face antérieure du corps et en particulier de la tête, les femmes des plaies sur les faces postérieures du corps. » Ce qui signifie que les femmes ont été fusillées de dos, face aux hommes. Mais pourquoi le docteur ne compte-t-il que quatorze cadavres ? Il y avait quinze habitants aux Crottes. Plus un inconnu, cela devrait faire seize. Il manque deux victimes.

Excellent braconnier, le fils Boyer avait tenté de fuir : il connaissait la garrigue par cœur, s'était caché dans un petit aven, une sorte de terrier de blaireau dissimulé sous un buisson de buis, à quelques centaines de mètres du hameau. Il s'y était enfoui jusqu'aux épaules, mais les Allemands l'avaient déniché et tué. Il n'a été retrouvé que quelques jours plus tard, le 7 mars. « La victime, note Louis Abrial, dans un rapport distinct, présentait deux orifices d'entrée de balles de fusil de guerre dans la région du cœur, [...] trois dans les joues et le maxillaire inférieur. [...] Son crâne avait été détruit à coups de crosse ou de pied, la matière cérébrale et les os du crâne n'étaient plus retenus à la tête que par des lambeaux de chair. »

Cela fait quinze victimes. Tous les habitants du hameau. Et l'inconnu alors ? Pourquoi ne se trouve-t-il ni dans les autopsies d'Abrial ni dans les rapports des gendarmes ? J'entreprends d'éplucher les procès-verbaux de découvertes de cadavres en Ardèche en 1944. Et n'ai pas à fouiller longtemps.

Le dimanche 5 mars, deux jours après le massacre des Crottes, Étienne Bourelly, maire de Labastide, a appelé la gendarmerie. Un berger, Julien Pianetti (18 ans), venait de trouver un autre corps, à trois kilomètres des Crottes, près du mas de Serret. Les Pianetti étaient arrivés d'Italie à la fin du XIXe siècle, pour travailler le charbon dans les gorges de l'Ardèche, comme la plupart des Italiens venus repeupler Labastide. En 1944, ils habitaient près du mas de Serret, la ferme où s'est déroulé le premier combat entre Allemands et maquisards, le 26 février. Les gendarmes Salles, Maza et Bastidon, « revêtus de [leurs] uniformes », se sont rendus avec leur adjudant à Labastide, pour faire les constatations et entendre le jeune berger. « Vers 16 heures, leur explique Julien Pianetti, je gardais mon troupeau avec mon beau-frère, j'ai découvert à proximité de ma maison un homme couché sur le ventre. M'étant approché, j'ai découvert que le cadavre était criblé de balles, la jambe droite entièrement cassée. Cet homme n'étant pas de la région, je ne l'ai pas reconnu. À mon avis, [il] doit certainement faire partie du groupe de résistance qui se trouvait voilà quelques jours en résidence. »

Ainsi, « l'inconnu des Crottes », que j'ai toujours entendu appeler ainsi, ne serait pas mort aux Crottes mais au mas de Serret ? Et on ne l'aurait pas tué le même jour que les autres, contrairement à ce qu'indique le monument au cimetière de Labastide : « Gloire éternelle à ces martyrs qui sont tombés pour la France et la liberté, massacrés le 3 mars 1944 par les barbares nazis » ? Julien Pianetti a retrouvé le corps de l'inconnu très précisément « à dix mètres à l'est du côté nord » du mas de Serret, où s'était tenu le premier combat. Il était caché « sous un boqueteau de sapins ». Mais j'y reviendrai.

Cet homme appartenait-il au maquis Bir-Hakeim, comme le suppose le jeune berger ? Les sources sont rares sur cette organisation. Je comprendrai bientôt pourquoi il est si délicat d'écrire sur celle-ci. Un livre lui a tout de même été consacré, en 1947. Son titre : *Le Maquis Bir-Hakeim*. Les deux auteurs étaient résistants, un récit héroïque, où les pertes des héros sont minimisées, celles infligées à l'ennemi amplifiées. Un classique des livres d'histoire d'après-guerre. Les armes à peine refroidies, le mythe était déjà en construction. Dès que je vérifie trois chiffres, au moins deux se révèlent faux. Mais l'ouvrage recèle une anecdote précieuse. Lors de la première attaque des Allemands, le 26 février 1944, les résistants s'étaient bien défendus au mas de Serret. Le combat avait duré deux bonnes heures avant que les maquisards ne décrochent par un sentier plongeant dans les gorges de l'Ardèche. L'un d'entre eux, qu'on appelait « Grand-Père », précisent les auteurs, avait été grièvement blessé. Il avait refusé que ses camarades le portent. Il voulait rester, tirer avec un fusil-mitrailleur pour retarder l'avancée des ennemis. Il s'était sacrifié, pour protéger la fuite de ses camarades. « On n'a jamais pu savoir, ajoutent-ils, si les Allemands l'ont emmené avec eux ou achevé sur place. »

Dans son rapport de synthèse sur ce premier assaut au mas de Serret, le capitaine Boutonnet, commandant de section de gendarmerie, écrit le 27 février 1944 : « Aucune trace de sang, aucune victime n'a été découverte. Il paraît, d'après la rumeur publique, que les forces allemandes auraient capturé un blessé. » Cette « rumeur publique » a scellé l'anonymat de mon inconnu. Quand son corps a été découvert, le 5 mars, le village n'a pas fait le lien avec le blessé du 26 février, que l'on pensait avoir été capturé et emmené. Ensuite, après-guerre, un gendarme évoque dans une synthèse, le 24 septembre 1945, seize personnes « fusillées aux Crottes ». Un habitant du village, Georges Chapus, écrit la même chose le 2 février 1946 dans une lettre au chef du service de recherche des crimes de guerre ennemis. En moins de deux ans la confusion s'était cristallisée dans le silence. L'inconnu était mort aux Crottes. On ne ferait plus le lien avec le combat du mas de Serret, et les hommes de Bir-Hakeim. L'homme se retrouvait adopté, enseveli avec les martyrs des Crottes, enfoui dans un même massacre.

*

À quoi ressemblait-il ? Le 5 mars 1944, les gendarmes sont venus de Vallon avec le docteur Sicard. Abrial ne devait pas être libre. Le 5 mars était un dimanche. Le cadavre, note Sicard, porte de très nombreuses blessures. Sa jambe droite est presque entièrement sectionnée, « sans doute par un obus ou des éclats d'obus». Ses deux bras sont coupés, «le droit à mi-hauteur, le gauche au niveau de l'épaule». La main droite, au bout de l'avant-bras désolidarisé, se trouve dans la poche du pantalon. L'œil gauche est tuméfié. Le visage violacé. L'inconnu a forcément été tué au cours d'un combat. Et au mas de Serret il n'y en a eu qu'un. Le 26 février 1944.

Grand-Père était vêtu d'un complet civil gris foncé, il portait des chaussures jaunes «demi-fortes à tiges montantes», des chaussettes et un caleçon blancs, deux cache-nez, dont l'un bariolé. À côté de lui, un béret basque. «Au cours de la fouille minutieuse», écrit un adjudant (j'ai toujours aimé cette façon discrète qu'ont les gendarmes de souligner le sérieux de leur travail), il a été découvert un porte-monnaie de cuir «contenant 10 francs». Une blague à tabac. Un briquet «à essence et amadou». Une pipe et un mouchoir kaki, «à encadrement violine, portant les initiales J.P.».

Je relis lentement les dernières lignes. Le porte-monnaie, le briquet, la blague à tabac, le mouchoir. Des trésors déterrés. J'ai toujours entendu parler de cet inconnu, je ne savais rien de lui, et soudain ce rapport me parle des vêtements qu'il portait le jour de sa mort, des objets qu'il avait dans ses poches, comme s'il prenait vie pour moi dans le PV constatant sa mort. Comme si je prenais soudain conscience qu'il a vraiment vécu. J'ouvre un placard dans ma tête, pour ranger soigneusement les premiers éléments, ce premier morceau du puzzle. Pas de papiers (cela m'aurait facilité la tâche), mais des initiales sur un mouchoir. Joseph, Joffre, Julien, Jean, Jules, Jacques ?

Il me faut à présent vérifier si cet homme appartenait bien au maquis Bir-Hakeim, comme le suppose Julien Pianetti, comme semble l'indiquer l'endroit où son corps a été retrouvé. Il faut que je cherche qui était Grand-Père. Sans désemparer, comme diraient les gendarmes, je décide de quitter le village où je pensais mener toutes mes recherches, pour partir à moto. Remonter la trace de Bir-Hakeim, avant son arrivée en Ardèche. Comprendre qui étaient ces maquisards. D'où ils venaient. Et vérifier en chemin si personne n'a perdu de « Grand-Père ».

Chapitre 3

Les débuts de Bir-Hakeim

Sur la seule photo que je connaisse de lui vivant, Jean Capel a le profil gaullien. Je sais que la comparaison ne me serait pas venue à l'esprit s'il était resté sagement salarié de la Caisse d'escompte du Midi, à Toulouse. Mais en 1943 Capel a fondé Bir-Hakeim, à 33 ans, avec un petit noyau de jeunes gens courageux.

Il était issu par sa mère d'une grande famille de protestants languedociens, les Belogu. Un grand-père érudit, médecin en chef de l'établissement thermal de Lamalou-les-Bains, ancien maire radical-socialiste de la ville, où Capel a grandi, reçu une éducation protestante, avant de partir à Nice, où son père tenait un cabinet d'assurances. Jean revenait pour les vacances. Son meilleur ami à Lamalou s'appelait Georges Couci.

Pendant ses études à Paris, il a rencontré Suzanne Darré-nougué, Béarnaise qui faisait les Beaux-Arts, et que l'on appelait Suzy. Ils se sont aimés, ont vécu avant de se marier rue Mazarine, à deux pas de la Seine. Il a passé la drôle de courte guerre dans l'infanterie, dans un bataillon de skieurs en Savoie. Démobilisé, il s'est installé avec Suzy à Toulouse, où il est entré à la Caisse d'escompte du Midi. Il gagnait très bien sa vie, dans un boulot qui réclamait beaucoup de bagou, dans des négociations avec les

Jean Capel

médecins. Capel aurait pu se contenter de cela. Mais à la création de la branche toulousaine de Combat, en avril 1942, il s'est engagé dans le mouvement gaulliste. Il était pourtant communiste, avait même été secrétaire de section, au début des années trente. Avant de quitter le Parti, peut-être à la signature du pacte germano-soviétique, pour y revenir secrètement, en 1939, une fois le PCF interdit.

À Combat, Capel fédère à partir d'octobre 1942 une petite équipe, que l'on appelle le «groupe Campagne». C'est aussi son premier pseudonyme. Ils font des faux papiers, du renseignement sur les groupes collaborationnistes, l'activité de l'armée allemande – la zone libre ne sera envahie qu'en novembre 1942 mais les Allemands sont déjà très présents, *via* les commissions d'armistice. Capel s'entend bien avec le commandant Victor Rigal, agent d'assurances comme son père, et chef à Toulouse de l'Armée secrète. Ils mûrissent un projet en secret : les premiers maquis clandestins commençant à se développer, en marge de la Résistance, ils aimeraient mettre sur pied une sorte de « maquis-école », qui recruterait des jeunes gens pour les former militairement, les rendre aptes à encadrer ces maquis.

Capel entraîne dans l'histoire son ami d'enfance, Georges Couci (33 ans en 1942). Couci est instituteur à Hérépian, à côté de Lamalou-les-Bains. Il adhère à la même époque à la Légion française des combattants, mouvement créé en 1940 par Vichy (une carte de la section de Lamalou sera retrouvée à son domicile à la fin de l'année 1943). Cela m'a d'abord troublé, mais l'époque l'était également ; j'imagine que Couci avait adhéré pour glaner des renseignements sur l'activité des collaborateurs. À l'automne 1942, le commandant Rigal est arrêté par la Gestapo[1]. Capel et Couci poursuivent le projet.

Suzy et Jean Capel habitent alors une chambre dans l'appartement de Marthe Darrénougué, la mère de Suzy, au 14 de la rue Caraman à Toulouse. Un trois-pièces dans un immeuble de briques rouges, dans une ruelle du centre-ville. L'entrée se trouve dans un renfoncement. Marthe est originaire de Pau. Elle travaille dans le génie rural à Toulouse, connaît très bien les services de la ville, ce sera utile pour la suite. Au courant des projets de son beau-fils, elle lui présente un ami, un certain « monsieur Lebrun », membre de l'Armée secrète : Antoine de Bonnefoy, aristocrate, franc-maçon, gaulliste, qui propose de mettre à disposition son

1. Déporté à Mauthausen le 6 avril 1944, il mourra le 22 juin 1944.

château, à Auriac-sur-Vendinelle, un village dont il est maire, à quarante kilomètres de Toulouse.

La première réunion se tient rue Caraman, début 1943. Six personnes sont présentes. Jean, Suzy et Marthe Darrénougué. Albert, le frère de Suzy, pilote aviateur très débrouillard. Georges Couci, l'instituteur ami d'enfance. Et Jean Mallet, un étudiant en médecine de 27 ans. Reste à trouver des cadres à former, et un sous-officier, pour leur enseigner les rudiments militaires.

Marcel de Roquemaurel de l'Isle avait 19 ans à l'époque. Il était en deuxième année de classe préparatoire à l'École navale, dans un lycée toulousain. Il était le « z » de sa promotion. C'est-à-dire le chef de classe, celui que l'on écoute, que l'on suit. Il venait d'Oloron-Sainte-Marie, près de Pau, dans ce qu'on appelait alors les Basses-Pyrénées (devenues depuis atlantiques, c'est plus chic). Son père, baron à la noblesse impécunieuse, avait monté une fromagerie industrielle qui avait fait faillite, ce qui avait contraint les parents à acheter un portefeuille d'assurances à Pau. La mère, basco-béarnaise, avait le caractère bien trempé. Une famille de droite, patriote, maurrassienne jusqu'à ce que Charles Maurras suive Pétain dans la collaboration.

Au lycée, un aumônier scolaire met Marcel de Roquemaurel en contact avec Jean Capel, alias Campagne, qui le charge de recruter des élèves des classes préparatoires de son lycée. Des jeunes patriotes, motivés pour suivre une formation militaire dans un endroit discret. Un jeudi de janvier 1943, Roquemaurel se rend avec une partie des prépas dans un cinéma de la ville où l'on projette *Pontcarral, colonel d'Empire*, navet racontant les amours et combats d'un hussard bonapartiste. Napoléon est une idole pour les élèves de prépa militaire. Surtout depuis la capitulation. Les Allemands ont fait censurer partiellement le film, pour enlever des répliques appelant à sortir la Francc de ses humiliations, à rendre un peu de gloire au drapeau souillé. Malgré cela, les élèves applaudissent longuement, chantent *La Marseillaise* et occupent le ciné, jusqu'à ce que la police intervienne, les embarque, afin de récolter leurs identités.

Jean Brusson était dans cette salle. Il avait 17 ans. Il en sourit encore. Vice-amiral d'escale en retraite, il habite désormais à Créteil, un petit immeuble au bord d'un lac. Il vit entouré de tableaux, accrochés sur tous les murs de son appartement. Ils peignaient beaucoup, avec son épouse, avant qu'elle tombe malade. Elle préférait l'abstraction, lui le figuratif. Elle est morte voilà trois ans, il commence à peine à s'ébrouer, à reprendre les pinceaux. Il se passionne désormais pour cette période de sa vie, la Seconde Guerre mondiale, la Résistance, qu'il avait « complètement occultée ».

Au début de 1943, Brusson avait du mal à trouver du sens à ce qu'il étudiait. Être en première année de prépa navale alors que « la flotte française était éparpillée un peu partout dans le monde, une partie contrôlée par Pétain, une autre par de Gaulle… ». Le cours qui l'intéressait le plus était donné par un professeur de mathématiques, Raymond Badiou, membre de la SFIO, futur maire de Toulouse. L'agrégé prenait un petit groupe d'élèves à part, pour les initier en douce aux mathématiques modernes, rejetées du programme classique. Jean Brusson se souvient de ce « petit rouquin de 6 ou 7 ans » qui accompagnait le prof. Son fils Alain, qui deviendra philosophe et marxiste.

« Nous étions alors en rébellion contre nos parents, dit le vice-amiral. Comme toutes les générations sans doute. Mais idéologiquement, nous étions schizophrènes. » Lorsque je l'ai appelé, quelques jours avant de passer le voir, il n'avait pas du tout la voix d'un homme de 93 ans. Enfoncé d'abord dans son canapé, les mains derrière la tête, il raconte ces années indécises, après la capitulation. Puis il s'anime, se lève, marche en parlant devant moi dans le salon, une main dans la poche, l'autre traçant des lignes invisibles : « Tant que Toulouse était en zone libre, nous avons suivi les actualités américaines, nous étions influencés par le vent de liberté qui venait de là-bas. Mais pour être franc, nous ne rejetions pas Vichy en bloc. Nous étions contre la capitulation, la collaboration, mais nous nous retrouvions dans certaines valeurs, le retour à la terre par exemple. Aujourd'hui cela paraît conservateur, à l'époque c'était assez novateur. Nous avions surtout une piètre perception de la IIIe République, ce qui nous poussait vers Vichy. » Ce n'est qu'en les regardant de loin que les lignes de démarcation idéologiques sont nettes, sans ambiguïtés ni zones grises.

Quelques jours après la séance au cinéma, Marcel de Roquemaurel le contacte, parce qu'il a remarqué son engagement. « Il m'a expliqué qu'il faisait partie d'un groupe de résistants en formation, il m'a demandé si je voulais en faire partie. » Le futur vice-amiral dit oui et Marcel lui présente un homme plus âgé qu'eux, qu'on appelle Campagne. « Un grand type, avec un port de seigneur. Il exposait avec beaucoup de clarté ses buts : la création d'un corps franc urbain pour mener des coups, d'une école de cadres pour former des soldats. C'était un meneur d'hommes qui parlait extrêmement bien. »

Marcel de Roquemaurel sonde ses amis, pour les entraîner dans l'histoire, puis il propose à Campagne de lui présenter également son frère aîné, Christian, qui a 22 ans, se trouve en congé d'armistice des hussards de Montauban, où il était maréchal des logis-chef. Je souris en écrivant le grade car mon grand-père maternel, celui qui venait d'Italie, s'était engagé dans la gendarmerie française et quand elle entendait ses enfants dire qu'il était maréchal des logis, ma grand-mère les reprenait d'un ton sec : « Ton père est maréchal des logis-CHEF ! »

Christian de Roquemaurel de l'Isle a fait pas mal de bêtises autour d'Oloron-Sainte-Marie, fréquenté pas mal de voyous, avant de s'engager dans la cavalerie, le 2e régiment de hussards de Tarbes, en novembre 1940, puis le 3e de Montauban en juillet 1941. Les deux frères ne sont pas très grands. Christian culmine à 1 m 65, Marcel est encore un peu plus petit, un nez pointu, un physique très enfantin. Tous deux sont dotés d'une forte autorité naturelle. L'aîné, le militaire, est joueur, sarcastique. Le cadet, plus sérieux.

Le 28 avril 1943, Christian de Roquemaurel rencontre pour la première fois Campagne, qui lui propose de prendre la direction de l'école de cadres qu'il s'apprête à créer. Il réserve sa réponse – pour la forme car il sait très bien qu'il va dire oui dès le lendemain. Marcel fournit ensuite les premières recrues, des élèves de prépa. Et les entraînements débutent, le jeudi et le dimanche.

Comme cadeau de bienvenue, Roquemaurel a reçu de Capel, ficelé dans un papier d'emballage, un mousqueton de marque Lebel, fusil de 1916 prisé des cavaliers pour son canon raccourci, qui le rend moins encombrant. C'est la première arme du maquis. « J'ai commencé mes classes dans le salon d'un copain de lycée qui s'appelait Hiéronymus, sourit le vice-amiral Brusson. C'est là que j'ai appris à démonter et remonter le mousqueton. » Parfois, ils vont faire de l'exercice, à 6 heures du matin, sur la prairie Bazacle, dans une boucle de la Garonne. Ils apprennent à présenter les armes, avec deux ou trois fusils et quelques bâtons, à deux pas d'une caserne d'où l'on entend le clairon allemand.

L'une des recrues, Bernard Sevestre, est en prépa coloniale. Il est très doué en dessin, décore les murs de leur classe, se passionne pour les bataillons d'Afrique et l'armée allemande, qu'il passe des heures à observer en ville, pour reproduire les soldats sur des calepins, en soignant chaque détail, d'uniforme, de grade, d'épaulettes.

Vers le 25 mai 1943, Christian de Roquemaurel vient trouver Campagne rue Camaran. Il pense qu'il faut envisager un début de vie collective dans un campement, sinon avec l'arrivée des vacances les élèves risquent de décrocher, et il faudrait repartir de zéro. Capel n'a pas encore trop creusé les modalités pratiques, il envoie Roquemaurel à Villefranche-de-Rouergue, dans l'Aveyron, prendre contact avec quelques membres de l'Armée secrète, pour trouver une planque. Le jeune maréchal des logis s'installe le 2 juin dans un hôtel près d'un pont qui enjambe l'Aveyron. L'accueil est méfiant. Les résistants du coin n'ont besoin de rien, ils ne comprennent pas pourquoi ce gamin veut former des jeunes combattants près de chez eux. La Résistance existe depuis la capitulation, avec une multitude de mouvements, chargés du renseignement, de la propagande, mais les maquis restent balbutiants – Roquemaurel n'avait lui-même jamais entendu le mot « maquis », avant que Capel-Campagne ne le prononce devant lui, lors de leur première rencontre.

Un « Service national maquis » a été créé depuis peu au sein de l'Armée secrète, sous la direction d'un certain Michel Brault, que l'on appelle « Jérôme ». Il a un budget propre et une hiérarchie parallèle à celle de l'AS. Le responsable de la région, le lieutenant-colonel Albert Sarda de Caumont, dit « Rosette », reconnaît officiellement, le 2 juin 1943, le jeune maquis de Jean Capel, qui n'a pas encore de nom, pas encore de camp de base, mais appartient désormais à l'Armée secrète. L'une des membres de l'AS, Thérèse Armand-Duclos, fait des voyages très régulièrement entre Paris et les différents maquis, pour distribuer à chacun les budgets alloués par Jérôme. Christian de Roquemaurel hérite ainsi pour commencer de 20000 francs.

*

Capel et ses proches découvrent les usages de la semi-clandestinité. La zone Sud a été envahie en novembre, le gouvernement a créé en janvier la Milice, force supplétive qui commence à tisser sa toile. Il faut se méfier de tout et de tout le monde. Cloisonner. Privilégier l'anonymat. Les noms de guerre. Capel s'appelle encore « Campagne ». Mallet, l'étudiant en médecine, aimerait qu'on l'appelle « Martignac », mais tout le monde dit « Toubib ». Christian de Roquemaurel devient « RM » (pour Roque Maurel), ou encore « lieutenant de Montégut », pseudonyme qu'utilise également son petit frère. Des petites mains s'occupent de confectionner des faux papiers pour ceux qui doivent entrer en totale clandestinité.

*

Denise Guilhem avait 16 ans en 1943. Elle était de méchante humeur, la première fois que je l'ai vue. Il faisait une chaleur accablante à Clermont-l'Hérault, près de Béziers. Une commémoration se tenait, en hommage à Bir-Hakeim. Avant le début de la cérémonie, un léger souffle rafraîchit encore la ville, tôt ce matin-là. Une petite troupe de volontaires, portant armes et uniformes, brassards FFI aux biceps, s'entraîne à marcher au pas, dans la lumière verdâtre qui tombe des platanes de la petite place. « Présenteeeeeez armes ! » J'observe la reconstitution d'une terrasse, finissant mon café à distance raisonnable des démonstrations militaires.

Deux hommes âgés regardent également, en se tenant par le bras. Ils font exactement la même taille, semblent se soutenir mutuellement. Je m'approche. Étienne Guy et Camille Verdeil (92 et 93 ans) appartenaient au maquis Bir-Hakeim. On les appelait « Robinson » et « Bayard ». Ils s'étaient perdus de vue après-guerre, se sont retrouvés récemment et ne se quittent plus. Ils affichent l'insigne de Bir-Hakeim, l'un au revers de la veste, l'autre sur sa cravate. Je leur explique ce que je fais là. Robinson répond gentiment qu'il n'a pas connu de « Grand-Père » à Bir-Hakeim : il a rejoint le maquis très tard, juste avant la Libération. Pareil pour Bayard.

Ils ne peuvent pas m'aider. Je leur explique alors que je veux aussi raconter leur maquis. Bayard réplique qu'il est fatigué, justement, de raconter. Il l'a assez fait. Si cela m'intéresse vraiment, je peux retrouver l'un de ses témoignages aux archives de Montpellier. Je n'insiste pas. Leur réaction m'agace vaguement. Elle m'intrigue également. J'ai du mal à croire aux résistants fatigués de raconter leurs exploits.

Je m'approche alors de Denise Guilhem, que le président de l'Association des anciens du maquis m'a désignée de loin, d'un prometteur : « C'est notre doyenne. Denise Guilhem, la plus ancienne du maquis. » Elle se tient appuyée sur une canne, n'a pas l'air commode. Son accueil est glacial. Indignée que j'ose lui adresser la parole, elle m'explique que dans la vie, il y a ceux qui résistent, et ceux qui viennent chercher les témoignages des autres. Je n'ai qu'à résister si je veux savoir ce que c'est. Je ne prends pas du tout la mouche, j'insiste poliment. Lui dis que je serais bien resté couché ce matin, j'ai fait beaucoup de route. Puis j'ajoute, à l'instinct : « J'ai fait ça pour venir vous voir. » Elle s'adoucit et me confie qu'elle n'est pas du tout contente de l'accueil qu'elle a reçu à cette commémoration : on ne la respecte pas, elle ne se sent pas prise en considération, c'est la dernière fois qu'elle vient, ils se débrouilleront sans elle la prochaine fois. J'écoute sagement. Puis elle commence à parler de la guerre. Je sors mon calepin sans vergogne.

Denise avait quitté son village près de Carcassonne, pour venir étudier la couture à Toulouse. Elle habitait chez son oncle et sa tante, qui tenaient une épicerie fine, rue Denfert-Rochereau. Juste en face du siège de la Gestapo.

Ils vendaient des vins fins et des alcools forts, les policiers allemands venaient s'y ravitailler, elle les servait avec le sourire, « alors qu'on avait parfois des résistants cachés jusque dans ma chambre ». Sa cousine, que l'on appelait Gillette, qui avait cinq ans de plus qu'elle, avait entendu parler à l'université du mouvement d'un certain « Campagne ». Elles ont commencé à porter des plis, avant de se mettre à fabriquer des faux papiers, avec des tampons authentiques, fournis par des employés municipaux résistants. « On mettait de nouveaux prénoms et de nouveaux noms, mais en gardant toujours les initiales des jeunes. » Intéressant. Je repense au mouchoir brodé trouvé sur l'inconnu au mas de Serret. « J.P. »

Avec sa cousine, elles accompagnaient parfois les jeunes recrues jusqu'à un lieu de rendez-vous où l'on venait les chercher pour les conduire au maquis. Un soir, ils étaient six à marcher ainsi dans la rue. Il y avait sa cousine, sa sœur, elle, et trois jeunes gars. C'était le couvre-feu, il était interdit de se trouver dehors. Soudain, ils ont vu un cordon de policiers. Trop tard pour reculer. « Alors on s'est approchés bille en tête, en se tenant par le bras, chaque fille avec un garçon, en se bécotant comme si on allait à une partie de jambes en l'air. » Elle en rigole encore (cela finit de la détendre). « Ils nous ont arrêtés, nous ont gardés au poste, et avant de nous relâcher, un des chefs m'a dit : “À 20 ans, passe encore, mais à 16 ans. Quelle honte !” »

Denise a 90 ans désormais, et un rire très frais lorsqu'elle évoque ce danger au goût de baisers. Puis soudain elle redevient furieuse, comme ça, sans prévenir. Elle en a marre de parler, elle veut partir maintenant, on ne la respecte pas ici !

J'abandonne. De toute façon le président de l'association m'a donné son numéro. Je passerai des mois à l'appeler, sans qu'elle décroche son téléphone.

*

Pour donner une façade légale à Bir-Hakeim, justifier les allées et venues des jeunes gens, une association est créée au début du printemps 1943. L'« Œuvre d'entraide aux étudiants chrétiens », domiciliée chez Jean Mallet, alias Toubib, l'étudiant en médecine. Il habite au 46, allées du Maréchal-Pétain (devenus allées Forain-François-Verdier, du nom d'un résistant toulousain, « Forain », ancien juge du tribunal de commerce de Toulouse, torturé puis tué d'une balle dans la nuque par la Gestapo).

La préfecture fournit des vêtements et des chaussures à ces bons petits chrétiens. Cela va permettre d'équiper les premiers maquisards. Car l'ancien maréchal des logis-CHEF Christian de Roquemaurel a enfin trouvé une planque, près de Villefranche-de-Rouergue. Le vendredi 2 juillet 1943, Marcel y dépose les premières recrues.

Chapitre 4

Le premier maquis

J'ai un mal fou à la trouver, cette première planque du maquis Bir-Hakeim. Il fait tellement chaud, j'arrête parfois ma moto au bord des champs de maïs, pour attendre que le jet d'arrosage vienne lécher la route, et m'hydrater aussi. Le reste du temps je ruisselle de sueur sous mon casque. Je traverse des villages pavoisés, croise des voitures ornées de fanions tricolores, j'ai l'impression d'être le général de Lattre de Tassigny. Demain, la France joue la finale de la Coupe du monde de football.

Dans le livre consacré après-guerre à Bir-Hakeim, les auteurs avaient orthographié le hameau du premier maquis « L'Estibie ». Puis ceux qui ont écrit depuis sur le sujet ont docilement repris cette orthographe. J'ai beau chercher sur des cartes, sur Internet, en essayant de varier les graphies, l'Estibie, l'Estiby, l'Estybie, l'estibbye, je ne trouve rien. Je m'arrête à l'office du tourisme de Villefranche-de-Rouergue, tombe sur une jeune femme patiente, qui a la gentillesse de s'intéresser à l'histoire. Elle n'a jamais entendu parler de Bir-Hakeim, mais se décarcasse un peu, passe quelques coups de fil, et trouve finalement : cela s'écrit « Lestibie », en un seul mot, c'est pour ça que vous ne trouviez pas ! C'est un lieu-dit du hameau de Brandonnet, à quinze kilomètres de Villefranche, vous reprenez la route de Rodez.

J'aime beaucoup cette région vallonnée. Je traverse des villages, des champs, et tombe en pleine cousinade, à Brandonnet. Ils sont habillés comme pour un mariage, viennent d'un peu partout en France, seuls deux d'entre eux habitent là toute l'année, mais ils n'ont jamais entendu parler de Bir-Hakeim, ni de résistants au village. Ils m'indiquent Lestibie, à deux kilomètres, en contrebas. Je me sens un peu ému en découvrant le panneau délavé : Lestibie. C'est donc ici que les premiers hommes de ce maquis héroïque, dont je connais le nom depuis mon enfance, ont vécu ? J'arrête ma moto, prends le temps d'observer. Une grosse ferme, divisée en plusieurs bâtiments. J'imagine mes résistants là-dedans. Puis je remarque un homme en short, adossé à une grange. Il me regarde sans broncher. Il est taillé en rugbyman, avec des mollets courts, épais comme mes cuisses.

Je m'approche en enlevant mon casque trempé de sueur (est-ce qu'il faisait si chaud, à l'été 1943 ?). Je lui raconte mon histoire, il fait une moue dubitative, ça doit pas être ici : il n'a jamais entendu parler de ça. Mais « on va quand même demander à la mère ». Sans bouger il crie sobrement : « Oh, la mère ! » Claudette Fabre passe une tête par la fenêtre de sa cuisine, depuis une maison un peu plus bas. Le temps qu'elle arrive, je lui demande l'âge de sa mère. « Elle a 83 ans. » Je calcule rapidement, 8 ans en juin 1943, si Bir-Hakeim est passé par là, elle pourrait s'en souvenir. Claudette Fabre se souvient en effet. Elle ne sait pas le nom de ce maquis, mais ils étaient une dizaine, ils ne sont pas restés longtemps, peut-être quelques semaines. Le maquis d'un été. Son fils lui demande si les Anglais leur parachutaient à manger (je peux me tromper, mais je crois bien qu'il ne plaisante pas). Claudette répond que son père et son frère les nourrissaient, en échange de leur aide à la ferme. Quand ils sont repartis, ajoute-t-elle, ils ont laissé « du barda », même un fusil. Des Allemands sont venus, elle pense qu'un voisin les avait dénoncés. Heureusement, son père et son frère ont pu tout planquer dans un bois, « avant que les Boches arrivent ».

Le maquis logeait dans une ancienne bergerie un peu plus bas, dit-elle, au lieu-dit Reymoulis. Il faut prendre ce sentier, là, qui descend dans la gorge. Au fond il y a un ruisseau, l'Alzon, la maison est avant. Jean-Louis, le fils, me montre le chemin, que l'on devine raide. Il m'explique qu'il a « démonté » la maison de Reymoulis, voilà quelques années, parce qu'elle était squattée, il avait peur d'un accident. « Mais j'ai tout laissé sur place, ce sera facile de la remonter », ajoute-t-il vivement, comme s'il craignait d'avoir touché au patrimoine. Claudette ajoute que les résistants avaient dessiné le portrait du général de Gaulle, sur un mur, à l'intérieur.

J'ai envie de respirer l'endroit, même s'il n'en reste que des ruines. Besoin de voir le paysage qu'ils avaient sous les yeux, au réveil, au coucher. Comme je remonte sur ma moto, Jean-Louis me prévient : « Allez-y doucement tout de même : ça descend sec et y a des trous qu'on y enterrerait un cochon dedans. » J'opine, remets mon casque, roule très lentement. Trois mois avant de me lancer sur la piste du maquis, je me suis fracassé le pied gauche dans un accident de moto. Je boite encore un peu.

Je descends en roulant un moment, puis finis par laisser la moto sur le côté : ça ravine vraiment trop, j'ai peur de ne pas remonter. Je poursuis à pied, en boitant bas, comme mon arrière-grand-père Joseph s'en revenant de la Somme. Le chemin devient un sentier. Les arbres se referment au-dessus de ma tête et forment un couvert qui m'apporte un peu de fraîcheur. Des cailloux roulent sous mes pieds. J'entends le murmure de la rivière. Je porte à la main un pique-nique : il est 13 h 30 et je meurs de faim. Sur la route tout à l'heure, une charcuterie m'a fait de l'œil, en passant à Rignac, entre Rodez et Villefranche. Je me suis arrêté pour acheter du pâté en croûte et un pied de porc en gelée.

Personne ne doit jamais descendre ici. Des ronces épaisses barrent le chemin, s'accrochent à mes jeans. Mon visage prend toutes les toiles d'araignée tendues entre les arbres. J'approche du creux de la gorge : le murmure de la rivière enfle, les bois deviennent humides. Les arbres sont à présent mangés d'une mousse filandreuse, aquatique, qui pend des branches, recouvre les troncs. Le soleil perce par endroits. Je me rends compte que je récite doucement : « C'est un trou de verdure où chante une rivière/accrochant follement aux herbes des haillons d'argent… » J'adorais enfant ce poème de Rimbaud. Je m'étais attaché à ce soldat mort.

Pas de ruines, mais en découvrant l'Alzon je pense aux jeunes résistants. Descendaient-ils se laver ici ? Se baignaient-ils ? Le ruisseau forme un trou paisible au débouché du sentier. Une piscine naturelle, d'où l'eau s'échappe en un filet. J'ai très faim. Je m'assois sur un rocher, mange mon pâté en croûte, puis mon pied de cochon, en suçotant les os, pendant que des moustiques me suçotent la peau. Puis je m'allonge dans un trait de lumière, à côté de l'eau claire. Cette balade sur les traces du maquis me procure

L'Alzon

un sentiment de liberté délicieux. Est-ce qu'eux aussi dormaient parfois ainsi, dans le soleil, la main sur la poitrine ?

Après une courte sieste, je fouille le sous-bois, n'y trouve pas de ruines. Je renonce. Remonter me prend une bonne demi-heure, et une fois là-haut je découvre enfin l'ancienne bergerie de Reymoulis, tas de pierres dissimulé sous du lierre et des ronces, juste à côté de ma moto. Je m'assois sur une pierre (après avoir vérifié que le nez du Général n'est pas dessiné dessus). Et reste un moment songeur devant le paysage, les collines de l'autre côté de la gorge. Je fais le guet, un soir de juin 1943. Grand-Père faisait-il déjà partie de la troupe ?

*

On ne sait pas grand-chose des quelques semaines passées par Bir-Hakeim à Lestibie. Les maquisards qui ont connu cette première période sont quasiment tous morts avant la fin de la guerre. Le vice-amiral Brusson avait fait l'impasse sur le premier rassemblement, il pensait rejoindre les autres à la rentrée de septembre. Un coup de chance me permet cependant d'en apprendre un peu plus aux archives départementales de la Haute-Garonne, quelques jours après ma virée. Mon idée de départ était de passer partout où Bir-Hakeim s'était installé, afin de voir les lieux, mais aussi d'éplucher aux archives départementales les procès-verbaux des gendarmes, les rapports des renseignements généraux, les dossiers de la sécurité publique, de la police judiciaire (que l'on appelait alors « police de sûreté »), dans l'espoir de tomber sur un document évoquant Bir-Hakeim.

Aux archives toulousaines, après quelques heures passionnantes et très peu fructueuses, à plonger dans une multitude de dossiers qui n'ont rien à voir avec le groupe de Jean Capel mais me racontent l'époque, je tombe sur un homme arrêté en octobre 1943, à Pau, sur une motocyclette volée. Il s'appelle Michel Arlet. Le nom ne me dit rien. Je balaie tout de même le rapport de synthèse, par acquit de conscience. L'homme dit appartenir à « la Résistance » (selon les policiers sur lesquels vous tombiez, en 1943, cela pouvait vous valoir indulgence ou acharnement). Il s'est engagé en juillet, a passé deux mois dans l'Aveyron, dans un patelin nommé… Lestibie. Il donne le nom de son chef, qui lui a confié l'engin sur lequel il a été arrêté, une moto de marque Norton. Il s'agit du « lieutenant de Montégut ». Le pseudonyme de Christian de Roquemaurel.

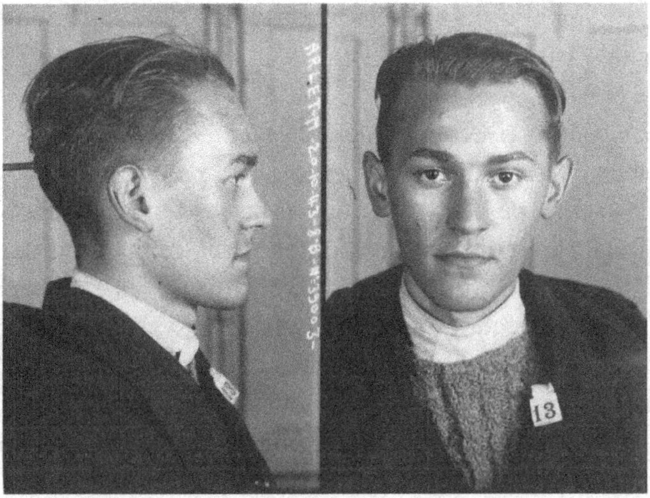

Michel Arlet, le 20 octobre 1943 à Toulouse

Sur la photo anthropométrique, Arlet a une bonne bouille. Un visage tout en longueur, un menton volontaire, légèrement en galoche, des oreilles décollées. Il a 20 ans. Son père est avoué et maire socialiste de Sarlat, en Dordogne. Lui est étudiant en droit, « célibataire, non juif » (les inspecteurs le précisent presque systématiquement dans les auditions, à partir de 1942). Son frère aîné, Henri, membre de Combat dès les débuts, était mobilisable pour le Service du travail obligatoire. Il ne voulait pas partir en Allemagne, il a préféré quitter la maison, en juin 1943, pour prendre le maquis. Michel, de son côté, était convoqué pour le stage obligatoire des Chantiers de la jeunesse française[1]. Comme il ne voulait

1. Ils ont remplacé à partir de juillet 1940 le service militaire, supprimé le mois précédent, avec la capitulation.

pas y aller, il a rejoint Henri, en juillet 1943, à Reymoulis, près de Lestibie.

« À mon arrivée, raconte-t-il le 18 octobre 1943 à l'inspecteur Barrère, de la 8e brigade de sûreté de Toulouse, nous fûmes sept, tous étudiants ou militaires démobilisés. Notre chef était le lieutenant de Montégut. Notre but était de faire de l'instruction militaire afin de constituer les cadres d'une organisation clandestine. Vis-à-vis des paysans de la région, nous nous présentions comme faisant partie d'un clan d'étudiants en vacances. Au début nous n'avions pas d'armes. »

Sans qu'on le pousse beaucoup, Arlet donne ensuite les noms des premiers membres du groupe.

« 1°/ le chef : lieutenant de Montégut. 2°/ Baron, en réalité Allex, ancien GMR[1] de la caserne Cafarelli à Toulouse, monté du Lauragais. 3°/ Benech, ex-élève en classe préparatoire à l'école coloniale du lycée de Toulouse. 4°/ Sanglier, camarade de classe du précédent, originaire des Ardennes. 5°/ Comble. 6°/ mon frère Arlet Henri, alias de Mèges Charles. 7°/ moi-même. »

Pas de « Grand-Père », donc, aux débuts de Lestibie.

*

Le vice-amiral Brusson m'éclaire sur ces premières recrues. « Sanglier » était dans sa classe, il venait des Ardennes, s'appelait Edmond Guyaux. « Benech » était en

1. Les Groupes mobiles de réserve, créés par Vichy, dissous à la Libération, remplacés par les Compagnies républicaines de sécurité (CRS).

prépa coloniale, son vrai nom était Bernard Sevestre : celui qui dessinait si bien, que l'armée allemande passionnait. Il était le plus belliqueux de la bande, il fallait souvent le retenir, il voulait « tuer tous les salauds ».

Vers la fin du mois de juillet 1943, raconte Michel Arlet, « un individu de 35 ans environ, taille 1 m 80, moustaches, cheveux châtains », est venu au maquis. Montégut leur a dit qu'il s'agissait de leur commandant. Campagne apportait « 45 mousquetons avec munitions, 25 balles par mousqueton ».

Chapitre 5

Le livre

Un homme s'est ajouté rapidement au noyau initial de Bir-Hakeim. Il s'appelait Albert Uziel, on l'appelait « Vivi ». J'avais repéré son nom sur un site consacré aux « fusillés, guillotinés, exécutés, massacrés » de la Seconde Guerre. Je savais qu'il avait survécu à la guerre, vivait à Montpellier. J'ai cherché son adresse, et suis tombé sur un avis de décès. Publié trois jours plus tôt dans le *Midi Libre*. Albert Uziel venait de mourir, à 94 ans. Je m'en suis voulu. Parfois on tarde à faire les choses, par paresse ou besoin qu'elles mûrissent. Quand on piste des gens qui dépassent 90 ans, ce n'est pas très prudent.

Je suis allé malgré tout à Montpellier, je voulais consulter aux archives départementales le récit de Camille Verdeil, alias Bayard, l'un des deux anciens résistants qui se soutenaient mutuellement à la commémoration de Clermont-l'Hérault. En cherchant la cote de son témoignage dans un catalogue, j'ai découvert celui d'Albert Uziel. Et commencé par celui-ci.

Lorsque l'enquêteur des archives départementales, Christophe Cordier[1], l'interroge en 2009, Albert Uziel a 87 ans,

1. Dans le but de conserver la mémoire des anciens résistants et déportés de la Seconde Guerre mondiale dans l'Hérault, les Archives

des poches rassurantes sous les yeux. Son père était turc, sa mère grecque, les parents étaient arrivés à la fin du XIXe siècle à Paris, où le père a vendu des bas et des chaussettes en gros, rue des Petites-Écuries. Ils étaient juifs, des frères catholiques en Turquie avaient appris l'hébreu au père, qui « connaissait très bien » sa religion, mais était un « libre-penseur », qui mangeait de la viande le vendredi, fumait le samedi, « parce que ce sont des jours de joie ». Puis dans les années trente ils se sont installés à Montpellier, où le père est devenu président de la communauté israélite. À l'annonce de la capitulation, « toute la famille a pleuré ».

Ayant raté son bac, Albert est entré à l'école de tissage de Lyon pour devenir « tailleur de costumes », comme son père. Aux vacances de l'été 1942, il accompagne ses parents à Lamalou-les-Bains, ils vont en cure thermale pour soigner leurs rhumatismes. Il fait la connaissance d'une bande de jeunes gens qui veulent « oublier la guerre », y parviennent parfois, « en organisant des surprises-parties » au Grand Hôtel Mas, une institution face au casino. Uziel a 20 ans. Il tombe « follement amoureux » d'une jeune Niçoise, Lydia, en vacances chez un oncle… qui s'appelle Jean Capel. Le futur chef de Bir-Hakeim vient souvent à Lamalou chez sa mère. « J'étais très malheureux avec sa nièce. C'est lui qui m'a consolé », résume Uziel.

Jean et Albert sympathisent. Ils font de longues marches dans la région, en compagnie de Georges Couci, l'instituteur. Un jour, Capel glisse à Uziel qu'il a compris que sa famille est juive. Si jamais un jour ils ont des soucis, besoin

---

départementales du département ont organisé une campagne de collecte de témoignages vidéo.

de papiers, il faudra venir le trouver, il pourra les aider. Quelques mois plus tard, Uziel doit faire tamponner le mot « juif » sur sa carte d'identité. À l'encre rouge, caractères de 1 centimètre de haut, précise la loi de disgrâce étendue fin 1942 à tout le territoire français. « J'ai dit au gars : "N'insistez pas trop." Il a été réglo, il n'a pas appuyé le tampon. » Il aurait fallu ensuite récupérer trois étoiles jaunes au commissariat de Montpellier. Uziel n'y est jamais allé.

Les choses s'accélèrent début 1943. À la préfecture de Montpellier, quelqu'un glisse à son père, resté président de la communauté juive : « On va venir vous arrêter bientôt, monsieur Uziel, il faut partir. » Le fils fonce alors chez Jean Capel, qui fournit à ses parents les faux papiers promis. Ils partent aussitôt pour Nice, et ne seront jamais arrêtés. À Albert, Capel propose de prendre le maquis. Le vieil homme se marre, soixante-six ans plus tard : « Je lui ai d'abord dit non, c'était trop dangereux pour moi. Mais c'était un bon baratineur. En un quart d'heure il m'a convaincu. »

Albert Uziel prend pour nom de guerre Vivi, et Capel le place sous les ordres d'Albert Darrénougué, son beau-frère, à qui il a confié le soin de monter à Toulouse un corps franc, groupe autonome chargé de ravitailler le maquis. « Le principe était simple, dit Uziel. On avait besoin de farine ? On allait en chercher. On avait besoin d'une voiture, d'un camion ? On les volait. On faisait des hold-up, je trouvais ça très chouette. » Voler un camion à 22 ans, « ça fait toc-toc ici », dit le vieil homme en montrant l'emplacement de son cœur.

L'une des toutes premières réquisitions a été faite sans lui, dans l'Aveyron, par les hommes du lieutenant de Montégut. Les frères Arlet étaient les plus présentables : ils étaient arrivés au maquis avec des costumes de ville corrects. Montégut les a envoyés à bicyclette dans le Tarn, à cinquante kilomètres, récupérer dans une mairie des sacs de tickets de rationnement. Ils devaient expliquer au maire qu'ils étaient policiers, craignaient que des résistants viennent lui voler ses tickets. Ils sont repartis sans souci, à vélo, avec les tickets.

Puis le corps franc a pris la relève. À l'été 1943, les rapports des renseignements généraux de Villefranche-de-Rouergue s'allongent. On y lit que des « terroristes » ont volé, le 17 juillet, une Citroën conduite intérieure. Dérobé le lendemain 10 millions de francs à la Banque de France. Pris le même jour un camion, pour le charger de confitures et de couvertures récupérées chez un épicier en gros. Dévalisé le 28 le matériel de couchage et d'habillement d'une prison militaire. Etc.

*

« C'était [Jean Capel] qui choisissait les coups, précise Uziel. Moi, je participais, et des fois j'allais déposer le matériel au maquis, je dormais une nuit avec eux et je repartais. » Les armes du corps franc étaient cachées dans un tombeau de la crypte du Musée d'histoire naturelle de Toulouse, le butin des casses dans des entrepôts municipaux des quartiers Guilhermery et Côte pavée. L'organisation disposait de complicités au sein de la mairie.

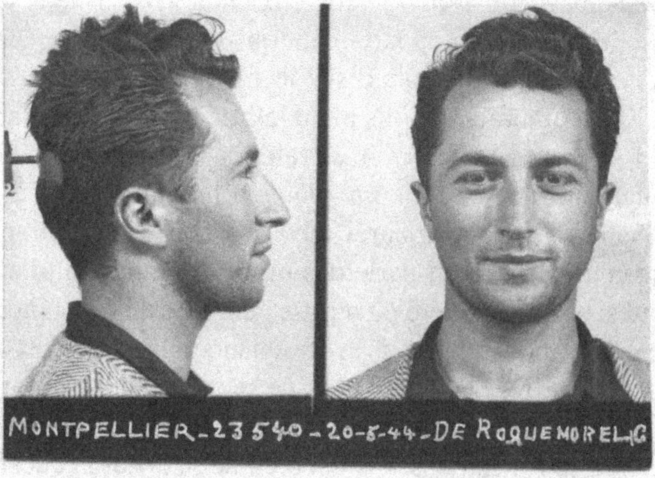

Christian de Roquemaurel, le 20 mai 1944 à Montpellier

Uziel se souvient très bien de Montégut, « chef instructeur et intendant » de Lestibie. Un homme charismatique, que « les types adoraient, un vrai meneur d'hommes, peut-être parce qu'il était petit ». Sur une photo anthropométrique du printemps 1944, le lieutenant de Montégut a une belle gueule de voyou, quelque chose d'insolent dans le regard braqué sur l'objectif.

Christian de Roquemaurel de l'Isle est mort en janvier 1998. Sa veuve vit à Paris, rue de Verneuil. Christian devait souvent lui parler de Bir-Hakeim car elle connaît l'histoire, ses détails, ses acteurs, ses nuances, très en détail. Elle en parle comme d'une aventure familière. Fille d'un général de corps d'armée, elle a le parlé cru des militaires, et par moments un côté rosse qui me réjouit. Elle m'accueille sans façon (mais avec de délicieux chocolats). Elle a laissé l'essentiel du grand appartement qu'ils habitaient à l'un de leurs enfants, s'est repliée sur le même palier, dans deux pièces encombrées de jolis meubles, de livres. Elle peine un peu à se déplacer, s'asseoir, se relever. Mais elle reste intellectuellement vive, curieuse, pleine d'humour.

Chantal de Roquemaurel me demande ce qui m'anime dans ce travail. Je lui parle des origines de ma famille aux Crottes, de ce cimetière où repose peut-être un résistant anonyme. De mon rapport à la Résistance, à ses ressorts qui m'obsèdent. De ces questions que se posent ceux qui n'ont pas vécu cette époque. Qu'aurais-je fait ? Que ferais-je ? Elle hausse les épaules. « C'est bien de se poser la question, mais sans être en situation vous ne pouvez pas savoir. Il y a des lâches qui se sont révélés courageux, des braves qui se sont dégonflés. »

Je hoche la tête. Et son mari, quels étaient ses ressorts intimes, dans la Résistance ? « L'action ! Il aimait la bagarre. Et il voulait mettre les Allemands à la porte. Le reste, la politique, ça ne l'intéressait pas du tout. Il me disait toujours, qu'est-ce qu'ils m'ont fatigué avec leurs salades. » Christian de Roquemaurel était de droite, mais cela n'emportait pas tout, affirme-t-elle. La mère a joué un rôle important dans l'engagement des fils. « Christian n'aimerait pas que je dise cela, mais c'est elle qui les a envoyés au combat. Elle était très patriote et il avait beaucoup d'admiration et beaucoup d'amour pour elle. »

On reste deux heures à discuter, elle a préparé du café pour accompagner les bouchées au chocolat. Avant que je reparte, elle me confie trois trésors. Deux photos du maquis Bir-Hakeim, avec les deux frères Roquemaurel en short

Les frères Roquemaurel
à Lestibie, août 1943

militaire au lever des couleurs à Lestibie. Et un beau livre, avec une reliure de cuir épais. *Voyage au centre de ma vie*, écrit par Christian de Roquemaurel en 1986, édité en sept exemplaires, à l'intention de ses descendants. Je l'ai dévoré dans la nuit.

L'ancien lieutenant raconte son enfance, la flamme patriotique de sa mère, qui dès l'été 1940 « vivait dans l'indignation, le maréchal Pétain faisant déjà partie de ses rancœurs ». Je découvre, dans l'évocation des années qui ont précédé l'engagement militaire, un garçon attiré par les femmes et par l'aventure. Il se partageait, écrit-il, entre le concours d'entrée à Saint-Cyr et celui « d'entrée au lupanar ». Il n'a pas été pris à Saint-Cyr.

Roquemaurel s'est engagé à la place dans les hussards, en novembre 1940. Sans amour excessif du cheval. Il raconte les mois d'humiliation, quand ils arpentaient la campagne à vélo, pour s'entraîner aux formations motocyclistes sans motos. Quand ils montaient la garde de nuit, sans aucune munition, regardant les Allemands défiler devant les grilles de leur caserne de Montauban. Le 13 novembre 1943, ces derniers sont finalement entrés, ont désarmé ces pauvres soldats français inutiles. Placé en congé d'armistice, Christian de Roquemaurel part alors rôder à Toulouse, cherchant une filière capable de l'aider à rejoindre les Alliés en Afrique du Nord. Il s'inscrit en droit, pour justifier sa présence dans la ville. Prend un studio, au 45 de la rue Pharaon, premier étage sur cour, avec pot à eau et bassine rétractables dans l'armoire murale. Il y reçoit surtout ses copines. Sa mère lui a cousu de l'argent dans la doublure de ses vêtements, pour qu'il tente de passer par l'Espagne. Après quelques tentatives il finit en prison. À sa sortie, son petit frère Marcel lui présente Campagne. Un homme « mince et de haute taille, le cheveu ravagé par une calvitie précoce, avec un large sourire ». Ils s'installent « dans son living ». Il se souvient de quelqu'un de « sympathique, avenant, attirant même », qui affichait « une certaine distinction dans son comportement, qu'il agrémentait par le maniement d'une ironie douce ».

Roquemaurel commence l'entraînement chez lui, avant d'investir le salon du jeune Hiéronymus, le camarade de classe du futur vice-amiral Brusson. Puis il part dans l'Aveyron, et déniche Lestibie. La maison de Reymoulis est sur deux niveaux. En bas la bergerie. Au-dessus deux pièces, auxquelles on accède par un escalier extérieur. Une

Popote à Lestibie

Reymoulis

salle commune avec une cheminée en mauvais état où l'on fait la popote ; un dortoir à côté, avec de la paille au sol.

Il raconte que le père Fabre, le paysan qui possédait la bergerie de Reymoulis, était un pingre, qui louait très cher sa bâtisse à demi ruinée, les faisait travailler dur pour gagner leur pitance. Ils se sont rapprochés du curé de Brandonnet, un homme « gras et jovial » qui a essayé de convaincre les paroissiens d'aider ces jeunes étudiants en vacances. En échange, les maquisards ont rempli son église. Ils venaient majoritairement des classes préparatoires militaires, étaient très majoritairement catholiques. À la fin de la messe, ils criaient « Vive Jeanne, vive la France ». Le village restait circonspect.

À la fin juillet 1943, ils sont déjà 47 au camp. Ils descendent le matin, après le lever des couleurs, faire leurs ablutions dans le ruisseau. Puis c'est gymnastique, avant l'instruction militaire, à l'issue de laquelle, vers 16 heures, ils redescendent se baigner dans le trou d'eau. Était-ce celui près duquel j'avais fait la sieste l'autre jour ? Un gars de l'Ariège attrape les truites à la main, sous les rochers. Le soir, « bercés par des vagues à l'âme crépusculaires », ils chantent sur les marches de la bergerie. Bernard Sevestre invente les paroles, guerrières. La nuit du 31 juillet, quand Capel livre les mousquetons avec Albert Darrénougué, la camionnette se gare dans la cour d'un instituteur, à deux kilomètres de Reymoulis. Il faut porter les armes à dos d'hommes, en deux fournées, 72 fusils au total, précise Roquemaurel, avec tous les chiens de la région qui hurlent à la mort.

C'est à cette période-là, à Lestibie, qu'ils ont baptisé leur maquis Bir-Hakeim. Sur l'idée d'un étudiant en droit, Xavier Moissinac-Massénat, en hommage « à la bataille des Forces françaises libres, un an plus tôt » en Libye. Sevestre a dessiné immédiatement un insigne. Un losange contenant une croix de Lorraine sur laquelle était scellée une tête de mort, le tout souligné de la devise « Marche ou crève », empruntée à la Légion étrangère. Sevestre a sculpté tout cela dans un morceau de buis, pour faire des tampons. Des drapeaux, volés à la mairie de Villefranche-de-Rouergue, ont été cousus ensemble, pour en obtenir un plus grand, hissé tous les matins à un haut mât, devant la troupe au garde-à-vous. Ce n'était pas discret. Bir-Hakeim ne cherchait pas à l'être. Le soir, les hommes chantaient à tue-tête, leurs refrains résonnaient dans le vallon. D'une ferme, en face, leur arrivaient en retour les rires des trois filles d'un paysan.

À la mi-août 1943, Campagne donne l'ordre de quitter Lestibie. La gendarmerie voisine de Montbazens a eu vent de leur présence, et puis une compagnie allemande vient de s'installer à Villefranche-de-Rouergue. 950 hommes de troupe, sous les ordres de six officiers, le secteur devient trop dangereux.

Capel ne peut pas le savoir, mais ces soldats-là n'auraient sans doute pas fait grand mal à son maquis. Ce sont des Croates enrôlés de force qui reçoivent dans l'Aveyron leur formation initiale, à coups de bottes et de poings, selon les témoignages des habitants. Des maquis locaux réussissent à nouer des contacts. Des tracts leur sont distribués discrètement : « Amis Croates, nous admirons votre héroïsme, nous vous adjurons d'être patients, mettez-vous en contact avec la

Résistance française. Attendez l'heure de nos ordres. Vive la liberté de tous les Slaves. » L'Armée secrète veut provoquer des désertions individuelles, avec armes et munitions, ou un ralliement en bloc, au moment du Débarquement. Mais la rumeur d'un départ prochain de la compagnie pour le front russe précipite les choses. Dans la nuit du 16 au 17 septembre, des soldats croates assassinent cinq des six officiers. Des troupes SS arrivent au matin, la mutinerie est écrasée, les participants torturés et tués. Une centaine d'entre eux finissent dans une fosse commune, insuffisamment creusée. Les jours suivants, des chiens déterrent les cadavres, une odeur épouvantable flotte sur Villefranche-de-Rouergue.

Chapitre 6

Premier combat

Fin août 1943, une partie du maquis part en camion vers le prochain campement. Les plus présentables, ceux qui possèdent des habits corrects, prennent le train à Villefranche, direction Hérépian, dans l'Hérault, gare la plus proche de la nouvelle planque. Certains ont le droit de passer à Toulouse, embrasser leurs parents. Et quelques-uns ne rejoindront jamais Bir-Hakeim. Ils arrêtent là. Christian de Roquemaurel décrit cela comme une « décantation » utile : les moins déterminés quittent ainsi l'aventure avant que leurs désertions ne deviennent dangereuses.

Georges Couci se charge de trouver le nouvel emplacement, dans la région de Lamalou. L'instituteur déniche une faille, mangée par une végétation débordante, près des gorges d'Héric. Il se dit que personne ne viendra chercher le maquis dans cet endroit. Mais quand Uziel dépose les premiers maquisards, le lieutenant de Montégut trouve l'endroit sinistre. Il prospecte avec quelques hommes, en attendant le reste de la troupe, et ils trouvent un lieu nettement plus accueillant. Un presbytère abandonné, sur un plateau isolé, à 800 mètres d'altitude, entre les hameaux de Douch et de Rosis. Les hommes de Bir-Hakeim s'installent dans le

Le mât de Douch

presbytère, adossé à la petite église Sainte-Marie. Ils hissent un grand mât, pour les couleurs. Et se font de nouveau passer pour des étudiants en vacances.

Pour arriver là-haut, il faut d'abord longer les gorges d'Héric, calcaires, très arides en été. Ici, même les cailloux, d'un blanc de chaux, semblent crever de soif. Puis il faut grimper une petite route, au milieu de chênes et de cèdres. La forêt domaniale « des écrivains combattants ». Obsédé par la recherche de mon inconnu, je me demande si le nom a un rapport avec le maquis Bir-Hakeim. Aucun. Il s'agit seulement d'une association d'écrivains vétérans de la Première Guerre qui a financé le reboisement dans les années trente. Après une demi-heure de montée, je tombe sur des prairies, des bois, d'innombrables ruisseaux. Un plateau paisible, envahi de bruyères, de genêts. Je roule lentement, et tombe sur la petite église Saint-Marie et son presbytère, dans une légère cuvette que surplombe la route.

Les deux bâtiments, en pierres et toits de lauze, me font penser aux chapelles de montagne. De l'autre côté de l'église un petit cimetière, puis une courte prairie avant une tranchée étroite où coule le ruisseau de Rousselle. Au-delà, le paysage remonte, dans un bois de sapins, pour atteindre une crête, d'où le regard plonge sur le Haut-Languedoc. Parfait endroit pour se cacher et surveiller les environs.

Bir-Hakeim prend ses quartiers à Douch fin août 1943. Certains des élèves de prépa ayant déserté, il faut recruter. Un jeune homme qui vient d'être admis à Polytechnique, Jacques Sauvegrain, ancien de la classe de prépa de Marcel de Roquemaurel, arrive. Pour le reste, Jean Capel se tourne vers des réfractaires, qui cherchent à échapper au travail obligatoire et sont employés dans des fermes alentour.

En 1942, Vichy avait d'abord mis en place « la relève ». Sur la base du volontariat, des ouvriers spécialisés devaient remplacer des prisonniers de guerre en Allemagne. Le ratio promis était de trois départs pour un retour, mais dans les faits les Allemands ne rendaient qu'un seul prisonnier pour six ou sept hommes engagés. L'occupant avait besoin de bras (en plus des réquisitions de denrées et de matériaux, des vingt millions de Marks à verser chaque jour au titre des « frais d'occupation »). Il fallait remplacer les ouvriers allemands partis occuper l'Europe et combattre sur le front russe. Comme les Français ne se bousculaient pas, Vichy a imposé le Service du travail obligatoire à partir de février 1943 et c'est devenu la grande affaire en France. Au printemps 1943, les convois ont déjà fait partir de Toulouse

5 078 jeunes gens, soit 80 % de l'objectif assigné, mais les Allemands en veulent toujours plus, ce qui gonfle mécaniquement le nombre des réfractaires, vivier idéal des maquis : lorsqu'on refuse le STO, il faut se cacher, car les gendarmes ont ordre de vous rechercher, il faut se nourrir, or les commerçants n'ont pas le droit de vous vendre de viande, de pain ni de matières grasses sans tickets de rationnement. La Résistance vous cache, vous habille, vous nourrit.

Les rangs des élèves de prépa s'ouvrent aux employés, aux ouvriers. L'homogénéité sociale du départ en prend un coup. « Certains ne savaient ni lire ni écrire, mais ce n'est pas ce qu'on attendait d'eux, raconte Chantal de Roquemaurel. Il fallait qu'ils sachent tirer, et qu'ils aient quelque chose dans le ventre. » Plus nombreux à partir de septembre, les hommes de Bir-Hakeim sont divisés en « sizaines », chacune commandée par un chef d'équipe. Bernard Sevestre, le dessinateur, commence à tenir un journal de bord quotidien. Il y raconte la vie du maquis, en agrémentant ses récits de croquis, de caricatures.

Il faut nourrir tout ce monde, équiper les nouveaux venus. Dans cette région qu'ils connaissent très bien, Couci et Capel trouvent des appuis dans la population. Dans son témoignage déposé aux archives de Montpellier, Camille Verdeil, alias Bayard, raconte qu'il habitait à Salasc, à vingt-cinq kilomètres de Lamalou. Ses parents aidaient le maquis, qu'il n'avait pas encore rejoint. Son père était cantonnier, sa mère employée de maison, ils hébergeaient des clandestins, transmettaient parfois des messages. « Il fallait par exemple garder un pli, puis quelqu'un venait le cher-

À Douch. À droite: Jean Capel. Avec la pipe: Marcel de Roquemaurel

cher à la maison. » Ils vivaient au centre du village, à peine deux cents habitants dans les années quarante. En face de chez eux, habitait une ancienne maréchale-ferrante, dont l'un des fils travaillait pour la Gestapo de Montpellier. Des deux familles, c'est celle des Verdeil qui était mal vue, en 1943. « Vous allez tous nous faire fusiller », leur disaient les voisins. À la campagne, tout se savait. « Et ce n'était pas comme à la Libération, quand tout le monde est devenu résistant. »

Dans un rapport de 1944, le chef des opérations aériennes de la région, « Nonce », raconte qu'avant de quitter Londres pour être parachuté dans l'Hérault, on l'avait prévenu « contre le peu d'entrain que manifestait la population méridionale à l'égard de tout ce qui pourrait comporter du danger ». Cette appréciation, « quoique sombre », était selon lui « en dessous de la vérité ». La presque totalité de la population « refusait de se compromettre » avant que « la partie soit définitivement gagnée ». Ceux qui aidaient la Résistance couraient du coup des risques plus grands : « leur isolement les rendait plus repérables ».

D'après les rapports de police, les hold-up et les réquisitions se sont soudain multipliés dans la région de Lamalou. Le corps franc d'Albert Darrénougué, renforcé par le maquis, dévalise des entrepôts, des commerçants, des bureaux de tabac, des fermiers. « On avait des papiers de la police, mais les gens n'étaient pas dupes, raconte Albert Uziel. Ils se laissaient faire. Presque toutes les opérations qu'on a faites, les gens nous auraient donné si on leur avait demandé gentiment. »

Bir-Hakeim ne demande pas gentiment. Parfois il paie, ou laisse un « bon de réquisition », pour que les paysans et commerçants puissent se faire rembourser après-guerre, quand la Résistance aura libéré le pays. D'autres fois il fracture le commerce ou le dévalise sous la menace d'une arme, lorsque la boutique est réputée appartenir à un collaborateur ou un milicien. Le préfet de Montpellier, dans ses rapports mensuels, énumère en septembre 1943 ces braquages, perçus comme des opportunités de dresser la population contre les maquis.

À Bir-Hakeim, on ne parle pas de politique. Les opinions vont du PCF à l'extrême droite, en passant par la SFIO. La seule façon de maintenir l'unité est de transcender cela en se donnant pour seul programme politique la libération de la France, la haine des Allemands. La plupart des hommes ne savent pas précisément à quelle organisation ils appartiennent. Ils savent seulement que Bir-Hakeim est dans « la Résistance ». Ce cloisonnement les protège, mais il crée un « sentiment d'isolement, de marginalité, d'inutilité ». Capel leur promet un parachutage imminent, qui doit apporter de Londres des armes lourdes, des moyens de transmission. Et donner le signe que tout ce temps passé sur ce plateau, à l'écart du monde, a un sens collectif.

Montégut remplit les journées, bien serré, pour ne pas laisser aux jeunes le temps de trop réfléchir. Sport, instruction, entraînement au tir sur le mont Carroux à une petite heure de marche. Cela ne passe pas longtemps inaperçu. Mais ces jeunes maquisards ne semblent même pas se cacher, note en septembre 1943 le chef du service des renseignements généraux de l'Hérault. Certains descendent en ville, à Saint-Gervais. Ils ont « dressé un mât et, d'après les habitants, procèdent au salut des couleurs » – ce que font rarement les étudiants en vacances.

Le 8 septembre 1943, le maréchal des logis responsable de la brigade de Saint-Gervais, à treize kilomètres de Douch, convient avec son commandant de section qu'il faudrait en apprendre un peu plus sur ces jeunes, en interrogeant les habitants du hameau de Douch, quand ils vont descendre, le vendredi suivant, apporter la réquisition de laine (l'économie est complètement administrée, on répartit dans tout le pays ce que les Allemands ne prélèvent pas).

Les habitants de Douch ne descendront jamais, ce vendredi 10 septembre 1943. Vers 6 heures, ceux des vallées voient passer deux colonnes de camions allemands, qui se dirigent vers le plateau, par deux routes opposées. Une troisième compagnie se perd dans l'épais brouillard. Elle

Lever des couleurs, été 1943,
à gauche de profil : Bernard Sevestre

devait compléter l'encerclement du presbytère, en prenant position sur la crête, au-dessus du petit bois qui domine le ruisseau de Rousselle.

Les maquisards dorment encore dans le presbytère et le petit blockhaus en pierres construit juste devant, lorsque les Allemands débarquent et se déploient en silence. Le cuistot de Bir-Hakeim se lève le premier, pour aller chercher de l'eau dans le ruisseau. Il tombe sur des soldats qui lui font signe d'approcher en silence. Il détale. Du blockhaus, l'un des maquisards ouvre le feu, tout le monde se réveille en sursaut, Michel Arlet hurle : « Les boches ! »

Ils sont environ cent trente autour de l'église, selon le rapport expédié le lendemain à Vichy par le directeur régional des renseignements généraux. Équipés « d'armes automatiques, de grenades à main, de mortiers de campagne [tubes courts permettant de tirer des obus en cloche], de canons». Christian et Marcel de Roquemaurel grimpent dans le clocher de la petite église, avec l'un de leurs hommes, appelé «Cartouche»; ils tirent de là-haut et cette position leur permet de jauger la situation: les assaillants sont trop nombreux, trop armés, retranchés derrière les murets de pierres sèches qui bordent les prairies. Ils portent l'uniforme jaune sable du redoutable Afrika Korps. Le maquis ne pourra tenir bien longtemps.

Déjà, devant l'église, un homme est allongé. Montégut reconnaît Allex, l'ancien policier GMR, un fils d'officier venu de la Meuse, et que l'on appelait «Baron». Le premier mort du maquis Bir-Hakeim. «Ces jeunes n'avaient jamais tué, n'avaient jamais vu le sang de leurs frères, n'avaient jamais ressenti cette mutation psychologique que déclenche le bruit du combat, écrit Christian de Roquemaurel en 1986. À la place d'un halo de dévouements aux contours mal définis, s'est imposée une réalité qui ne les quittera plus. Celle de la mort qui entre brutalement.»

De son clocher, Montégut se rend compte que les tirs d'armes automatiques allemandes viennent de toutes parts, sauf du nord, côté ruisseau; il se dit que d'autres soldats sont peut-être cachés plus haut, au-dessus du bois de sapins. Mais il n'y a pas d'autre choix. Il ordonne le repli dans cette direction. Les hommes sortent d'un soupirail à l'arrière du presbytère, la plupart sont à moitié nus, ils courent, il faut traverser la courte prairie, passage le plus dangereux, pour atteindre la tranchée du ruisseau, puis le bois qui protégera leur fuite. Le chef Sevestre s'élance en premier avec sa sizaine, mais il est touché par un tir à l'épaule, il tombe, son sac lui échappe, le carnet de bord dans lequel il racontait toute la vie du maquis valse dans l'herbe, pas le temps de le ramasser, Sevestre se relève, l'abandonne, court et traverse le ruisseau.

Avant de rejoindre à son tour le bois, Montégut jette un regard en arrière. Il voit certains de ses hommes, dont l'aîné des Arlet, Henri, ainsi que Jacques Sauvegrain, ce jeune qui les a rejoints au lieu de partir à Polytechnique, partir vers l'ouest, où des uniformes jaune sable les attendent. Trop tard pour les rattraper, il file. Près du ruisseau, Edmond Guyot, alias Sanglier, qui venait des Ardennes, a été touché par un obus, il a un genou explosé, impossible de le transporter sous le feu allemand. Il demande à ses camarades de l'achever, ils refusent, le cachent dans une anfractuosité. Montégut lui promet qu'ils reviendront le chercher ce soir, avec une civière. Les derniers maquisards disparaissent dans le bois et lorsqu'ils atteignent la crête, le brouillard les soustrait du paysage.

Ce premier combat a duré à peine une heure. Il a laissé au sol les deux premiers morts de Bir-Hakeim. Allex, alias Baron. Et Alphonse Landrieux, dit « Lafont », un facteur de Toulouse, fils d'un ferblantier de l'Aisne. « Deux cadavres français affreusement mutilés par des rafales de balles, décrit un rapport de gendarmerie, le 12 septembre 1943. Ils étaient vêtus l'un d'une culotte courte bleue, l'autre d'un pantalon bleu marine ; tous deux étaient en manches de chemise. Leurs souliers délacés laissaient supposer qu'ils furent surpris à leur réveil. »

Quatre hommes ont été faits prisonniers. André Jaxerre, 31 ans, de Toulouse. Sanglier, repéré dans le creux où ses camarades l'avaient caché. Henri Arlet, l'aîné des frères sarladais : il avait chargé sur son dos Jacques Sauvegrain, touché, pour essayer de le sauver. Son petit frère, Michel, a voulu le relayer, il a refusé, lui a ordonné de fuir, avant d'être attrapé avec son blessé.

Les quatre hommes sont interrogés, torturés, puis condamnés à mort, le 24 octobre 1943, par un tribunal militaire allemand venu de Lyon. Le simulacre de procès se tient dans une salle de la maison d'arrêt Saint-Michel de Toulouse, partiellement réquisitionnée par les troupes d'occupation. L'avocat commis d'office ne prononce pas un mot, les témoins sont les inspecteurs de la Gestapo saisis de l'affaire. Un interprète assiste aux « débats ». Il s'appelle Erlich, c'est lui qui racontera la scène au Service de recherche des crimes de guerre ennemis, en février 1946.

Les quatre hommes sont fusillés le 9 novembre, et enterrés dans une fosse commune, à Bordelongue, quartier où passe aujourd'hui le périphérique, au sud de Toulouse. Quatre jours plus tard, pour impressionner la population, la dissuader d'aider les résistants, les autorités d'occupation font publier dans le journal *L'Effort* un avis annonçant la condamnation et l'exécution de « quatre jeunes coupables d'avoir porté les armes contre la Wehrmacht ». Le soir même de l'annonce, un soldat allemand est abattu dans une rue de Toulouse. Le caporal Rudolph Sterzl descendait le boulevard de Strasbourg, non loin de sa caserne. Deux hommes se sont approchés de lui à vélo, armés d'un revolver et d'un pistolet automatique. Sterzl n'était pas visé personnellement. Les hommes attendaient qu'un soldat allemand isolé passe par là. À terre, près de son corps, policiers et Gestapo ont retrouvé des tracts : « Un soldat allemand sera exécuté le 13 novembre à 19 heures par fusillade. » Rudolph Sterzl avait 35 ans, il était le boulanger de sa caserne.

*

Le combat de Douch a infligé à Bir-Hakeim ses premiers drames, mais inscrit le maquis dans l'histoire de la Résistance. Dans ses *Mémoires de guerre*, le général de Gaulle relate ce combat (avec pas mal d'approximations sur les chiffres, les noms, les lieux et l'issue du combat). Il insiste sur l'importance de cette bataille livrée par Bir-Hakeim. La première, selon lui, entre des soldats allemands et des civils combattants sur le sol français[1]. Cela a sonné, ajoute-t-il, comme un « signal » pour toute la Résistance française.

Dès le lendemain de la bataille, une perquisition allemande a lieu chez la mère de Capel à Lamalou, et chez la sœur de Couci, Raymonde, qui est arrêtée. Seuls les deux résistants originaires de la région ont été visés. Ce qui pourrait indiquer que le maquis avait été dénoncé par quelqu'un de Lamalou ou de ses environs ? Dans son livre, Christian de Roquemaurel indique que deux hommes étaient venus les voir, quelques jours avant l'assaut. L'un d'eux était médecin. L'ancien lieutenant pense que ce visiteur les a dénoncés. Il ajoute qu'à sa connaissance l'homme n'a jamais été inquiété. En réalité un médecin originaire de Béziers, propriétaire d'un préventorium proche du presbytère de Douch,

1. Des combats avaient déjà eu lieu, au mois de juillet 1943, notamment lors de l'attaque par des soldats allemands et italiens de maquis savoyards.

a été arrêté après la guerre. Il était membre du PPF, parti collaborationniste. Une procédure a été ouverte contre lui, devant la cour de justice de Montpellier, pour « dénonciation de patriotes ». Il s'est défendu, a affirmé qu'au contraire il avait demandé au curé du plateau de prévenir les maquisards qu'ils allaient être attaqués. Le curé, qui connaissait Bir-Hakeim et protégeait ces jeunes gens, n'a jamais été entendu. L'affaire a été classée.

Chapitre 7

Résistance au château

Après l'attaque du presbytère, le 10 septembre 1943, les maquisards ont disparu dans le brouillard. Le lieu de repli fixé par les chefs était un petit village, à une trentaine de kilomètres de Douch. Les hommes y sont arrivés épuisés par le combat qui avait eu lieu à l'aube, et par des heures de marche dans un relief accidenté.

Saint-Pierre-des-Cats est un vallon étroit, peu lumineux, dans l'Aveyron. Même en été, le soleil disparaît trop tôt. Dans les premières maisons, personne ne se souvient de ce maquis en guenilles, passé en septembre 1943. Roquemaurel écrit que les habitants ont d'abord refusé de les aider, il a dû les menacer, les prévenir que, de toute façon, ils ne partiraient pas tant qu'ils n'auraient pas de quoi manger et s'habiller. Les villageois ont trouvé un peu de nourriture et des habits, « reliques de noces, bleus de travail hors d'usage ».

Dans une ferme, tout au fond du vallon, je finis par trouver une grand-mère qui se souvient vaguement de l'épisode. On le lui avait raconté : elle n'est arrivée à Saint-Pierre qu'après-guerre, « pour bru » dans la famille de son mari. Ses petites-filles sont curieuses de l'histoire, mais la grand-mère n'est pas bavarde, elle ne s'attarde pas.

Comme le soir approche, ce 10 septembre, le lieutenant de Montégut renvoie une patrouille à Douch pour vérifier que les Allemands sont bien repartis, et si Sanglier est encore là. Il n'y a plus personne. Les hameaux sont déserts. L'église et le presbytère incendiés. L'anfractuosité vide. Sanglier et les autres ont été arrêtés. Quelques jours plus tard un camion vient à Saint-Pierre-des-Cats chercher une partie de la troupe, dont le blessé Bernard Sevestre. Les autres rejoignent Toulouse en train. Albert Uziel les récupère à la gare. En 2009, il se souvenait encore de l'arrivée de Christian de Roquemaurel : « Il portait une culotte de cheval et une chemise militaire, je les ai planqués immédiatement, ils auraient été arrêtés tout de suite. »

La troupe reste disséminée un moment dans la région toulousaine. Antoine de Bonnefoy, le maire d'Auriac-sur-Vendinelle, cache pas mal de monde dans les dix-sept fermes qu'il gère autour de son château. Les autres se serrent dans des piaules à Toulouse. Uziel, qui habite un meublé, se retrouve avec deux gars dans sa chambre. Bernard Sevestre est transporté dans la famille de Jean Brusson, à l'extérieur de Toulouse.

Les parents Brusson étaient instituteurs, gaullistes, ils écoutaient radio Londres. Mais ils n'ont appris l'engagement de leur fils qu'à l'arrivée de ce camarade blessé. Jean Brusson aurait dû se trouver à Douch, lui aussi : on devait l'y conduire début septembre 1943 avec l'un de ses camarades. Les deux garçons avaient rendez-vous au 46, allées du Maréchal-Pétain, adresse de Jean Mallet et de l'œuvre d'entraide aux étudiants chrétiens, d'où on devait les emmener.

L'appartement se trouvait au deuxième étage, sur la droite. Si une punaise était fichée dans la porte, ils pouvaient frapper et entrer. Sinon, il fallait déguerpir. Les deux garçons sont montés et ont vu avant d'arriver au deuxième que le chambranle était abîmé, la porte entrouverte. Ils n'ont même pas cherché la punaise, ils ont filé.

Sevestre a été opéré par Toubib, dans la chambre des parents, Mme Brusson faisant office d'infirmière. La balle avait cassé l'omoplate, elle était fichée près du cœur. « Ils l'ont un peu endormi avec du marc de mon grand-père », se rappelle le vice-amiral. La mère a offert ensuite au jeune blessé un carnet de dessins, commencé à l'École normale. Sevestre a noirci les pages pendant sa convalescence, pour remplacer, de tête, le cahier abandonné près du ruisseau à Douch. Jean Brusson m'a montré le carnet, dans son salon de Créteil. Bernard Sevestre le lui avait donné avant sa mort. Les dessins représentent la vie du maquis, à Lestibie, à Douch. Les corvées de ravitaillement, le tronc abattu pour faire un grand mât, le lever des couleurs, la popote dans la cheminée, les cours de topographie, une réunion des chefs sous un pommier…

*

Pendant que ses hommes se répartissaient dans des fermes, des meublés, Capel s'est installé dans le château de la famille Bonnefoy, à Auriac. Ces gens m'intriguent depuis le début. Peut-être l'alliance de l'aristocratie et de ces maquisards braqueurs. Il y a peu de sources sur eux. Antoine de Bonnefoy a été fait chevalier de la Légion d'honneur après-guerre, ce qui laisse tout de même quelques éléments de biographie. J'apprends ainsi qu'il était marié avec une certaine Alix, qu'il était propriétaire, c'était son métier, puis membre à la Libération de cabinets ministériels, avant de finir directeur de cabinet du préfet de Paris.

Dans les profondeurs d'Internet, je déniche un livre, écrit en anglais, par un certain Peter Korytowsky, qui signe Peter Kory. Il raconte avoir été caché au château d'Auriac, pendant la guerre, par la famille Bonnefoy. Il venait d'une famille juive, berlinoise et modeste, avait alors 12 ans. Un réseau l'a pris en charge en France et l'a confié aux Bonnefoy. Il a passé le reste de la guerre dans ce milieu étrange, chez des aristocrates résistants, qui luttaient contre l'occupant tout en conservant une vie intellectuelle, mondaine, dans un château où la guerre n'empêchait pas de bien manger et de bien boire.

Dans le livre de Kory, il y a une photo d'Alix de Bonnefoy, dans la cour du « château ». Elle est en compagnie d'une jeune fille qui lui ressemble beaucoup. Sa fille « Marthou », précise l'auteur. À partir de ces trois prénoms, Antoine, Alix, Marthou, j'écume les sites de généalogie. Et découvre qu'Antoine et Alix étaient en fait cousins germains : leurs pères étaient frères. Cela a permis d'imprimer un faire-part de mariage plaisant, en septembre 1925. Sur la page de droite : « Madame de Bonnefoy et le colonel de Bonnefoy, commandant le 5e régiment de chasseurs d'Afrique, invitent au mariage de leur petite-fille et fille, Alix de Bonnefoy. » Sur la page de gauche : « Madame de Bonnefoy, baronne douairière de Séverac, et Monsieur et Madame Paul de Bonnefoy invitent au mariage de leur petit-fils et fils, Antoine de Bonnefoy. Union bénie par Monsieur l'abbé de Bonnefoy. »

Alix et Marthe de Bonnefoy

Hélas, Marthe de Bonnefoy est morte en 1975, son père en 1976 et sa mère en 1983. Je laisse tout de même un message à l'auteure de leur arbre généalogique. Qui me répond rapidement. Elle est de la famille du mari de Marthe de Bonnefoy, Guy Roullet. Il est mort, lui aussi, avant Marthe, elle sait juste qu'ils ont eu deux enfants, Olivier et Marie-Dominique, elle ignore s'ils sont encore en vie, elle n'a jamais été en relation avec cette branche de la famille. Elle a entendu dire que Marie-Dominique louait une maison de famille, vers Saint-Georges-de-Didonne, en Charente-Maritime, la région d'où venait son père. Elle ne sait pas si c'est toujours le cas. Je la remercie vivement, et passe de la généalogie aux locations de vacances.

Sur un site de résidences luxueuses, je trouve une « Dominique Roullet », qui loue une superbe demeure, « idéalement située sur la pointe de Suzac, dans un site rare alliant mer et campagne» (225 euros la nuit tout de même!). Je vérifie: Suzac est un quartier de Saint-Georges-de-Didonne, la piste est prometteuse. Mais pour laisser un message à la propriétaire, il faut effectuer une préréservation. Je choisis une semaine en août, et rédige un petit mot afin de prier par avance Dominique Roullet de bien vouloir m'excuser pour cette réservation à blanc, je ne compte absolument pas venir l'été suivant, je voudrais juste la rencontrer, si elle est bien la fille de Marthe Roullet: je m'intéresse à ses grands-parents, Antoine et Alix de Bonnefoy. Je laisse un numéro de portable. Et reçois quelques heures plus tard ce texto: «Appelez-moi quand vous voulez. Marie-Dominique.» Je saute de joie dans ma cuisine (je travaille souvent dans ma cuisine). Je n'aurais pas été beaucoup plus heureux si j'avais reçu une invitation à dîner au château d'Auriac-sur-Vendinelle.

Quelques jours plus tard, j'entre au Bonaparte, un café de Saint-Germain-des-Prés, où Marie-Dominique Roullet m'a fixé rendez-vous. Mon travail l'intéresse et la touche: elle aimerait écrire et admirait ses grands-parents. Elle est avide des informations que je pourrais connaître, car elle doute de tout ce qu'elle sait de ses proches. Tout le monde est mort trop tôt, personne n'était bavard.

Dans la famille, on appelait Antoine de Bonnefoy «Nino», ou «l'Africain», parce qu'il était très mat de peau. «Peut-être que c'est pour cela qu'on l'a appelé Lebrun dans la Résistance?» C'était un séducteur, «pas très grand, trapu, la tête rasée, très méridional, adoré de tout le monde». La famille était originaire d'Espagne. Des juifs séfarades convertis au catholicisme, pensait le grand-père. Sa femme

Antoine de Bonnefoy

et cousine Alix « n'y croyait pas du tout ». Ils étaient tombés amoureux pendant des vacances familiales, avaient décidé de se marier, en 1925, contre l'avis de tout le monde. « Le jour du mariage, Alix a dit je ne veux plus me marier. Son père, le colonel, lui a dit c'est trop tard, ma petite », raconte Marie-Dominique.

Pendant les deux heures passées au Bonaparte, des larmes lui viennent plusieurs fois. Des grands-parents très courageux sont un sujet d'admiration, mais aussi un poids. Une fragilité, longtemps après leur mort. Il n'est pas très facile de descendre de héros (enfin je suppose).

Alix et Antoine vivaient entourés d'artistes, de poètes. Alix était très amie avec Paul Valéry, qui avait habité le château après sa révocation de l'Académie française pour avoir prononcé l'éloge funèbre du juif Henri Bergson. Vladimir

Jankélévitch y a aussi passé une partie de la guerre, avec sa femme Ida, et le frère d'Ida, Jean Cassou, directeur après-guerre du Musée d'art moderne de Paris.

Cassou a écrit un beau livre, *La Mémoire courte*, sur l'essence de la Résistance. Avant de se réfugier à Toulouse, il avait appartenu au réseau du musée de l'Homme, dès ses débuts. « On était peu nombreux et on se cherchait à tâtons », résume-t-il. À Toulouse il a rejoint Combat, a fait un an de prison, peine prononcée le 31 juillet 1942 par le tribunal militaire de la ville pour appartenance « à une organisation gaulliste ». Dès sa sortie il a choisi la clandestinité. « La Résistance, écrit-il, a été une façon de vivre, un style de vie, la vie réinventée. » Lui qui avait toujours été « sans possessions, ni titre, ni héritage, sans assise, sans statut social, sans métier véritable », s'est soudain retrouvé « dans un état d'où toutes les apparences avaient disparu et où la norme était de n'être plus que soi-même. De ne plus porter son nom, de ne plus avoir de position sociale, de ne plus en chercher ». Dans la Résistance, il se sentait « libre et nu ».

*

La famille Bonnefoy hébergeait également, au château et dans les fermes alentour, les épouses de responsables nationaux de l'Armée secrète contraints à la clandestinité. Ils passaient parfois voir leurs femmes. C'est ainsi que Jean Capel a fait la connaissance de plusieurs cadres importants, dont Michel Brault, alias Jérôme, le responsable national des maquis-écoles. Cela lui a permis de court-circuiter les responsables hiérarchiques régionaux ; de gagner plus d'autonomie pour son maquis.

Pour ajouter un peu de piment à la vie du château, la police allemande en avait réquisitionné une aile. Elle ignorait bien sûr que des résistants vivaient juste à côté. Les officiers se montraient plutôt courtois, mais ils avaient des caprices et pouvaient réveiller la cuisinière en pleine nuit pour qu'elle leur prépare des soufflés au fromage.

Malgré la guerre, la nourriture et le vin ne manquaient pas au château, grâce à ses dix-sept fermes. Pour servir, il y avait donc la cuisinière, Albertine Garrigues. Un chauffeur et une ou deux femmes de ménage, suivant les moments. Un valet de pied. « Chacun vivait en liberté, avec très peu de contraintes, il fallait seulement être à l'heure et bien habillé au déjeuner et au dîner, à midi et 19 heures », raconte Marie-Dominique. Sa grand-mère et Albertine étaient « très soudées », engagées ensemble dans la Résistance. Alix transportait des messages, parfois des armes ou des radios. Sa fille Marthe sillonnait la région à vélo, portait des colis à Toulouse, en compagnie de son cousin Bertrand, dont Alexis Brézet (éditorialiste au *Figaro*) deviendra le neveu. « Ma mère m'a raconté qu'un jour elle devait porter à Toulouse un paquet très compromettant. Il était dans le panier de son vélo. À l'entrée de la ville, il y avait un barrage allemand. Elle s'est arrêtée, leur a souri, et leur a dit qu'elle était très en retard au lycée. Ils l'ont laissée passer en souriant. »

Alix était messagère, mais quel était exactement le rôle d'Antoine de Bonnefoy, au sein de l'Armée secrète ? Sa petite-fille n'en sait rien. Elle sait seulement qu'il était gaulliste, comme Alix, et franc-maçon. Un jour, avec son frère Olivier, ils avaient joué avec la « tenue » du grand-père, et s'étaient fait copieusement engueuler. On leur avait demandé de « ne surtout jamais en parler ». C'était longtemps après la guerre, mais les lois de Vichy avaient laissé des traces. En août 1941, Philippe Pétain avait décrété que les noms « des anciens dignitaires des sociétés secrètes dissoutes » devaient être publiés au *Journal officiel*, et que l'exercice des fonctions publiques et mandats « énumérés à l'article 2 du 2 juin 1941 » (portant sur le statut des juifs) devait également leur être interdit.

Marie-Dominique me recommande d'aller voir son frère, Olivier, qui était « très attaché » à son grand-père. Il habite à Revel, près d'Auriac, « se passionne pour l'histoire ». Elle, était plus proche d'Alix, qui l'a élevée après la mort de leur mère. Elle m'assure que sa grand-mère a beaucoup souffert. Que son grand-père pouvait être difficile, qu'il trompait sa femme « à tour de bras ». Les monstres ne se réduisent pas à leur monstruosité, pourquoi les héros se résumeraient-ils à leur héroïsme ?

L'après-midi s'achève, il fait lourd à Paris. Un orage menace. Marie-Dominique avait 4 ans quand son père s'est tué. Il revenait d'une chasse en Sologne, roulait beaucoup trop vite. À un carrefour, en pleine forêt, il a percuté une voiture, il est mort sur le coup, ainsi que les occupants de l'autre voiture, un couple qui venait de se marier. La famille a choisi de ne pas le lui dire. C'est en se disputant avec un cousin de son âge, quelques mois plus tard, qu'elle l'a appris. Alors qu'elle lui disait « tu vas voir, je vais le dire à mon père », le cousin a pouffé : « Ton père, il est mort depuis trois mois ! »

Pour Olivier, l'annonce a été plus rapide, mais tout aussi brutale. Il était en vacances à Courchevel avec son grand-père Antoine de Bonnefoy. Ce dernier a conduit toute une nuit pour rentrer en Charente-Maritime. Il fumait en silence. Arrivés à Royan, il a coupé le moteur, et dit à son petit-fils : « Ton père est mort. »

Olivier Roullet porte une barbe blanche et un chapeau mou. Il a le visage d'un aventurier que la vie aurait fatigué. Il se montre attentif, paraît par moments traversé par une vigilance craintive, comme si le visiteur pouvait lui apporter une nouvelle qui le lézarderait. Il m'attend en terrasse, sous les arcades de la place centrale de Revel, en face de jolies halles. Il ne sait en réalité pas grand-chose de plus que Marie-Dominique sur le rôle d'Antoine de Bonnefoy dans la Résistance. Seulement ce que l'on peut trouver sur Internet. Chez lui, il a bien des cartons qui lui viennent de son grand-père. Avec des papiers, des photos. Mais ils ont pris l'humidité dans un garage. « Il faudra que je les mette à sécher », s'excuse-t-il. Au Bonaparte, l'autre jour, Marie-Dominique m'avait confié qu'elle possédait, elle aussi, dans le grenier de sa maison de Saint-Georges-de-Didonne, « 150 cartons » d'archives de son grand-père, trésor qu'elle n'a jamais ouvert, parce qu'elle a « du mal à se confronter à la mémoire ».

Quel caractère avait Antoine de Bonnefoy ? « Excellent ! Il avait mauvais caractère, décidait de tout, mais en suggérant les choses, sans paraître les imposer. J'étais très attaché à lui, dit Olivier Roullet. Mon père est mort quand j'avais 10 ans, je n'ai pas eu trop d'autres modèles masculins. » Selon lui, Antoine de Bonnefoy « était généreux, les gens l'aimaient. Il savait décider. Il n'y avait pas d'autre porte que celle qu'il avait décidée ».

Je n'en saurai pas plus sur le rôle de « monsieur Lebrun » dans la Résistance. Le grand-père parlait beaucoup, mais ne se confiait pas. Une anecdote résume cela : Antoine de Bonnefoy n'avait qu'un œil, il avait perdu l'autre très tôt, dans l'enfance. Marie-Dominique pense que son frère Joseph, le futur colonel des chasseurs d'Afrique, le lui avait crevé, en jouant. Je pose la question à Olivier. Il fait une moue perplexe. Il n'en sait absolument rien. « Vous n'avez jamais demandé à votre grand-père pourquoi il n'avait qu'un œil ? » Il me regarde un instant, puis répond : « Les questions personnelles étaient interdites, mon grand-père avait sa vie, ses affaires personnelles, on ne dérogeait jamais de cela. Il ne refusait pas de répondre. Il se mettait juste à parler de tout autre chose, on savait ce que ça voulait dire. »

*

Les collines autour de Revel sont jaunes, il y pousse du colza, du maïs. Les cultures intensives rendent les paysages monotones. Ici cela reste doux. Sans doute parce que la route, de Revel à Auriac, suit une crête arrondie, des vallons plongent de chaque côté. Des amis précieux habitent par là, ce soir je dormirai chez eux. Avant je veux voir à quoi ressemble Auriac-sur-Vendinelle.

Le village niche dans un creux, moins lugubre que celui de Saint-Pierre-des-Cats. Une rivière le traverse, la Vendinelle, enjambée par un vieux pont de pierre. Je mets un peu de temps à comprendre où se trouve le château : je n'ai pas pensé à demander à Olivier, je croyais que je le repérerais de loin, comme le château de Labastide (même sans ses tours). En fait il s'agit d'une grosse ferme cachée derrière un mur de pierre. Les bâtiments s'articulent autour d'une courte et grosse tour qui justifie le nom de château. Des dépendances s'y accrochent, le tout est entouré d'un vaste parc, complètement imbriqué dans le village, ce qui explique qu'on ne trouve pas le château facilement.

Olivier Roullet a vendu l'ensemble en 2007. Il avait besoin de sous. Le promoteur qui a racheté y a aménagé des appartements luxueux. Je rôde autour des murs extérieurs, regarde par les grilles. Aucune envie d'entrer. Cela me déstabilise, les lieux qui ont connu l'Histoire et abritent d'autres vies. Une profanation pourtant légitime, on ne va pas tout vitrifier. Est-ce que ceux qui vivent là savent que Gestapo et résistants cohabitaient pendant la guerre ? Marie-Dominique m'a raconté que Peter, le petit juif, tournait autour des policiers allemands, puis revenait traduire tout ce qu'il avait entendu.

Chapitre 8

Bandits de droit commun

Le 26 septembre 1943, deux semaines après le combat de Douch, Michel Arlet rejoint à la tombée de la nuit quelques camarades au Pont des Demoiselles, un quartier de Toulouse. La plupart viennent des meublés où ils sont cachés, quelques-uns des fermes d'Auriac. Une camionnette Citroën « bâchée de noir » arrive, embarque la petite troupe, la conduit dans une impasse au bord de la Garonne. Une meunerie industrielle se trouve là. Le Moulin du Martinet, qui tourne jour et nuit. Ils doivent y récupérer de l'essence et une moto. Ils descendent de la camionnette. Un veilleur de nuit approche. « Nous nous sommes présentés comme inspecteurs chargés du contrôle économique », précisera Arlet aux policiers.

Le veilleur s'appelle Jean Darle. Il a 78 ans, travaille depuis une quinzaine d'années au moulin, où il habite avec sa femme et sa petite-fille. Il est sorti parce qu'il a entendu « du bruit provenant du portail ». Comme il s'approche de la dizaine de jeunes gens, un homme « qui paraît être le chef » lui demande s'il y a un garde. « Bien sûr, c'est ma fonction », répond-il. Le chef ajoute alors : « Vous avez aussi votre femme et votre petite-fille… » Darle comprend la menace et guide les visiteurs partout où ils le souhaitent. Ils regroupent tout le personnel de nuit dans un bureau où ils sectionnent les fils du téléphone, puis ils pompent 350 litres d'essence dans une citerne, prennent cinq fûts de 200 litres de gasoil. Le carburant ne sert de toute façon plus au moulin : le dernier camion à essence a été réquisitionné par les troupes d'occupation, il ne reste que deux camions à gazogène, or l'usine continue de percevoir sa dotation en essence, proportionnelle au grain écrasé. Les visiteurs emportent également la motocyclette Norton (de couleur vert armée anglaise, trois vitesses au pied, soupapes latérales). Puis ils repartent dans la nuit.

Les gars du moulin attendent le matin et l'arrivée des chefs pour leur annoncer le vol. Quand les policiers arrivent, personne ne peut fournir le moindre signalement. « De leurs interrogatoires, peste l'inspecteur Charles Wurth, de la 8e brigade régionale de police de sûreté de Toulouse, il ressort seulement qu'il s'agissait de jeunes gens âgés de 20 à 25 ans, on n'a pu obtenir de ces gens-là aucun renseignement susceptible d'orienter notre enquête. » Dans son rapport mensuel au chef du gouvernement, le mois précédent, le préfet notait que les organisations de réfractaires, encadrées par la Résistance, « rencontrent trop souvent l'indulgence passive de la population ».

*

Plusieurs jours après le casse, le lieutenant de Montégut part en reconnaissance avec Michel Arlet sur la Norton volée. À Montauban, où il était maréchal des logis-chef au

3e hussards, ils tombent sur le fils d'un capitaine, Gilles de Martin de Bellerive. Montégut le reconnaît : le garçon venait faire du cheval dans la caserne de son père. Martin explique qu'il fait à présent son stage au chantier de jeunesse du Plo del May, à cent kilomètres de là, dans la Montagne noire. Il dresse un tableau alléchant des stocks entreposés là-bas.

Quelques jours s'écoulent, puis, le jeudi 7 octobre, les habitants d'Arfons, petite ville de la Montagne noire, tout près du Plo del May, remarquent un homme sur une Norton verte, vêtu d'une canadienne en peau de mouton, d'une culotte de cheval et de bas (d'un épisode à l'autre on retrouve assez bien le lieutenant de Montégut).

Le chantier de jeunesse no 35 se trouve dans une vaste forêt de chênes et de sapins. Des arbres immenses, très larges, aux pieds mangés de fougères. Les cimes sont très hautes, la lumière ne parvient au sol que tamisée. L'endroit est beau, mystérieux. La montagne porte bien son nom. Le motard roule jusqu'au camp, où il fait demander Gilles de Martin de Bellerive. Ils s'entretiennent un moment à l'écart, puis Montégut retourne à Arfons. Il se rend au bureau de poste, d'où il envoie un télégramme, avant d'aller déjeuner tranquillement au café Albouy, au centre du village.

La nuit venue, une camionnette bâchée de noir arrive au Plo del May. Quelques hommes en descendent, se dirigent vers le PC du chantier de jeunesse, une baraque qui se trouve à l'entrée. Ils y pénètrent par le bûcher (une petite pièce sur le côté où l'on entrepose le bois). Une porte, à l'intérieur, communique avec le bureau, elle n'est jamais fermée à clé, visiblement ils le savent. Le secrétaire du chantier, Jean Moulène (20 ans), dort dans une pièce contiguë. Il entend du bruit, crie pour se rassurer. N'obtenant pas de réponse, il se lève, ouvre sa porte. Sept hommes sont là, qui le braquent avec deux torches électriques et des revolvers. Ils obéissent, dira-t-il aux policiers, à un homme qu'ils appellent « Toubib », habillé d'un costume gris et coiffé d'un béret.

Ils commencent par piller, dans le bureau, 24 rations de tabac que le secrétaire s'était mises de côté, ainsi qu'une « paire de brodequins neuve ». Puis certains ressortent et se dirigent sans demander leur chemin vers la maison forestière où l'on range les stocks. Ils entrent par une fenêtre, prennent 3 blousons en cuir, 3 pantalons verts des chantiers de jeunesse, 3 manteaux trois quarts imperméables, 3 caleçons, 8 mouchoirs, 3 paires de chaussettes, 3 cravates, 25 paires de chaussures usagées, 20 paires de chaussures neuves, 20 paires de gants, 300 couvre-pieds environ, 40 couvertures environ, 25 sacs de couchage, 45 rations de sucre, 2 brancards, 1 bidon de carbure, 1 paire de bottes en caoutchouc, 3 jerseys, 10 ponchos, 8 toiles de tente, 1 chemise, 5 serviettes, 2 pantalons et bourgerons treillis.

Pendant ce temps, le secrétaire reste gardé en joue, par plusieurs hommes qui discutent entre eux. « Au cours de la conversation, rapportera-t-il aux policiers, il était question de Toulouse et plus particulièrement de la Côte pavée » (l'un des quartiers où le maquis cache ses vols, dans un entrepôt municipal). De bribes de conversation entre « le docteur » et l'un des hommes, il a compris que les maquisards n'étaient pas sûrs d'avoir « suffisamment d'essence pour le retour ».

Avant de repartir, poursuit le secrétaire, « le docteur me fit donner ma parole que je ne préviendrais le chef commandant qu'une heure après son départ, ce que je promis mais ne tins pas car ce fut la première chose que je fis sitôt qu'ils eurent disparu. » Policiers et gendarmes savaient user du passé simple à l'époque. On le retrouve à longueur de procès-verbaux. Cela rend le fait divers plus romanesque.

Lors de son arrestation, Michel Arlet dira aux policiers que le secrétaire du chantier de jeunesse, Moulène, était « très bienveillant » : il leur a indiqué « les divers objets susceptibles de [les] intéresser » et leur a fait remarquer, au moment de leur départ, qu'ils oubliaient un blouson accroché à un escalier. Balance-t-il cela pour se venger d'un type trop peu docile ? Ou parle-t-il de façon trop légère, sans penser aux conséquences pour le jeune secrétaire ? De la même façon, il donne Gilles de Martin de Bellerive, le fils du capitaine des hussards : « C'est probablement lui, l'informateur du coup. » Martin de Bellerive sera condamné, le 28 avril 1944 par la section spéciale de la cour d'appel de Toulouse[1], à deux ans de prison. Michel Arlet à quatre ans. Christian de Roquemaurel, par défaut, à quinze ans.

Dans ses mémoires, l'ancien lieutenant écrit qu'il avait pris vingt ans. L'erreur est sans importance, mais elle raconte assez bien ce qu'était devenue la justice en 1943. En dehors des guerres, les gens oublient rarement leur peine, quand ils prennent quinze ans.

*

Dès le lendemain du casse, des inspecteurs de la 8e brigade régionale de sûreté de Toulouse débarquent dans la Montagne noire. En interrogeant les habitants d'Arfons, ils

1. Juridiction créée en 1941 pour réprimer essentiellement les communistes et les « terroristes » patriotes.

apprennent très vite que l'homme à la Norton s'est rendu à la poste, pour envoyer un télégramme. Le receveur montre volontiers à l'inspecteur Raymond Barrère le texte expédié la veille par le motard en canadienne et culotte de cheval :

Destinataire : Marcel Ray 45, rue Pharaon TOULOUSE
Texte : J'attends maman ce soir à Arfons, amitiés, de Montégut
Expéditeur : De Montégut Avenue Georges Phoebus à Foix

Le nom du destinataire et l'adresse de l'expéditeur sont faux, en revanche l'adresse toulousaine est bien celle de Christian de Roquemaurel. L'inspecteur Barrère s'y rend dès le lendemain. Mlle Goynard, la logeuse, confirme que le télégramme est bien arrivé jeudi, il a été réceptionné par le frère du jeune homme qu'elle héberge. Ce dernier, précise-t-elle, ne s'appelle pas Ray mais Christian de Roquemaurel, et son frère Marcel. Quelques heures ont suffi à Raymond Barrère pour identifier l'un des auteurs du casse. Le lieutenant de Montégut est un soldat charismatique, mais un voleur bien imprudent.

La chambre est perquisitionnée. L'inspecteur y découvre des balles de revolver, des cartes et des photos du maquis Bir-Hakeim. Il rédige un avis : « Faire rechercher les frères de ROQUEMAUREL, Marcel et Christian, se faisant appeler Marcel Ray ou DE MONTEGUT. […] Organiser surveillance discrète. Le jeune de ROQUEMAUREL pourrait être en moto marque NORTON 7172 FS4. Ces individus sont les auteurs de vols à main armée contre les chantiers de jeunesse. »

Barrère n'a pas beaucoup à attendre. Le dimanche 17 octobre, un commissaire principal de Pau l'appelle pour lui dire que les services de sécurité de la ville viennent d'arrêter deux individus circulant sur une Norton 7172 FS6 (l'immatriculation n'a pas été changée, l'inspecteur s'était juste trompé d'un chiffre). Ils roulaient avec de faux papiers, le pilote a avoué tout de suite : il s'appelle en réalité Michel Arlet, appartient à la Résistance, son uniforme vert des chantiers de jeunesse a été volé dans la Montagne noire.

Barrère fait transférer le garçon à Toulouse, et il arrête Gilles de Martin de Bellerive, le fils du capitaine des hussards. Le garçon se met à table à son tour, raconte tout ce qu'il sait. Il donne l'identité réelle du lieutenant de Montégut (Raymond Barrère l'avait déjà grâce à la logeuse, mais ça lui permet de vérifier que le jeune Martin ne le balade pas). Le fils du capitaine livre une information importante : après le casse, les malfaiteurs l'ont embarqué avec eux, ils ont roulé en direction de Toulouse, puis sont tombés en panne d'essence après Revel, « à trois ou quatre kilomètres de la route qui conduit au village d'Auriac ». Marcel de Roquemaurel, le frère du lieutenant, a alors été envoyé « chercher dix litres d'essence au château, chez monsieur le maire d'Auriac ». Il n'a pu en rapporter que cinq, c'était insuffisant, alors le camion a été poussé jusqu'au château. Les hommes sont rentrés à Toulouse par la micheline de 7 heures.

Après avoir identifié le lieutenant de Roquemaurel, l'inspecteur Barrère se voit ainsi offrir, sans le savoir, le lieu où le chef de Bir-Hakeim est caché, où de nombreux responsables nationaux de l'Armée secrète gaulliste transitent. Les cloisons, normalement étanches au sein de la Résistance, semblent un peu poreuses, pour l'instant, au sein de

Bir-Hakeim. Gilles de Martin de Bellerive confie qu'il a aussi entendu dans le camion que l'on cachait des armes au château.

Raymond Barrère se présente quelques jours plus tard chez M. et Mme de Bonnefoy, en compagnie des inspecteurs Dur et Wolfram. Seule Alix est présente. Elle est « d'origine française, de religion catholique, non juive et jamais condamnée ». Elle ne comprend rien à cette histoire, ne connaît personne du nom de « Roquemaurel » ou « de Montégut », ne reconnaît pas ces deux frères que l'inspecteur lui montre en photo. Du reste, elle ne se souvient pas d'avoir vu un jour chez elle « des personnes étrangères qui auraient été en relation d'un ordre quelconque avec [son] mari ». Elle ne connaît à ce dernier aucune activité politique. Il ne s'occupe que de la gérance de leurs dix-sept propriétés et des affaires de la mairie d'Auriac, cela représente déjà une charge. Évidemment, elle est « absolument sûre » que son époux n'a jamais entreposé d'armes chez eux ! « Pour prouver ma bonne foi, ajoute-t-elle, je vous demande de vous livrer dans mon habitation, dans mes propriétés et dans les dépendances, à toutes les perquisitions que vous jugerez utiles. » Cela tombe bien, c'est ce que Barrère comptait faire. Il demande aux trois gendarmes réquisitionnés en chemin, à la brigade de Caraman, de garder les issues. Alix se ravise alors. Après réflexion, elle est ennuyée qu'ils fouillent chez elle sans mandat de perquisition. Barrère sort celui qu'il gardait en poche. Un ordre, pris « sur réquisition générale » du préfet de région, de procéder « à une visite domiciliaire chez Monsieur de Bonnefoy, maire d'Auriac-sur-Vendinelle ».

Les policiers ne chôment pas. Barrère comptera au total, « en chambres, cuisines, salons et dépendances », 37 pièces. La fouille, commencée à 18 h 30, s'achève à 21 h 35. Pour un résultat très modeste : un sac « de plombs de chasse de 3 à 4 kilos », une boîte de poudre noire, deux cartouches de fusil de chasse et une carte d'identité vierge portant un timbre fiscal à 15 francs.

Dans son rapport de synthèse, Raymond Barrère écrit qu'il n'a « pas été possible d'établir la complicité dans cette affaire de Monsieur de Bonnefoy maire d'Auriac ». Mais le château se retrouve sous surveillance. C'est ennuyeux, car des dépôts d'armes s'y trouvent effectivement, en octobre 1943. Cachées non au château, mais dans plusieurs des fermes.

Chapitre 9

Solidarités et dénonciations

La route grimpe en lacets pour atteindre le plateau du Bénou. Le gris du goudron craquelé tranche avec le vert appétissant des Pyrénées en été. Bir-Hakeim avait installé là-haut son nouveau maquis, en octobre 1943. Tout près de la frontière espagnole. Les hommes avaient quitté leurs planques dans les fermes d'Auriac et les piaules toulousaines, pour retrouver une vie collective.

Je grimpe le casque ouvert pour profiter des cloches, le Bénou se trouve au-dessus de la vallée de l'Ossau, très pastorale. Je repense en roulant à une conversation de la veille. J'ai dormi pas très loin, chez l'un de mes beaux-frères, dans un village proche de Pau. Avant de manger on est passés saluer sa mère, elle nous a servi un bon jurançon, vinifié par l'un de ses cousins. Comme je lui racontais ce livre qui m'obsède, des souvenirs ont commencé à remonter. Un Allemand était hébergé dans son village, pendant la guerre. Dans une maison réquisitionnée. « Il était interprète, ou quelque chose comme ça, il ne devait pas être bien méchant. » Un soir, un boulanger éméché l'avait abattu devant chez lui, sans raison apparente. Peut-être trouvait-il cela légitime, ou en rêvait-il depuis longtemps, tuer un boche, un occupant, cela ferait toujours un de moins. Une autre fois, des soldats allemands étaient venus dans une famille qui cachait des réfractaires, ou des juifs, Rose ne se souvenait plus. Le père avait eu un mauvais réflexe, comme un mouvement de recul, puis il avait filé au grenier, donner l'alerte. Les soldats n'avaient eu qu'à le suivre, puis ils l'avaient abattu, dans sa cuisine, avant d'obliger sa femme à leur faire à manger, à côté du corps de son mari.

Le paysage est majestueux sur le plateau. Un vaste cirque de montagnes. L'herbe semble rase mais dense, tondue de près par les troupeaux. Elle est d'un vert profond. Le Bénou est une tourbière, comme le plateau des Glières. Les deux endroits se ressemblent beaucoup, et je repense en marchant à une soirée là-bas. Je travaillais pour *Libération*, venais faire un papier sur un rassemblement militant. La veille, un repas avait été organisé dans un chalet, j'avais dîné entre Raymond Aubrac et Stéphane Hessel. J'étais un peu impressionné, je me sentais un peu gauche, j'essayais de donner le change. Aubrac l'avait senti, il s'était moqué : « Et vous travaillez où déjà ? Ah oui, *Libération* ! J'ai bien connu. C'était un bon journal à l'époque. » Hessel était parti se coucher assez tôt ce soir-là et Aubrac m'avait raconté qu'à la mort de Lucie, il avait ressenti le besoin, pour survivre, de reprendre les visites qu'elle faisait dans les lycées, les collèges, pour transmettre leur histoire. Je n'avais jamais pensé à ça, transmettre peut être une façon de survivre. Nous nous sommes retrouvés quelques mois plus tard. Il venait cette fois à Caluire-et-Cuire, près de Lyon, visiter la maison du docteur Dugoujon, lieu de son arrestation avec Jean Moulin notamment, le 21 juin 1943. Le conseil général venait de la faire rénover pour l'ouvrir au public. Le directeur général des services voulait la lui montrer, avant l'inauguration, il m'avait proposé de déjeuner avec eux. En sortant de table nous avons pris la route de Caluire. Cela me faisait drôle, d'aller là-bas avec Aubrac. Arrivés devant la villa, le directeur général a sorti un trousseau de clés, les a toutes essayées. Aucune n'ouvrait la porte. Son chauffeur a dû repartir en vitesse au conseil général, récupérer un autre jeu. Raymond Aubrac piaffait, il devait reprendre un train, sa fille l'attendait à Paris. Le chauffeur est revenu. Les nouvelles clés n'ouvraient pas plus. Le directeur, en nage, a essayé de joindre l'entrepreneur en charge des travaux. En vain. Alors Aubrac a tranché : « Ça suffit, maintenant je dois vraiment y aller. » Nous sommes repartis sans avoir visité la maison. À l'avant, le directeur était mortifié. À l'arrière, Aubrac m'a glissé, en s'installant sur la banquette : « De toute façon j'ai toujours des ennuis quand je viens à Caluire… »

*

Après le coup du Plo del May, c'est le lieutenant de Montégut qui a pensé à ce plateau du Bénou, dans les Pyrénées béarnaises, pour installer le maquis-école de Bir-Hakeim. Ses parents vivaient pas très loin, à Pau, il avait repéré un ancien chantier de jeunesse abandonné là-haut. Avant de prendre possession de la dizaine de baraques en bois vides, les maquisards ont raconté aux habitants qu'ils étaient envoyés par Vichy pour démonter ces baraquements devenus inutiles. Ils étaient vêtus des uniformes verts des chantiers de jeunesse, fraîchement dérobés. Ils se sont installés tranquillement.

*

Les paysans de Bielle ont vite compris, en octobre 1943, que les jeunes gars, là-haut, n'étaient pas venus démonter des baraquements. Ils s'entraînaient, gymnastique, règlement militaire et maniement des armes (sans armes, puisqu'elles étaient coincées dans des fermes d'Auriac). « L'ambiance était assez morose », résume Christian de Roquemaurel. Il pleuvait beaucoup, le froid devenait vif.

Le plateau est devenu un repère de marcheurs, grosses chaussures et bâtons de randonnée. Je réussis tout de même à dénicher un éleveur du coin. Il me faut un peu de temps pour m'habituer à son accent, puis je comprends au milieu des cailloux qui roulent entre ses mots que l'épicier de Bielle, M. Ménage, ravitaillait les maquis, là-haut. Il y en avait plusieurs. Surtout des Espagnols, cachés dans les granges. Il n'a jamais entendu parler de Bir-Hakeim, les baraques en bois ont été démolies depuis longtemps, il me montre les fondations en pierres, à la lisière d'un bois. Un troupeau broute l'herbe grasse autour. Il me suggère d'aller demander au village. Je remercie et redescends.

À Bielle, une boulangère me donne le nom d'un ancien, Jean Gay, qui m'accueille dans une maison aux murs épais. Il se souvient en effet d'un maquis venu d'une autre région, en 1943. Il avait séjourné là-haut quelques semaines, cohabitant avec les républicains espagnols. Il ne se souvient pas de son nom. Il n'avait que 9 ans, me conseille d'aller plutôt voir l'un de ses amis, le fils de l'ancien boulanger et maire de Bielle en 1943.

Adrien Cazaux habite la dernière maison en sortant du village, en direction de l'Espagne. Je fais plusieurs fois le tour de la bâtisse, pour chercher une sonnette. Il n'y en a pas. Alors j'entre par le jardin, entretenu à l'anglaise. Haies taillées de près, rosiers grimpants, glycine, hortensias… Je marche lentement, pour ne pas inquiéter les propriétaires. Un vieil homme arrive, il ne semble pas surpris de ma présence dans son jardin. Adrien Cazaux a 86 ans, il ressemble à un Yves Montand qui serait devenu très vieux, peut-être l'œil qui tombe en coin. Mon histoire lui plaît bien. « Mais je ne suis pas sûr de pouvoir vous apprendre grand-chose », prévient-il. Avec le temps, j'ai appris à reconnaître les promesses contenues dans cette phrase modeste.

Adrien Cazaux avait 11 ans à l'époque. Son père ne parlait guère (je commence à m'y faire), mais lui espionnait les adultes, observait tout. Le paternel avait un permis de circuler, le soir il montait parfois les victuailles de l'épicier, ainsi que du pain à lui, dans une voiture équipée d'un gazogène (j'ai toujours vu dans les films de guerre ces bonbonnes sur les toits ou les coffres, sans jamais me demander comment ça fonctionnait : très mal, par la combustion lente de charbon ou de bois, pour produire du gaz, qui remplaçait l'essence). Le père Cazaux faisait également de faux papiers, pour les réfugiés, pour ceux qui avaient besoin de gagner l'Espagne. La postière, Mme Fourcade, était dans la confidence. Si des Allemands approchaient du village, elle grimpait au grenier de sa maison, étendre un drap blanc sur le toit. Des fermiers, en altitude, le repéraient, et prévenaient les maquis.

À l'automne 1943, une unité SS particulière a stationné à Eaux-Bonnes, à douze kilomètres du village. La division d'élite Brandenbourg était spécialisée dans le sabotage derrière les lignes et l'espionnage dans les pays occupés. Je connais bien ce nom. Un panneau, à la sortie de Labastide-de-Virac, à l'embranchement du chemin menant aux Crottes, indique que c'est elle qui a massacré le hameau, le 3 mars 1944 (j'apprendrai bientôt que ce n'est pas le cas, elle avait attaqué la première fois, le 26 février, au mas de Serret, n'est pas revenue le 3 mars). Dans les rangs de Brandenbourg, des soldats allemands et beaucoup d'étrangers, des voyous français, qui voulaient infiltrer les maquis. Un jour, un jeune homme a débarqué à la mairie de Bielle. Il a demandé à voir le père Cazaux, il comptait passer en Espagne, avait besoin de faux papiers. Le maire s'est méfié, il a répondu qu'il ne faisait jamais ça. Plus tard il a appris que le garçon appartenait à la division Brandenbourg.

Cazaux a été arrêté, après le départ du maquis, avec cinq de ses administrés, pour avoir ravitaillé les résistants. Trois ont avoué, ils ont été déportés, ne sont jamais revenus. C'était absurde, note Adrien Cazaux : ils étaient maquignon, boucher et hôtelier, c'était leur métier, ils se faisaient payer et ravitaillaient aussi bien les Allemands, c'est d'ailleurs bien pour ça qu'ils avaient avoué. Les trois autres, dont le maire, ont nié farouchement, ils ont été relâchés.

Les Allemands étaient venus perquisitionner la boulangerie et la maison. En ouvrant une armoire, dans la chambre des parents, un jeune soldat était tombé sur un revolver, entre deux piles de draps. Il s'était retourné, avait regardé la mère. Et avait refermé les portes, sans prononcer un mot.

Les ravitailleurs avaient été dénoncés par trois habitants du village. Tout le monde a su leurs noms. Ils ont même été condamnés, à la Libération. Parmi eux, le père de l'un des meilleurs amis d'Adrien Cazaux. « On en a parlé une ou deux fois, murmure le vieil homme. Mais c'est difficile pour lui. Cela reste un vrai traumatisme. » Après la guerre il a fallu, dans les villages, continuer de vivre ensemble, les résistants, les collabos, et ceux qui ne s'étaient pas mouillés. Bielle a choisi le silence, comme Labastide. Au sortir des guerres, les concordes civiles se font sur les dos de la transmission et de la mémoire.

*

À partir de novembre, le moral a commencé à décliner franchement, au Bénou. La neige tombait, les hommes avaient froid, les armes manquaient. Une nuit, deux garçons ont pris la fuite. Puis le cuisinier est parti à son tour, sans rien dire à ses compagnons. Il était marié depuis peu, avait peur que sa jeune épouse soit infidèle. D'après des confidences faites un peu plus tard à la mère de Christian de Roquemaurel, qu'il était passé voir, pris de remords, la désertion et l'arrivée improvisée à la maison n'avaient fait que lui confirmer l'inconstance de la jeune mariée (ou sa difficulté à dormir seule). Au Bénou, les repas ont baissé de gamme.

Après l'annonce, le 13 novembre, de l'exécution des quatre maquisards arrêtés à Douch, le maquis a plongé dans une « résignation apathique ». Le lieutenant de Montégut est parti à Toulouse convaincre Campagne de l'urgence de la situation, de la nécessité de trouver des armes, de chercher une nouvelle planque, dans une région moins froide. Il est passé en chemin embrasser ses parents à Pau. Ils l'ont senti préoccupé. Alors, pendant que le fils partait pour Toulouse, la mère a pris un train pour Bielle, avec deux mousquetons qu'elle s'était procurés, qu'elle avait soigneusement emballés. Elle est montée au Bénou, en bravant le risque et la neige. Les jeunes résistants ont vu débarquer la baronne, qu'ils ont accueillie gentiment, avant de la raccompagner à la gare. À son retour, le lieutenant de Montégut a appris l'épopée. Il écrit dans son livre : « Il y avait dans le geste de cette mère remettant leurs glaives à ses deux fils une sorte de plongée dans les mythes antiques. »

Les gendarmes étaient passés, eux aussi, sur le plateau. Des douaniers avaient posé des questions. L'un des maquisards les avait envoyés balader, leur avait recommandé de s'occuper de leurs gabelles, mais il était temps de déguerpir. Les jeunes sont retournés quelques jours dans des planques toulousaines.

*

Avant de quitter la région, Bir-Hakeim a donné un coup de main à un réseau de résistants d'Oloron, dont Montégut connaissait le chef. Il s'agissait de récupérer un parachutage, perdu dans la nature. En échange, ils devaient être payés en mitraillettes. Christian de Roquemaurel évoque l'épisode de façon très curieuse, dans ses mémoires. On sent qu'il en garde sous la plume. Le responsable du réseau qu'ils avaient aidé s'était « bien gardé », précise-t-il, de leur faire connaître l'endroit où « le pactole » allait être entreposé. « Nous ne devions pas avoir des têtes de gens honnêtes… », ajoute-t-il. À Bielle, l'autre jour, Adrien Cazaux m'a parlé d'une histoire de parachutage. L'un des maquis de la région s'était fait voler à l'automne 1943 un conteneur empli de tabac et d'une importante somme d'argent, expédiée par Londres pour financer les maquis. « On n'a jamais eu le fin mot de cette histoire. »

*

Les hommes de Bir-Hakeim ne sont pas restés longtemps disséminés dans les planques toulousaines. Leur chef, Campagne, négociait depuis un moment pour changer de région. Ses relations avec Albert Sarda de Caumont, alias Rosette, le chef des maquis de la région, étaient devenues exécrables. Rosette reprochait à Bir-Hakeim son indépendance, son indocilité. Les relations que Capel avait nouées à Auriac avec des responsables nationaux de l'Armée secrète et avec le Secret Intelligence Service (services de renseignements extérieurs du Royaume-Uni) lui permettaient d'être en ligne directe avec Londres, de s'émanciper complètement. Rosette ne le supportait plus. Pour éviter que le conflit ne s'aggrave, Michel Brault, dit Jérôme, le chef du Service national maquis en France, a fait glisser Campagne et ses organisations (le maquis Bir-Hakeim et le corps franc de Toulouse) dans la région dépendant de Montpellier[1].

1. Les Forces françaises de l'intérieur étaient organisées par régions. La R3, dépendant de Montpellier, couvrait l'Aude, l'Aveyron, l'Hérault, la Lozère et les Pyrénées-Orientales. La R4, dépendant de Toulouse, couvrait le Lot, le Lot-et-Garonne, le Tarn, le Tarn-et-Garonne, le Gers, les Hautes-Pyrénées, l'Ariège et la Haute-Garonne.

Chapitre 10

Policiers tortionnaires

En changeant de région, Jean Capel change de pseudonyme, en novembre 1943. Campagne disparaît, remplacé par « Barot », ou « Commandant Barot ». Il débarque à Montpellier avec Couci, Mallet et Uziel, ils commencent par se chercher des garnis, à l'aide de fausses identités. Ils arrivent dans une ville assez particulière, qui compte un grand nombre de miliciens, a accueilli en grande pompe la rencontre entre Pétain et le général Franco, en février 1941. Les Allemands viennent en outre d'obtenir de Vichy la nomination d'un nouvel intendant de police, Pierre Marty. Un homme qui sera décrit par des magistrats, après la guerre, comme étant d'une intelligence « très vive », « travailleur et débordant d'activité ». Mais totalement dévoué à l'occupant.

Marty vient de Tunisie. Né en 1900 à Constantine, il était avant la guerre commissaire de marine marchande, à la Compagnic générale transatlantique, et militant d'Action française. Un maurrassien convaincu, apprécié de ses supérieurs, pour « sa dévotion au système hitlérien, sa haine des alliés et son dévouement sans borne à la collaboration sincère avec l'Allemand », écrit l'un de ses chefs, en 1942. Marty est entré dans la police, aux renseignements généraux, après la victoire allemande, avant de passer le concours de commissaire, pour prendre la direction de la surveillance du territoire tunisien. Les guerres sont propices aux ascensions fulgurantes.

En Tunisie, aucun commissaire n'avait accepté de diriger les brigades « anticommunistes » et « antigaullistes » que Marty voulait créer. Il avait alors mis en place sa propre « brigade spéciale », avec de jeunes inspecteurs, issus de l'extrême droite. On leur devait l'essentiel des arrestations des partisans, gaullistes et communistes, par les Allemands. Après la chute du pays aux mains des Alliés, ses hommes et lui ont été rapatriés, au printemps 1943, dans un avion allemand. Direction Berlin puis Paris, où Marty a reconstitué son équipe, payée par le service de renseignement et de maintien de l'ordre SS, afin de recueillir des informations sur les maquis. Sur ses loisirs, la brigade pratiquait le vol, l'extorsion de fonds, le chantage, généralement au détriment de citoyens juifs. Cela leur a rapporté beaucoup. Les guerres facilitent les fortunes rapides.

Une fois installé à Montpellier comme intendant de police, Pierre Marty a fait venir, en octobre 1943, sa brigade spéciale. Il l'a renforcée par des miliciens locaux, plus quelques résistants retournés. Les Allemands continuaient de payer tout le monde. Entre 8 000 et 10 000 francs par mois, selon le grade. L'obsession de Marty était de faire tomber ceux qu'il appelait les « terroristes ». Les hommes des maquis gaullistes et surtout communistes.

À Montpellier, sa brigade a commencé à fonctionner en lien étroit avec la Gestapo, comme à Paris, échangeant les informations, infiltrant ensemble la Résistance. Des hommes d'une vingtaine d'années ont été recrutés, ils devaient se faire passer pour des réfractaires, pour intégrer les maquis. Certains d'entre eux ont été repérés, ont fini dans des avens, défigurés et tués.

Lorsqu'il arrêtait un résistant, Marty lui proposait un marché. Soit il balançait quelques noms, collaborait, et on le relâchait, avec même un petit pactole. Soit il refusait, et les hommes de sa brigade, rebaptisée à Montpellier « brigade Marty », ou « brigade sanglante », le torturaient longuement. De nombreux témoignages ont été récoltés, entre 1945 et 1948, pour nourrir le procès de l'intendant[1]. Les prisonniers sortaient de sa brigade le visage abîmé, le dos lacéré, le corps couvert de cloques dues aux brûlures. L'intendant lui-même ne participait pas aux séances de torture. Il se tenait le plus souvent dans un bureau voisin. Quand un prisonnier s'entêtait, restait silencieux, il demandait à ses hommes de continuer, ou d'y aller plus fort. Ils utilisaient ce qu'ils appelaient une « machine à aveux spontanés », rapportée de Tunisie. Ils déshabillaient celui ou celle qu'ils voulaient faire parler, l'attachaient sur une chaise longue, dans le bureau n° 52 de l'intendance de police, l'aspergeaient d'eau froide afin que le courant passe mieux, reliaient l'un des pôles

1. Pierre Marty, devenu en mai 1944 intendant de police de Toulouse, s'est enfui en Allemagne à la Libération. Il a été arrêté par les Américains, remis à la France. Il a été condamné à mort pour intelligence avec l'ennemi et assassinat avec torture par la cour de justice de Toulouse, et fusillé en 1949.

d'une dynamo aux menottes fixées aux pieds et aux mains du détenu, avant de promener l'autre, « au moyen d'un fil ballant », en insistant sur les régions les plus sensibles.

René Poitevin, patron régional des Francs-tireurs et partisans de Montpellier, puis commandant de CRS après la guerre, est passé entre les mains de la brigade Marty, en janvier 1944. Conduit à la villa des Rosiers, siège de la Gestapo, il a d'abord été reçu par Marty, qui lui a proposé de livrer les noms de quelques chefs de la Résistance dans la région, en échange d'argent et de liberté. Poitevin a refusé. Alors, Marty a donné l'ordre à Castel, l'un de ses inspecteurs les plus acharnés, qui torturait en bras de chemise, manches retroussées, d'utiliser « tous les moyens ». Après trois heures de « machine à aveux spontanés », la chaise longue a cassé, sous le poids du résistant qui se débattait. Les policiers sont passés au supplice de la règle, soulevant leur victime de dix à quinze centimètres pour la faire retomber sur une règle en fer, jusqu'à ce que ses genoux soient en sang. Ils lui ont infligé des centaines de coups de nerf de bœuf, sur la plante des pieds, le bout des doigts, avant que Marty leur demande de passer au « supplice arabe ». Pendant cinq heures, le résistant est resté suspendu à une perche, attaché par les pieds et les mains, pendant que les policiers lui entaillaient le dos et la plante des pieds avec un couteau, avant de lui décoller les ongles. À l'issue de ce traitement, « le chef de la Gestapo refusa de m'accepter à l'infirmerie compte tenu de l'état dans lequel je me trouvais », témoignera le commandant de CRS Poitevin à la Libération.

Marty organisait aussi des simulacres d'exécution dans la cour de l'intendance. On menait les détenus à un arbre, pour leur faire croire qu'ils allaient être fusillés s'ils ne parlaient pas. Puis, à partir de la mise en place des cours martiales[1], en janvier 1944, il a fait condamner à mort plusieurs résistants. Les audiences se tenaient dans son bureau, les hommes étaient fusillés dans la foulée ou dès le lendemain.

*

Comme à Tunis, les méthodes de l'intendant ont révolté de nombreux policiers à Montpellier. Le divisionnaire qui dirigeait la 14e brigade de sûreté est allé un jour le trouver, avec ses adjoints, pour se plaindre de ses méthodes. « Je prends, leur a répondu Marty, l'entière responsabilité de mes actes et je vous autorise à dire que les mauvais traitements infligés à certains sujets sont le fait de ma brigade spéciale, et non celui de la police judiciaire. »

1. Les cours martiales, procédure très expéditive, ont été créées le 20 janvier 1944, et rattachées non au ministère de la Justice mais à Joseph Darland, ex-Waffen SS devenu patron de la Milice, puis secrétaire général au Maintien de l'ordre.

Chapitre 11

L'arrestation des fidèles

Les chefs de Bir-Hakeim débarquaient avec un joli début de réputation dans cette dangereuse ville de Montpellier. Les résistants de la région avaient entendu parler de cette jeune organisation, bien formée militairement, audacieuse. Le combat de Douch, le 10 septembre, avait eu de l'écho. Radio Londres l'avait évoqué dans une émission fin octobre, parlant d'un véritable « engagement militaire ».

Jean Capel, Barot désormais, commence par faire la connaissance des différents chefs régionaux. Il retrouve près de Montpellier un officier croisé dans l'infanterie, pendant la drôle de guerre en Savoie. Le capitaine Paul Demarne, vigneron de Canet, a fondé avec les jeunes les plus déterminés de son coin un petit groupe de combat, affilié à l'Armée secrète. Convaincu par Barot, il décide en décembre 1943 d'intégrer son équipe à Bir-Hakeim, tout en conservant son autorité sur elle. D'autres petits groupes locaux font de même. Un restaurateur de Gignac, Philippe Chapert, chef de secteur de l'Armée secrète, se démène pour aider Barot, le connecter aux autres chefs de la région[1].

1. Philippe Chapert sera arrêté en février 1944. Accusé du meurtre d'une collaboratrice, en fait assassinée par la Gestapo, il sera torturé

Bir-Hakeim commence à prendre, fin novembre 1943, une forme très particulière dans le paysage de la Résistance française. Le poste de commandement se trouve à Montpellier, autour de Capel et de ses adjoints. Deux corps francs sont chargés du ravitaillement, à Toulouse sous la responsabilité d'Albert Darrénougué et à Montpellier sous celle de Jean Mallet. Les deux hommes peuvent s'appuyer sur le groupe de combat de Demarne et sur les autres petits groupes ralliés dans l'Hérault. Ces derniers mettent par ailleurs des planques à la disposition de Bir-Hakeim pour entreposer armes et butins. L'organisation de Capel devient une sorte de petite confédération résistante, autonome et indépendante.

Le parc automobile augmente rapidement grâce aux casses. Cela permet une grande mobilité. Voitures et motos sillonnent tout le Sud-Ouest et le Languedoc, relient les différents pôles de résistance, permettent des cambriolages et des réquisitions express sur tout le territoire. Policiers et gendarmes courent après une nébuleuse à laquelle ils ne comprennent rien. Ils imaginent que les méfaits sont commis par un groupe compact, planqué quelque part. Ils ne saisissent pas le fonctionnement de cette organisation éclatée.

*

Les chefs de Bir-Hakeim de leur côté voyagent beaucoup, plutôt en train, c'est moins dangereux. Le jeudi 16 décembre,

---

par la brigade Marty, puis déporté à Buchenwald, où il mourra en juin 1945.

Jean Capel doit ainsi se déplacer de Montpellier à Toulouse. Le fidèle Georges Couci l'accompagne à la gare. Ils se font contrôler dans un square, simple routine, les policiers ne tiquent pas sur leurs faux papiers, ils les laissent repartir. Capel attrape son train. Le lendemain, Couci et Uziel vont déjeuner avec une amie dans un restaurant de marché noir, salle discrète au premier étage d'un immeuble de la Grand-rue de Montpellier. Soudain, sept ou huit policiers leur tombent dessus, place Jean-Jaurès. L'inspecteur Puchouau, membre de la brigade Marty, les braque et demande à Couci : « Votre copain d'hier, il est où ? » L'instituteur répond qu'il a pris un train la veille, pour Toulouse. L'inspecteur peste : « J'aurais mieux fait de vous arrêter hier ! »

Les deux hommes sont fouillés, et les policiers trouvent sur Uziel un plan de l'intendance de police de Montpellier, où l'on stocke les armes, les véhicules, tout le matériel pour les policiers de la région. Albert Uziel bredouille qu'il ne sait pas ce que c'est : un certain « Pierre », rencontré « dans une surprise-partie », lui a demandé de remettre ce document à un individu, à l'angle des rues Verdun et Vanneau, l'homme n'est jamais venu. Il l'aurait reconnu : l'homme devait tenir le journal hitlérien *Signal* sous un bras, et porter un chapeau beige. (Sur l'un des procès-verbaux d'audition, un policier a fait une erreur de frappe, il a écrit « belge » au lieu de beige, j'ai passé du coup un temps fou à chercher ce que pouvait bien être un « chapeau belge » en 1943.)

Deux perquisitions sont menées. On trouve chez l'instituteur Couci trois revolvers, trois fausses cartes d'identité, des papiers vierges, et une carte déchirée de militant de la

Légion française des combattants, section de Lamalou-les-Bains. L'instituteur explique aux policiers qu'il ne cherchait pas à s'infiltrer, il y a vraiment milité, quelques mois, par conviction, avant d'être déçu et de prendre ses distances.

Les deux hommes sont interrogés séparément. Et je découvre dans les PV d'audition que Georges Couci parle beaucoup. Il reconnaît que les papiers d'identité sont faux, ça, il n'a pas trop le choix, les policiers l'auraient vite découvert. Mais il ajoute qu'il appartient à une organisation résistante fondée par « l'un de [ses] amis intimes, Jean Capel, agent d'affaires domicilié à Toulouse 14, rue Caraman ». Lui-même s'est seulement occupé de rechercher « un endroit propice à la concentration de réfractaires », et parfois d'exfiltrer des documents compromettants aux domiciles de patriotes arrêtés par la Gestapo. Le chef de Bir-Hakeim, répète-t-il, c'est Jean Capel.

Je finis de lire le PV et reste un temps songeur. Couci a-t-il réellement balancé son ami ? La journée de travail a été longue aux archives de Montpellier. Cette révélation me laisse dans un état flottant. J'enfourche ma moto, j'ai pas mal de route à faire : je dois être demain à Toulouse et j'ai réservé une chambre d'hôte à mi-chemin, dans la Montagne noire, pas très loin de l'ancien chantier de jeunesse du Plo del May. Les mots de Couci se bousculent sous mon casque. Je pense à mes amis d'adolescence. Auraient-ils gardé le silence en 1943 ? Auraient-ils donné mon nom, mon adresse, pour se protéger ? Et moi, sous la torture ? Est-ce que je saurais encaisser le câble électrifié que l'on promène sur la peau, les ongles arrachés, tout cela sans parler ? J'arrive un peu fatigué chez ma logeuse.

Elle s'appelle Siegrid, elle est allemande, vit depuis quelques années en France. Comme je lui ai envoyé avant de partir un texto pour savoir s'il serait possible de trouver un resto ouvert, en arrivant un peu tard, elle a réservé deux couverts dans une pizzeria. Si ça me dit, on peut dîner ensemble. Je suis tordu de sommeil, j'aurais bien renoncé au repas, mais je me secoue et la suis. À table, elle me demande ce que je fais. Je lui raconte le livre. Elle dit: «Je vois.» Puis après un silence, tandis que j'attaque ma calzone, elle dit que ses parents ne lui ont jamais parlé de la guerre. Elle sait seulement que son père a été enrôlé de force dans les Jeunesses hitlériennes. Après la guerre, il a suivi un long parcours de dénazification. Les Alliés cherchaient à reconstruire la démocratie en Allemagne, à éradiquer le nazisme de la vie publique, des administrations, des têtes.

*

Au lendemain de l'audition de Couci, le patron de la police de sûreté de Montpellier écrit à son homologue de Toulouse: «J'ai l'honneur de vous faire connaître qu'un nommé Capel Jean domicilié 14 rue Caraman à Toulouse serait un membre influent de l'organisation Combat et aurait participé à la création d'un camp de réfractaires au STO à Douch (Hérault). Capel est mis en cause par un de ses amis, Couci Georges, instituteur public à Hérépian (Hérault), arrêté par mon service pour activités gaullistes et détention d'armes.»

Les policiers toulousains se rendent au 14 rue Caraman, le 28 décembre à 15 heures. Ils entendent la mère de Suzy.

Marthe Darrénougué leur confirme que son gendre et sa fille habitaient bien chez elle, mais ils ont disparu fin août 1943, sans prévenir. Elle est « absolument sans aucune nouvelle ». Son gendre a également quitté brutalement son travail à la Caisse d'escompte du Midi. Elle ne comprend pas : alors qu'elle ne lui connaissait aucune activité clandestine, « les services de la police allemande » sont venus perquisitionner son appartement, juste après le 10 septembre (date de l'attaque du presbytère de Douch), ils sont ensuite revenus en octobre.

Au retour de la pizzeria, je me dis, en lisant cela parmi les pièces photographiées aux archives, que Couci savait forcément, en décembre 1943, que Marthe Darrénougué avait été perquisitionnée en septembre et octobre, que le 14 rue Caraman était grillé. Il n'a peut-être donné aux enquêteurs français que ce que les Allemands savaient déjà (je crois que je n'ai pas du tout envie que l'instituteur ait balancé son ami). Je trouve la confirmation de cela en relisant des notes prises en visionnant le témoignage d'Albert Uziel, le ravitailleur, qui précisait qu'après quelques jours de cellule, Couci avait profité d'un moment où ils étaient seuls pour lui glisser : « Maintenant il faut leur donner quelque chose, Albert. »

Albert Uziel a retenu la leçon. Il a lui aussi balancé Capel, dit aux enquêteurs que ce dernier et Couci étaient à l'origine de la création du centre de réfractaires de Douch – ce que l'instituteur avait déjà avoué. Puis Uziel est allé un peu plus loin, je crois, hors procès-verbal. Dans les auditions qu'il signe, il répète, buté, que c'est bien ce type rencontré dans une surprise-partie, ce « Pierre », qui lui a remis le plan de l'intendance. Mais dans un rapport de synthèse, quelques jours plus tard, l'inspecteur Doumenc, qui l'a interrogé, écrit : « Les premiers renseignements recueillis nous laissent supposer qu'Uziel a en fait reçu ce plan d'un jeune homme qui se faisait appeler Benech Simon, soi-disant étudiant en droit. » Simon Benech, c'est la fausse identité de Bernard Sevestre, dessinateur et désormais chef de section du maquis[1]. Pour éviter plus d'ennuis, Uziel a balancé l'un des membres de l'organisation dont les policiers n'avaient pas le nom. Soixante-six ans plus tard, dans son témoignage de 2009 pour les archives de l'Hérault, il a d'ailleurs oublié les détails de cette confession hors procès-verbal. Il dit simplement qu'à l'époque, il avait donné Capel et Benech, car ils « ne risquaient rien ».

*

Les procès-verbaux de la Seconde Guerre sont très doux sous la main. Du fait du rationnement, les enquêteurs devaient utiliser un papier extrêmement fin, que le temps a patiné. À la lecture de ces PV, tous les policiers semblent opiniâtres. Ils pressent les prévenus de questions, ne les ménagent pas. Il est impossible, soixante-quinze ans plus tard, d'interpréter leur attitude à partir de ces seuls PV. Certains faisaient sans doute preuve de zèle. Ils pensaient légitime (ou bon pour leur carrière) de faire avouer ceux que le régime qualifiait de « terroristes ». Les autres, policiers patriotes, étaient soumis à un exercice d'équilibriste.

1. Les hommes commençant à être nombreux, Montégut a divisé le groupe en deux sections de cinq sizaines, sous les ordres de Marcel, son frère, et de Bernard Sevestre.

Ils devaient protéger les résistants qu'ils interrogeaient, sans laisser percer leur bienveillance. Ils feignaient des interrogatoires poussés. En lisant leurs rapports, leurs synthèses, on les pense acquis à Vichy. Un théâtre de papier pelure.

Uziel raconte une anecdote à ce sujet. Après leur arrestation, en décembre 1943, un inspecteur a profité d'un moment où il se trouvait seul dans une cellule pour s'approcher de lui, et lui confier qu'il souhaitait entrer dans la Résistance. Uziel s'est méfié. Il a répondu : « Je ne sais pas de quoi vous me parlez. » Plus tard, il a retrouvé l'inspecteur au maquis. L'homme lui a dit : « Vous voyez que je voulais vraiment m'engager. »

*

Couci et Uziel restent onze jours en garde à vue à l'intendance de police de Montpellier. Sans passer entre les mains de la brigade Marty. Signe que Bir-Hakeim n'intéresse encore personne ? Les policiers ne connaissent même pas ce nom. Dans leurs auditions, Couci et Uziel parlent seulement d'une organisation nommée « Résistance ». Après ces onze jours, ils doivent être transférés à la maison d'arrêt de Montpellier. Le Commandant Barot l'apprend. Il décide de les faire libérer pendant le transport. Il place un homme près de la sortie du poste de police de l'intendance, à côté d'un lycée de jeunes filles. L'homme est chargé de repérer le départ de la Citroën vert clair métallisé utilisée pour les transferts. Il a dû avoir un moment de distraction : il ne l'a jamais vue sortir. Les deux prisonniers se retrouvent, le lundi 27 décembre 1943, à la maison d'arrêt de Montpellier, où ils resteront jusqu'à leur procès, fin février.

Ils n'étaient pas trop mal traités, en prison. Une partie des surveillants étaient acquis à la Résistance. Une jeune femme venait tous les jours, elle s'appelait Madeleine Chapert, était la fille de Philippe Chapert, le restaurateur et résistant de Gignac dévoué au Commandant Barrot et torturé en février 1944 par la Gestapo. Madeleine apportait des paniers-repas, que les gardiens distribuaient aux prisonniers «politiques». Après la guerre, Albert Uziel se verra reprocher ce traitement de faveur par un ancien prisonnier de droit commun qui avait souffert de la faim dans une cellule proche de la sienne.

Uziel et Couci ont été jugés le 21 février 1944, par la 3e chambre du tribunal spécial de la cour d'appel de Montpellier, pour possession d'armes et de fausses cartes d'identité, complicité de fabrication de faux papiers. Jean Capel, également poursuivi, ne s'est pas présenté. À l'audience, curieusement, les magistrats n'ont jamais évoqué le plan de l'intendance de police qu'Albert Uziel avait sur lui au moment de son arrestation. Le document avait été soustrait purement et simplement de la procédure pour lui éviter plus d'ennuis.

En revanche, dans le dossier d'instruction du juge Douysset, conservé à Montpellier, je tombe sur une audition d'Uziel, quelques semaines avant son procès. Au détour d'une page, un inspecteur l'interroge sur une photo d'identité retrouvée sur lui, lors de son arrestation en décembre. «La photographie que vous avez trouvée dans mon portefeuille, répond-il, est celle d'un jeune homme que je connais à peine et que je n'ai connu que sous le pseudonyme de Grand-Père.»

Grand-Père ?! Albert Uziel avait, au moment de son arrestation, une photo d'identité de Grand-Père ? Cela signifie-t-il que l'inconnu des Crottes (si c'est bien le même Grand-Père) faisait déjà partie du maquis Bir-Hakeim, ou s'apprêtait à y entrer, en ce 10 décembre 1943 ? Les scellés n'ont malheureusement pas été conservés. J'aurais pu découvrir son visage.

Albert Uziel poursuit : « J'ai fait sa connaissance à Nice, au cours de cet été. Il m'a remis cette photo pour que j'essaie de lui procurer une carte d'identité. C'était un israélite qui je crois s'appelait Lévy. Je ne sais pas s'il faisait partie d'une organisation de résistance. Je suppose que ce jeune homme est resté à Nice. Je n'ai pu me procurer la carte d'identité qu'il m'avait demandée et j'ai gardé sa photographie en souvenir de lui. »

Je reste un moment à relire ces informations. Je ne sais quel prix leur accorder. Ce nom de Lévy ne m'apporte pas grand-chose. Il est probable qu'Uziel a balancé au juge le premier nom de famille et la première ville qui lui venaient en tête. Ses parents se trouvaient alors à Nice. C'est rageant d'avoir raté Albert Uziel de quelques jours, d'avoir cherché son adresse juste après sa mort. Je range tout de même dans mon placard ces éléments nouveaux, avec les traces récoltées au mas de Serret : la blague à tabac, le briquet à essence et amadou, le porte-monnaie de cuir contenant 10 francs, le mouchoir kaki à encadrement violine brodé des initiales J.P., la paire de chaussures montantes demi-fortes, le béret, les écharpes, le caleçon blanc. Et désormais la photo d'un hypothétique Lévy, israélite niçois.

Georges Couci a été condamné à dix-huit mois de prison, le 21 février 1944. Uziel à six mois. Capel à un an par défaut. Les deux adjoints sont retournés à la maison d'arrêt de Montpellier, où ils pensaient purger le reste de leur peine. Mais deux jours après leur condamnation, on les a soudain transférés dans une maison centrale – établissement théoriquement réservé aux longues peines. Sur le coup, cela les a inquiétés : avec leurs courtes peines, ils auraient dû rester en maison d'arrêt. Dans les quelques heures qui ont suivi leur départ, des agents de la Gestapo sont venus les demander à la prison qu'ils venaient de quitter. En les déplaçant, quelqu'un les avait soustraits aux Allemands, comme on avait, quelques jours plus tôt, soustrait le plan de l'intendance du dossier d'instruction. « Je n'ai jamais su qui m'avait sauvé », murmure Albert Uziel. Il a effectué toute sa peine en France. Seul Georges Couci a été déporté, en juin 1944, en Allemagne.

Chapitre 12

Le boulanger

Le 4 décembre 1943, deux semaines avant l'arrestation d'Uziel et de Couci, une camionnette trop chargée arrive épuisée en haut d'une côte près de Montclus, un hameau du Gard. Le chef régional de l'Armée secrète, le lieutenant-colonel André Pavelet, alias « Villars », a proposé au Commandant Barot de transférer son maquis-école dans la vallée de la Cèze, et d'essayer de fédérer les maquis cévenols, pour les former. La Cèze coule entre le Gard et la basse Lozère, à quelques kilomètres de l'Ardèche.

Pour préparer la venue des hommes de Barot, Villars s'est appuyé sur la section de l'Armée secrète de Pont-Saint-Esprit, petite ville située sur la rive droite du Rhône (celle que l'on traversait, quand j'étais enfant, pour rejoindre Labastide). Un peu plus de quatre mille habitants en 1944, des notables majoritairement acquis à la collaboration, mais une section de l'AS dynamique.

Fin 1943, les Allemands sont partout à Pont. Une citadelle, au bord du Rhône, leur sert de prison et de centre de torture. On ne sait pas précisément combien de personnes y sont mortes : une issue donnait sur le fleuve, sous un pont médiéval, les corps étaient parfois jetés directement dans le

Rhône. L'Hôtel de l'Europe, dans le centre, héberge le siège de la Kommandantur et de la Gestapo. L'hôtel Welcome, à la sortie de la ville, loge les officiers et reçoit discrètement, le soir, des informateurs de tout le département.

L'un des responsables locaux de l'Armée secrète, Raoul Trintignant, est un industriel et commerçant, socialiste, futur maire de la ville à la Libération. Il est issu d'une vieille famille de fabricants de faïence, père de Jean-Louis, 13 ans, futur acteur. La maison Trintignant sert de boîte aux lettres et accueille des réunions clandestines. Quand Villars demande à la section d'accueillir Bir-Hakeim, Raoul fédère des commerçants, des maires, des secrétaires de mairie des villages alentour pour fournir (contre simulacre de cambriolage) de la nourriture, des tickets de rationnement. L'un des plus dévoués est un menuisier de la ville, Émile Marty.

Pour planquer le maquis attendu dans la vallée de la Cèze, un cordonnier propose le mas de Terris. Une ancienne bâtisse de verriers, qui a caché un maquis communiste quelques semaines plus tôt. L'endroit n'est pas réputé pour son confort, il y fait froid l'hiver et humide, c'est une maison abandonnée depuis des décennies, dans les gorges de la rivière, près de Montclus. Mais au moins Terris est très isolé. Personne ne viendra y chercher Bir-Hakeim.

Lorsque la camionnette poussive débouche en haut de la côte et s'arrête, « Jean le Serbe », 28 ans, de son vrai nom Jean Todorow, attend sur le bas-côté. Le garçon, très débrouillard, navigue entre le Gard et la Lozère, encadre des équipes qui dérobent des explosifs dans les mines cévenoles, pour mener des sabotages. Il saura aiguiller

Bir-Hakeim, mettre ses chefs en relation avec les maquis locaux.

Le véhicule s'arrête. Montégut descend, il tend au jeune homme une lettre rédigée par Villars, qui précise les rôles de chacun. Jean le Serbe devient commandant général et intendant du nouveau maquis. Montégut, commandant militaire, chargé de l'instruction. Le Serbe lit la lettre, puis conduit les hommes vers les gorges de la Cèze. Un chemin difficile, avant de finir les derniers kilomètres à pied, jusqu'à Terris.

*

Le mas se mérite toujours. Une petite route surplombe d'abord la Cèze, protégée du vide par un muret assez bas, comme un chemin de ronde ; des colonnes de pierre, sentinelles sculptées par l'érosion, surplombent la vallée. Puis on franchit la Cèze par un pont. Un chemin s'enfonce alors dans la garrigue, grimpe au milieu de chênes verts de très petite taille. La sécheresse sculpte le paysage, contracte la végétation. Puis les accotements s'élèvent, la petite route forme comme une tranchée dans la forêt. Les arbres prennent de la hauteur, ça sent à présent l'humidité, la terre, le gland pourri. Huit kilomètres encore dans ces senteurs, et je retrouve la sécheresse d'un plateau désertique. Le causse de Méjannes-le-Clap. Un chemin plus étroit part sur la droite, au niveau d'une belle ferme de calcaire clair construite sur des voûtes. Il plonge vers les gorges de la Cèze. Le mas Terris est tout en bas.

Les verriers vivaient là, en retrait de la société. La profession ne se mélangeait pas – de toute façon à Terris, on ne peut pas se mêler à grand monde. Ils trouvaient dans les gorges ce dont ils avaient besoin pour fabriquer le verre. La silice, l'eau, le bois pour chauffer les fours. Après leur départ, au début du xxe siècle, le mas a périclité. Début décembre 1943, il n'y a plus ni fenêtres ni portes. Jules Riffard, un maçon de Saint-André-de-Roquepertuis, village voisin, a fourni des matériaux pour isoler un peu. Il a fallu les acheminer à dos d'hommes. Son neveu, André, jeune boulanger, ravitaillait le maquis en pain.

Il ne reste de Terris que quelques murs, protégés par un grillage et des ronces, aux épines desquelles je laisse un pantalon. Je devine d'anciennes voûtes, la gueule d'un four. Des figuiers ont poussé au milieu des pièces. Le sol est jonché de tuiles cassées. Je rôde dans les ruines, m'assois. Il devait faire très froid, en décembre 1943, au bord de cette rivière.

Le lieutenant de Montégut cherche vite une autre planque. Il déniche deux granges, un peu plus haut sur le plateau, distantes d'un kilomètre l'une de l'autre : la Civadière (ancienne verrerie) et le mas de Quiquié. Le 5 janvier 1944, ses hommes s'y répartissent. Les grottes de Terris, en bas, servent à entreposer le matériel.

La ferme de calcaire clair sur ses voûtes, en haut du chemin qui remonte de la Cèze, appartenait aux Martin. Des paysans patriotes, qui nourrissaient l'avant-poste que Bir-Hakeim laissait devant chez eux pour surveiller l'accès aux gorges. Les permissionnaires du maquis avaient souvent droit à un bon repas chez eux, avant de prendre la route. Les chefs de Bir-Hakeim, Capel, Mallet, y dormaient parfois, quand ils rendaient visite au maquis. Les Martin élevaient des brebis (on ne trouvait que cela sur le causse). Marie, la mère, était veuve. Sa fille s'appelait également Marie, son fils Auguste. Ils n'avaient jamais quitté le plateau, n'avaient jamais pâti de la guerre. Avant l'arrivée de Bir-Hakeim.

Une femme a racheté leur ferme, il y a une vingtaine d'années. Elle ne sait rien de ce qui s'est passé ici, ne pose pas de questions. En revanche, dans le hameau voisin, Montclus, de l'autre côté de la rivière, je tombe sur un adjoint que ces histoires de maquis intéressent. Il connaît des spéléos qui ont retrouvé, longtemps après la guerre, du matériel planqué par Bir-Hakeim dans les grottes. Je lui demande, sans trop y croire, si le maçon Jules Riffard est toujours en vie. Non, il est mort depuis longtemps. Et son neveu, André, le boulanger ? Il était bien malade, pas sûr qu'il soit encore de ce monde. Il habitait un peu plus loin, sur la route de Saint-André-de-Roquepertuis.

Je reprends le chemin de ronde, tourne le dos aux sentinelles de pierre, et trouve facilement la maison d'André Riffard. Je me gare sous un couradou (c'est ainsi que l'on appelle dans le pays les terrasses, tournées vers le midi, souvent protégées du soleil par une vigne). Une infirmière vient m'ouvrir. Bien sûr, M. Riffard est là, entrez, il est dans son fauteuil, à côté de la cuisine. Dans le salon, un vieil homme est allongé dans un fauteuil médicalisé. Un appareil l'aide à respirer. Les deux tubes dans ses narines le gênent pour tourner la tête. Je reste debout devant lui, emprunté. Je lui explique l'objet de ma visite, je voulais prendre rendez-vous, est-ce que je peux revenir le voir ? Demain, peut-être ? Pour le moment, j'ai juste envie de m'enfuir. Je ne me sens pas de poser des questions à ce vieil homme dont le regard semble perdu au-delà du vague. Il faut que je me rassemble avant de revenir. Il me demande quel jour nous sommes. Samedi. Revenez demain, vers 10 heures, mon fils sera là, il pourra m'aider.

*

Le lendemain je gare ma moto à 10 heures pile. André Riffard est debout dans le couradou. Il a quitté son fauteuil, son appareil respiratoire. Ce n'est pas un cabri de l'année, mais il est nettement plus en forme que la veille. Il a 94 ans, en décembre 1943 il en avait 19. Il me demande si je préfère rester ici ou entrer. Nous nous asseyons à une grande table, face à face, dans la cuisine. Son fils n'est finalement pas là, il viendra peut-être tout à l'heure. Dans la pièce il n'y a que sa fille, qui tricote dans un fauteuil contre le mur. Elle est adulte, handicapée mentale. Toute la matinée, elle va fredonner le même air, très doux, en souriant à son tricot.

André Riffard est devenu boulanger très tôt. C'était le métier de ses parents. Il avait 13 ans à la mort de son père, 14 à celle de sa mère, son grand-père lui a dit : « Maintenant il te faudra quitter l'école et apprendre à faire le pain. » Un oncle, Louis Riffard, paysan, est venu s'installer chez lui, avec sa femme, pour l'aider. Un autre, Jules, le maçon, a veillé également sur lui. Et puis ce maquis est arrivé, à l'hiver 1943. « Si je m'en souviens ?! Pardine ! Je les ravitaillais en pain. Des fois, ils venaient à la boulangerie et des fois c'est moi qui allais à la Civadière, avec un sac. Je connaissais bien : la grange était à ma famille, j'y avais dormi quand j'étais enfant, quand mes oncles habitaient là-bas. »

Le vieil homme qui semblait si perdu, hier matin, dans son fauteuil s'accroche à la table et à sa mémoire. Elle le fuit par moments, il lutte, se concentre, mobilise son énergie pour se souvenir. Il s'excuse à plusieurs reprises : « Je voudrais plus vous aider, pour que les jeunes sachent. » Je lui demande s'il se souvient de certains de ces maquisards. Il répond : « Je me souviens bien d'un, surtout. » Cela paraît irrationnel, bien sûr, mais je sais avec certitude ce qu'il va dire ensuite. « On l'appelait Grand-Père. » Un frisson me parcourt. Je murmure : « Pourquoi vous souvenez-vous de lui ? » Il cherche un peu, hausse les épaules : « Je sais pas. Un jeune assez grand. Il était gentil. Peut-être que c'est pour ça que je me souviens. Je crois qu'il est mort au mas de Serret, à Labastide. »

Je reste un moment silencieux. On se regarde sans parler. Pour la première fois, je rencontre quelqu'un qui a connu mon inconnu, lorsqu'il était en vie. André Riffard est aussi le premier à me confirmer que Grand-Père est bien mort au mas de Serret, quand les Allemands ont attaqué, la première fois, le 26 février 1944. Après son sacrifice, certains de ses camarades étaient revenus se cacher quelques jours à la Civadière. André Riffard les avait de nouveau ravitaillés. C'est là qu'ils lui avaient appris le décès de Grand-Père. Sans prétendre, comme la rumeur publique à Labastide, qu'il avait été emmené par les Allemands.

*

Étaient-ils nombreux, dans le coin, à ravitailler le maquis ? « Non ! Je pense qu'on était les seuls. Ou alors pour les autres on ne savait pas, ça se disait pas du tout ! » Quel souvenir a-t-il gardé d'eux ? « C'était des braves jeunes. Un jour, j'étais allé avec eux à Pont-Saint-Esprit. Des soldats italiens venaient d'arriver dans la ville, on est passés devant eux en voiture, pour les narguer. Ils avaient peur de rien. Ils avaient beaucoup de voitures, de motos, qu'ils carottaient à des bons Français. Mais ils n'étaient pas très prudents. Ils venaient des fois chercher le pain avec une voiture qu'ils avaient prise à un milicien de Pont-Saint-Esprit. Ils se garaient devant la boulangerie. Avec mes oncles, on trouvait ça imprudent. Dans les villages, pendant la guerre, il y avait toutes sortes de gens. Mais enfin, comment dire ? C'était des jeunes quoi. Ils étaient courageux et un peu insouciants. »

Le vieux boulanger ne parvient pas à faire remonter plus de détails. Cela pourrait être rageant, si près de l'inconnu, de ne pas en apprendre plus. Cela ne m'aurait pas déplu, c'est sûr, qu'il me dise voilà qui était ton « Grand-Père », d'où il venait, son métier, ses amours. Qu'il me sorte une photo du buffet. Mais les efforts du vieil homme pour attraper des bouts de souvenirs me bouleversent. Ses quelques précisions rejoignent dans le placard le mouchoir brodé, le porte-monnaie avec 10 francs, le briquet à essence et amadou, la blague à tabac, la photo d'identité de l'israélite niçois retrouvée sur Uziel…

Je repars en fin de matinée. La fille d'André Riffard, dans son fauteuil, n'a cessé de tricoter en chantonnant. Je pense furtivement, en refermant la porte, à l'épouse de Brodeck, qui fredonnait sa comptine, dans le livre de Philippe Claudel.

Chapitre 13

Le temps des rivalités

Pendant que ses hommes s'installent à Terris puis dans les granges du plateau, Jean Capel s'attelle à fédérer les maquis locaux, comme le lui a demandé Villars, le chef régional. La mission est compliquée, dans l'éparpillement de la Résistance. En 1943, la plupart des maquis du Gard sont communistes, et pas disposés du tout à se rapprocher de ce maquis gaulliste. Le plus proche, géographiquement, s'appelle le maquis « de la Vieille Citerne », quelques hommes planqués dans des cabanes de charbonnier, dans les bois d'Orgnac-l'Aven. Les deux maquis se croisent régulièrement. Les relations sont fraîches. Les hommes de la Vieille Citerne se méfient de ce maquis très mobile, trop voyant, constitué de jeunes gens beaucoup mieux armés qu'eux, et sans convictions politiques.

Un homme fait tampon, tente d'aider tout le monde. Il s'appelle Émile Chaulet, ancien syndicaliste CGT d'une mine voisine. Viré et blacklisté après une grève, il ne peut plus trouver de travail, se fait bouscatier, et du coup connaît les bois par cœur, ce qui lui permet d'y guider les maquis.

Son fils, Édouard, est aujourd'hui maire (communiste) de Barjac, le chef-lieu de canton. Professeur d'histoire en retraite, il se passionne pour la Résistance cévenole, en parlait très souvent avec son père. « D'après ce que j'ai retenu, dit-il, Bir-Hakeim était admiré par les jeunes du coin, mais jalousé par les anciens, parce qu'il n'était pas d'ici, qu'il était mieux armé que les maquis communistes, dont de Gaulle se méfiait. Les FTP, ici, étaient souvent des anciens des Brigades internationales. Ils étaient antimilitaristes, méprisaient ce maquis encadré par des militaires. » Une expression dans les Cévennes dit que le loup ne chasse pas autour de sa tanière. Les résistants agissaient loin de leurs villages, pour ne pas mettre leurs familles en danger. « Bir-Hakeim n'avait pas d'attache, ça le rendait plus libre et plus imprudent, poursuit Chauvet. Ils étaient impatients, ils voulaient combattre sans attendre. Mais combien de personnes mouraient chaque jour à Auschwitz à cette période ? On peut comprendre aussi leur impatience. »

Les perspectives étant limitées dans le Gard, le Commandant Barot se tourne vers la Lozère. Où il se heurte à une culture de la Résistance très ancrée. Les jeunes ont repris les planques et les réflexes de discrétion, de cloisonnement, des camisards. La Lozère avait été soumise, dès le début de la guerre, à un fort afflux de réfugiés puis de réfractaires, hébergés dans les fermes en échange de leur force de travail. Dans une note envoyée en janvier 1944 à l'intendant de police de Montpellier, les renseignements généraux du département évaluent à « près de quatre cents » les réfractaires au STO, qui n'arrivent « plus seulement des Cévennes lozériennes, mais du Gard, de l'Hérault, et même de l'Aveyron ». Le rédacteur de la note énumère les « difficultés à surmonter » dans la chasse à ces réfractaires, notamment « l'hostilité d'une population huguenote foncièrement opposée à l'action gouvernementale ». L'enjeu, pour la Résistance, était de transformer ces réfugiés et réfractaires en combattants.

Capel ne rencontre en Lozère guère plus de succès que dans le Gard. Deux hommes seulement se montrent un peu plus réceptifs à son projet de fédération – du moins, réservent-ils leur réponse, au lieu de le refuser d'emblée. Le premier s'appelle Marceau Lapierre, un instituteur de Saint-Jean-du-Gard révoqué par Vichy. Il a monté un maquis-école, dans une bergerie abandonnée, la Picharlerie, près de Saint-Étienne-Vallée-Française. Les jeunes y viennent par roulement. Le second, François Rouan, est un homme mystérieux, dont on ne connaît pas trop le passé. Il s'est battu un peu partout dans le monde pour les causes républicaines, se fait appeler « Montaigne », nom également de sa brigade constituée d'antifascistes allemands, tchèques, croates, espagnols, plus quelques réfractaires français. Capel leur fait miroiter les avantages d'un rapprochement. Il est prêt à partager avec eux ses armes, et le produit des coups qu'il envisage de monter dans la région. Eux manquent de tout. La Lozère a fait homologuer par Londres plusieurs terrains d'atterrissage, mais rien n'est encore tombé du ciel. L'instructeur de la Picharlerie, un Espagnol surnommé « Victor », ne dispose que de quelques armes de la Première Guerre. Il apprend à ses élèves à fabriquer des grenades dans des boîtes de conserve.

Quelques coups audacieux exécutés par les hommes de Bir-Hakeim en janvier 1944 vont permettre à Barot de tenir ses promesses, d'équiper ses alliés, tout en gagnant l'admiration des plus jeunes dans leurs rangs.

Chapitre 14

Les audacieux

Le 15 janvier 1944, avant le lever du jour, des hommes poussent deux camions qui glissent doucement, moteurs éteints, dans la cour d'une usine de confection de vêtements à Saint-Jean-du-Gard. Les établissements Paulhan fabriquent les uniformes du 1er régiment de France, seule armée française conservée – avec l'aimable autorisation d'Adolf Hitler. L'usine appartient à une famille protestante de Lasalle, dans le Gard. Le directeur, Janel, est au courant du casse : il s'est mis d'accord avec Marceau Lapierre, l'instituteur révoqué. Il préfère que ses uniformes aillent à la Résistance, plutôt qu'aux trois mille soldats placés sous les ordres de Laval pour lutter contre « la résistance intérieure ». On casse un carreau, pour faire croire à un cambriolage. Des dizaines de maquisards sortent des véhicules et chargent les huit tonnes de vêtements, d'uniformes, mis de côté pour eux dans un entrepôt de l'usine. Ils emportent, détaillera le commandant de section de gendarmerie d'Alès, 1 980 pantalons kaki, 1 455 vestes en drap kaki (à deux plis dans le dos), 125 bourgerons en toile cachou, 1 640 toiles de tente, 172 salopettes en toile kaki, 50 culottes de sport, 22 paletots forestiers. Pour une valeur d'environ 800 000 francs.

Le directeur, « dont les appartements sont situés à une cinquantaine de mètres du magasin », n'a rien remarqué, note le capitaine. Mme Janel a seulement entendu à 7 h 10 des moteurs : les voleurs repartaient. Ce n'est qu'à 7 h 50 que son mari a appelé les gendarmes : les malfaiteurs avaient coupé les fils du téléphone de son bureau, il lui a donc fallu, note l'enquêteur, quarante minutes pour faire les cinquante mètres jusqu'à son domicile, où se trouvait l'autre combiné.

Les hommes de Bir-Hakeim partagent le butin, comme promis, avec le maquis de Montaigne et celui de Lapierre, à qui ils prêtent même un camion, pour qu'il puisse emporter sa part en Lozère.

Dans une lettre envoyée peu après à sa mère, l'un des membres de la brigade Montaigne, un réfractaire, raconte la vie au maquis. « Nous venons d'être habillés en 1er régiment de France, un très joli costume kaki [...], veste fendue, deux plis derrière et pantalon large. Pour manger cela va très bien, de la viande à volonté. Pour le travail ça va à peu près, la garde, le ravitaillement, nettoyage de fusils et de revolvers. Puis après, quartier libre, nous allons voir les filles dans les fermes. Dimanche nous sommes allés danser dans une grange, on y était une cinquantaine et nous avons bien rigolé. [...] Embrasse Suzanne de ma part et dis-lui que je pense bien à elle. »

*

Quatre jours après le casse chez Paulhan, les chefs de Bir-Hakeim improvisent une opération spectaculaire, et plus hasardeuse. Le mercredi 19 janvier, Jean Capel se trouve à

Clermont-l'Hérault, avec Christian de Roquemaurel, Jean Mallet et un de leurs hommes surnommé « le Belge ». Le matin, une Citroën vert clair métallisé a quitté l'intendance de police de Montpellier, avec à son bord le commissaire divisionnaire Girault (qui dirige la police de sûreté du département), le commissaire principal Bachas (son adjoint) et l'inspecteur principal Camacedès (leur chauffeur). Ils sont à Clermont-l'Hérault pour la journée car le commissaire de la ville, Couronnat, a prévenu l'intendant de police Marty que des réfractaires s'apprêtent à dérober une forte quantité d'huile alimentaire, dans une coopérative. Les vols se multiplient depuis début décembre dans le coin. Des habitants ont remarqué la présence « d'hommes jeunes et décidés, vêtus de canadiennes, de blousons ou autres effets de montagne, tous étrangers au pays ». Il y a eu aussi ce cambriolage, dans la nuit du 7 au 8 janvier, au 8e groupement de travailleurs étrangers[1]. D'importantes quantités de vêtements et chaussures ont été dérobées. Marty aimerait frapper un grand coup.

Le divisionnaire Girault et son adjoint commencent par visiter le groupement cambriolé. Ils en profitent pour inviter le commandant à déjeuner : ils ont rendez-vous avec le commissaire de la ville, qui doit réserver une table au restaurant de l'hôtel du Louvre, où il déjeune tous les midis. Le commandant accepte, on appelle Couronnat, qui prévient le patron du resto, Raymond Cristol : ils seront

1. Les groupements de travailleurs étrangers ont été créés par Vichy en septembre 1940 pour contenir et surveiller les républicains espagnols, tout en les faisant travailler pour presque rien.

finalement cinq, dont le grand patron de la police de la région. À 12 h 30, la Citroën vert clair métallisé arrive devant l'hôtel. L'inspecteur Camacedès veut la mettre au garage, mais ce dernier est encombré. Il se gare devant le restaurant et ils s'installent à l'étage, où la serveuse, Carmen Mateo, leur sert « un repas modeste » : potage, purée de pommes de terre avec un morceau de viande, quelques croquettes. Pas de dessert.

Vers 13 h 30, la veuve Perlot, qui tient l'épicerie en face de l'hôtel, voit déboucher une autre Citroën, noire. Elle s'arrête devant sa porte. Quatre hommes en descendent d'un pas décidé, ils semblent porter des paquets, se dirigent vers le restaurant. Dans la salle au premier, il reste un client, un transporteur de passage, et la table où les policiers et le commandant achèvent leur repas. Les quatre intrus entrent et les braquent, avec deux mitraillettes et deux « revolvers de calibre important » (mais j'imagine que lorsqu'on est commissaire, on écrit rarement que l'on s'est fait braquer par des petits calibres). L'un des malfaiteurs désarme les policiers et commence à les attacher avec une grosse corde. Un autre se rend à la cuisine, où Raymond Cristol, le patron, voit « un individu âgé de 25 ans environ » entrer « d'une façon désinvolte » pour lui demander un couteau, afin de « couper une corde ». Cristol lui demande pour quoi faire, l'autre répond « ça vous regarde pas ». Alors le patron le suit, il voit les malfaiteurs « finir de lier les mains de [ses] clients », qu'ils embarquent dans deux voitures, la vert clair métallisé et la Citroën noire des kidnappeurs. Les véhicules démarrent en trombe. Le restaurateur s'empresse, dira-t-il, d'appeler les gendarmes, pour les prévenir qu'on a enlevé des policiers (un moment savoureux, dans une carrière de gendarme).

À lire l'audition du restaurateur, on imagine un zélé délateur, choqué par l'enlèvement de ses policiers de clients. En épluchant plus tard la liste des personnes du département déportées en Allemagne, je découvrirai que Raymond Cristol (34 ans) a été arrêté le 12 juin 1944 par la Gestapo de Montpellier, avant d'être déporté le 20 juin pour Compiègne, où l'on a perdu sa trace. Le 19 janvier, c'est par lui que Capel avait appris la présence des policiers, et du « grand patron » de la police.

*

Dans l'une des voitures parties en trombe du restaurant, le Commandant Barot explique au commissaire divisionnaire qu'ils vont être conduits dans un camp de réfractaires et gardés en otages, « pour être échangés, le cas échéant, contre deux détenus », dont il ne précise pas les noms. Couci et Uziel sont toujours détenus à Montpellier. Barot ajoute : « Nous ne vous ferons pas de mal. [...] Vous coucherez sur la paille, avec des couvertures chaudes, vous serez bien nourris et aurez du bon tabac et du vrai café. » Jean Mallet, présent dans le véhicule, confie au commandant du 8e groupement d'étrangers que c'est bien son corps franc qui a cambriolé ses locaux, dans la nuit du 7 au 8 janvier. Il espère qu'aucun objet personnel ne lui a été dérobé ? Surtout, qu'il n'hésite pas sinon à le lui signaler : il se fera un plaisir de les lui retourner.

Au bout d'une vingtaine de minutes, les voitures s'arrêtent au lieu-dit La Taillade. Les policiers sont regroupés dans un seul véhicule, surveillés pendant que « le chef » ainsi que celui qui « semble être son adjoint » s'absentent une quarantaine de minutes. Quand ils reviennent, les otages sont libérés. Les ravisseurs prennent la fuite dans les deux voitures (la voiture vert métallisé des policiers sera abandonnée quelques semaines plus tard : elle tombait tout le temps en panne, finira à la fourrière d'Alès avant d'être réquisitionnée par la Feldgendarmerie[1]). Les bandits gagnent dans l'opération deux revolvers de marque Mauser (6.35) et Venus (7.35), et une réputation soudaine auprès de la police. Le divisionnaire Girault comprend qu'on les a relâchés parce que les résistants se sont trompés de cible.

En apprenant que le « grand patron » de la police de l'Hérault déjeunait au Louvre, Capel pensait enlever Pierre Marty, pour l'exécuter.

*

À 15 h 40 le 19 janvier, l'intendant de police informe Vichy par téléphone qu'on a enlevé ses hommes. Le gouvernement s'intéresse à l'affaire, demande des rapports. Qui sont ces « bandits » assez audacieux pour enlever des policiers en plein jour ? Les hommes de la police de sûreté, comme ceux de la brigade spéciale de Marty, n'en savent rien.

En revanche, les policiers enlevés donnent des signalements extrêmement précis des quatre agresseurs. « Le chef » est un homme de 30 à 32 ans, 1 m 77 environ, élancé, légèrement voûté, cheveux châtain foncé, légèrement dégarni sur le front. Le portrait correspond fidèlement à Jean Capel

1. Gendarmerie de campagne, chargée du maintien de l'ordre et de la discipline dans l'armée allemande.

(même si les enquêteurs omettent de souligner le profil gaullien). Il était vêtu « d'une canadienne marron avec col fourrure de même couleur, d'un pantalon marron et d'une veste pied-de-poule grise, d'un chapeau feutre marron » (les témoins, à l'époque, avaient le souci du détail et un vocabulaire précis pour parler habillement). Celui qui est allé chercher le couteau dans la cuisine mesure « 1 m 62 environ – cheveux châtains légèrement bouclés – nez rectiligne sinueux – vêtu d'une veste daim marron clair sans col – pantalon gris à carreaux prince-de-galles – foulard bleu à pois blancs – souliers de ski ferrés sur les bords ». Probablement Christian de Roquemaurel. Le troisième, 28 à 30 ans, 1 m 72, cheveux châtain clair découverts aux tempes, nez légèrement busqué, pardessus marron à martingale, pantalon gris foncé : Jean Mallet. Le quatrième, le Belge, 20 à 22 ans, porte « un bourgeron gris clair », un « pantalon couleur brique », un « chapeau mou » et « des souliers à semelles de caoutchouc neuves ».

*

Cinq jours plus tard, le 24 janvier 1944, Bir-Hakeim mène son troisième coup d'éclat en neuf jours, cette fois sous le nez de Marty. Capel a récupéré un nouveau plan du magasin de l'intendance de police de Montpellier. Ou peut-être celui qui avait disparu de la procédure visant Albert Uziel. Il décide de monter un gros coup, d'enlever les armes, les véhicules, les uniformes, tout l'équipement de la police de la région, en mobilisant toutes les forces disponibles. Il charge Christian de Roquemaurel de réunir suffisamment d'hommes.

Le lieutenant de Montégut a perdu en octobre le précieux Michel Arlet, celui qui s'est fait arrêter sur la Norton volée, mais il l'a remplacé par un ami d'enfance, retrouvé quelques semaines plus tôt. Marc Loubet, 22 ans, réfractaire au STO, est étudiant en droit, comme Arlet, et issu de l'extrême droite béarnaise, comme Roquemaurel. À Oléron, après la capitulation, ils avaient fait ensemble les quatre cents coups. Roquemaurel sait pouvoir compter sur Loubet. « C'était un garçon doté d'un physique solide, d'un esprit vif, en perpétuel mouvement, à la recherche de tout ce qui pouvait donner à sa vie un caractère exceptionnel, écrira-t-il. Son abord était celui de la plus parfaite éducation. Plein de charme, volubile et pétillant, il plaisait d'autant plus aux femmes qu'il était fort beau. » Quand ils partaient faire leurs coups ensemble, Roquemaurel se faisait plus souvent prendre que son copain ; Loubet savait user des « coupe-feux de la séduction ». Avec la guerre, ils étaient entrés tous deux « dans une phase où les enfantillages pouvaient devenir mortels ».

Loubet et Roquemaurel se sont retrouvés par hasard mi-janvier 1944. Le premier voulait entrer dans la Résistance, le second lui a présenté les cadres de Bir-Hakeim, la Civadière et le mas de Quiquié. Il lui a expliqué l'organisation, ils sont allés chez certains des membres de l'Armée secrète de Pont-Saint-Esprit, chez le menuisier Marty notamment. Loubet était enthousiaste. Très débrouillard, il est arrivé un jour de janvier dans la vallée de la Cèze avec un camion chargé d'armes automatiques, des mitraillettes, un fusil-mitrailleur Hotchkiss. Puis il est reparti quelques jours à

Toulouse, où Jane, une maîtresse de Christian de Roquemaurel, l'a contacté.

Jane vivait avec un bijoutier antiquaire de la ville, tout en entretenant une liaison avec un officier allemand. Elle était « petite, bien faite, un grain de beauté sur une joue, les cheveux teints cuivrés », détaille un rapport des renseignements généraux de Vichy, qui ajoute qu'elle était « très éprise de Roquemaurel ». Après avoir été « entretenu par elle », ce dernier semblait maintenant « la faire profiter de l'argent [mis] à sa disposition pour son organisation ».

Jane contacte donc Marc Loubet de la part du lieutenant de Montégut aux alentours du 20 janvier, pour lui proposer de participer « à une attaque dans la région de Montpellier ». Loubet est tout de suite partant.

Le 24 janvier 1944 au soir, il retrouve son ami d'enfance à Montpellier, dans un bar appelé Y'a bon (le patron était un farceur, il possédait un autre établissement juste à côté, appelé Y'a mieux). Des maquisards les rejoignent, ils attendent que la nuit tombe pour aller retrouver des dizaines de camarades à proximité des magasins de l'intendance de police, chemin du Moularès, au sud de la ville. C'est aujourd'hui un immeuble moderne, blanc, de cinq étages. À l'époque, les magasins de l'intendance ressemblaient à des ateliers d'usine, avec des petits bâtiments tout en longueur, parallèles, aux toits couverts de tuiles mécaniques.

Depuis son arrivée à Montpellier, en octobre 1943, Pierre Marty a peur que la Résistance s'en prenne à ses entrepôts, où sont stockés uniformes, véhicules, armes et munitions. « Devant la recrudescence de l'activité terroriste dans la région, écrit-il le 12 novembre 1943 au chef régional de la sécurité publique, tout me porte à craindre l'éventualité d'un coup de main sur l'important stock d'armes et de munitions que nous possédons au chemin de Moularès. C'est là une proie bien tentante. » Marty a fait doubler les effectifs, mais cela reste peu : quatre policiers et quatre gardiens civils, chargés de faire des rondes toutes les deux heures paires, 20 heures, 22 heures, 24 heures…

Le 24 janvier, sur les coups de 22 h 45, les huit surveillants se trouvent réunis dans le même bureau. Une aubaine pour des braqueurs. Joseph Clapier (44 ans, veilleur de nuit, n'ayant « jamais eu affaire à la justice ») raconte : « Vers 22 h 50 environ, les vitres ont brusquement volé en éclats et une dizaine de mitraillettes ont été braquées sur nous pendant qu'une voix nous ordonnait de lever les mains et de nous ranger contre la muraille. La surprise ayant été complète, nous n'avons pas pu faire usage de nos armes. » Le genre de phrase qui a le don de mettre Marty hors de lui. Dans un rapport au préfet régional, le 27 janvier, l'intendant déplore « le peu de combativité du personnel de police », dès lors qu'il se trouve en présence de maquisards, et plus spécialement lorsque ceux-ci « se présentent comme faisant partie de l'armée secrète ». Dans une lettre circulaire, il prévient ses services qu'à l'avenir, « tout fonctionnaire qui se laissera désarmer sans réagir » sera « immédiatement et avant toute enquête révoqué et interné ».

Lorsque les fenêtres explosent, l'un des policiers s'échappe du bureau. Le lieutenant de Montégut hurle qu'il va tirer dans le tas si on ne lui ramène pas le fuyard. Deux gardiens s'élancent alors, attrapent leur collègue, reviennent en le tenant. Tout le monde est désarmé, gardiens et policiers sont gardés le long d'un mur pendant deux bonnes heures les mains en l'air. Les maquisards dévalisent tous les entrepôts, récupèrent 200 mousquetons, environ 150 fusils de chasse, 200 pistolets automatiques, 20000 cartouches, 200 à 300 tenues de gardien de la paix, près d'un millier de paires de brodequins, le stock complet de gants en cuir et de moufles, des bonnets, des képis, une camionnette Citroën, six motocyclettes, cinq machines à écrire et des rames de papier à en-tête de l'intendance de police de Montpellier. Le tout est chargé dans un camion et trois camionnettes, dont une dérobée sur place. Les voleurs reprennent la route vers 2 heures, avec les policiers et les gardiens, afin qu'ils ne donnent pas l'alerte trop vite. L'une des camionnettes cale, juste devant une caserne allemande. La camionnette qui la suit la pousse doucement, pour la faire redémarrer, sous le regard intéressé des sentinelles allemandes. Le convoi disparaît dans la nuit.

Treize kilomètres plus loin, à Teyran (en direction du Gard), on débarque policiers et gardiens. Les résistants leur montrent obligeamment la route de Montpellier, mais conservent leurs chaussures pour qu'ils rentrent moins vite. À 5 heures, le brigadier Fornoms parvient à trouver un téléphone, il prévient l'intendance. Marty est réveillé à 5 h 10. Il arrive chemin du Moularès à 5 h 40. Je l'imagine écumant de rage dans le magasin vide.

L'intendant comprend vite que ces maquisards appartiennent au même groupe que celui qui a enlevé, cinq jours plus tôt, ses policiers. Le pauvre commissaire divisionnaire Barrault, kidnappé la semaine précédente, se charge de rédiger le rapport de synthèse.

Capel et ses hommes viennent de faire passer un message. Ils n'ont peur de rien ni de personne. Message parfaitement reçu par l'intendant.

*

Des enquêteurs sont envoyés un peu partout dans l'Hérault, la Lozère, à la limite du Gard, afin d'essayer de retrouver la trace des cambrioleurs. Ils apprennent que, dans la nuit qui a suivi le vol, l'un des véhicules est tombé en panne, près de Castries. Christian de Roquemaurel évoque l'épisode dans ses mémoires. Le jour se levait, le camion a été caché dans un bois, au lieu-dit « mas de Gaule ». Une équipe, dont son frère Marcel et lui-même, et une traction avant sont restées sur place.

Vers 15 h 30 le lendemain, dimanche 25 janvier, la traction ressort du bois avec quatre hommes à bord. Elle roule un peu et s'arrête à hauteur d'un apprenti boulanger de 19 ans, Michel Mouret, qui marche sur la route, en pleine campagne. Il raconte la suite dans une audition. Les occupants lui ont demandé s'il connaissait un garagiste capable de réparer la pompe à gasoil d'un diesel. Il a répondu oui, est monté avec eux pour les guider. Alors les résistants lui ont fait remarquer qu'il est « gonflé » de grimper dans une voiture dont il ne savait rien des occupants. « Comme j'avais remarqué que cette voiture portait à l'arrière et sur l'enjoliveur de la roue de secours le mot “gendarmerie”, dit Michel Mouret aux policiers, je leur ai répondu que je n'avais pas peur des gendarmes. Ils me répondirent en riant qu'ils n'étaient pas gendarmes. Alors, ayant repéré également qu'ils étaient fortement armés, je leur ai fait remarquer qu'eux en tout cas ne risquaient rien. » Celui qui était assis à l'avant, avec un bonnet de police auquel il avait accroché une petite croix de Lorraine, lui a montré une grenade, et lui a demandé s'il n'avait « pas peur des terroristes ». L'ouvrier boulanger a répondu : « Il n'y en a pas dans la région. » Tout le monde a rigolé.

Je vois très bien la scène, les maquisards taquins, détendus, sur une petite route de l'Hérault. Il fallait être drôlement sûr de soi, ou salement inconscient. Ils revenaient du braquage des magasins de l'intendance de police de Pierre Marty, à vingt kilomètres de là seulement. Les forces de l'ordre devaient être sur les dents, sûrement déjà à leurs trousses.

Un garagiste de Castries, Louis Bonnet, a finalement réparé la pompe à gasoil. Les faux gendarmes lui ont demandé ce qu'ils lui devaient. Il a répondu 100 francs. Ils lui en ont laissé 200, avant de disparaître.

Chapitre 15

La dénonciation

Fin janvier 1944, les planques de Bir-Hakeim regorgent de matériel : le jeune maquis dispose d'un parc automobile impressionnant, de centaines de litres d'essence dans des entrepôts, de réserves de vêtements, de nourriture. Sans avoir encore bénéficié d'un seul parachutage, il est de loin le mieux armé des maquis du Sud, grâce à ses seuls coups de main.

Mais les méthodes de Jean Capel et de ses hommes commencent à faire tiquer, dans les Cévennes. Ses coups sont trop fréquents, trop audacieux. Ils inquiètent les autres résistants, les membres de la section de Pont-Saint-Esprit, même si ces derniers continuent de soutenir Bir-Hakeim. En plus des coups d'éclat de janvier, le maquis mène très régulièrement de petites réquisitions, pour récupérer de la nourriture, du tabac. Cela attire l'attention de la police, des gendarmes, et cela crispe une partie de la population.

Le 25 janvier 1944, un adjudant de la gendarmerie de Saint-Ambroix apprend que le garde-chasse de Méjannes-le-Clap vient de dénoncer Bir-Hakeim aux Allemands. Proche de la Résistance, il fait passer le message : il faut partir d'urgence, un assaut semble imminent. Dans un premier temps, les hommes du lieutenant de Montégut refusent : ils veulent en découdre, se battre avec les Allemands, à présent qu'ils sont mieux armés. Mais leurs chefs jugent plus prudent de décrocher. L'attaque pourrait être portée par des policiers, or Bir-Hakeim s'est donné pour principe de ne pas tirer sur des Français.

Le samedi 29 janvier 1944, le lieutenant de Montégut envoie un commando à Saint-Jean-de-Maruejols, le village où habite le garde-chasse. C'est jour de marché, les hommes s'approchent de lui vers 12 h 30, en plein cœur du village. Une rafale de mitraillette, le garde-chasse tombe, grièvement blessé. Il s'en sortira, d'après un rapport des renseignements généraux de l'Ardèche, avant d'être tué, le 14 mai 1944, « par un individu probablement armé d'un revolver automatique ».

Chapitre 16

Le cahier de Lina

Bir-Hakeim quitte le Gard le 26 janvier 1944, juste avant que miliciens et policiers ne mènent une grande battue, dans les bois autour de Méjannes. Émile Chaulet, l'ancien mineur devenu charbonnier, déniche la planque suivante. Il faut faire quelques kilomètres, passer en Ardèche. À Labastide-de-Virac. Chaulet met Capel en contact avec le maire, Étienne Bourelly (57 ans), l'exploitant forestier qui avait permis à mon arrière-grand-père Joseph de quitter Paris et de trouver du travail au pays. Dans la famille, on disait que le Joseph se faisait exploiter, que le père Bourelly oubliait souvent quelques kilos de charbon ou de bois, quand il fallait payer.

Un été, pendant mes études, j'ai été embauché par la mairie de la cité dans laquelle je vivais en région parisienne, pour ce que l'on appelait une « opération prévention été ». Il s'agissait d'envoyer des adolescents difficiles à la campagne (ou la mer), pour les mettre « en autonomie en milieu rural » (ou aquatique). En réalité il s'agissait surtout de les éloigner de leurs quartiers, facilement inflammables en été. Je devais être simple animateur, mais le directeur s'était défilé au dernier moment, et comme j'étais le plus âgé la mairie m'avait demandé de prendre sa place, j'avais accepté à condition de choisir le lieu du séjour : je ne tenais pas à me retrouver coincé dans un camping, à gérer les bagarres entre mes adolescents et des touristes. On m'avait laissé carte blanche. La seule motivation de la ville était d'envoyer ces jeunes le plus loin possible, si j'avais pu trouver un camping à Oulan-Bator elle aurait volontiers financé. Alors j'avais demandé aux Bourelly s'ils accepteraient de me prêter un champ, à côté de leur ferme. Je les avais prévenus que le groupe risquait d'être agité. Ils avaient accepté, sans poser une question. Le premier soir, Marcel Bourelly (le petit-fils d'Étienne) avait proposé à quelques jeunes de l'accompagner à la traite des chèvres (du charbon, la famille s'était convertie à l'élevage et à l'agriculture). Au retour, l'un d'eux avait dit : « Le mec, il leur enlève la pisse avec les mains ! » Le séjour avait été fatigant, il avait fallu en permanence imaginer toutes sortes d'activités, faire beaucoup de sport, pour dépenser leur énergie, faire que les esprits ne s'échauffent pas. Mais ils avaient respecté la seule règle sur laquelle j'avais juré de ne pas transiger : au moindre vol, à la moindre bagarre, chez les paysans qui nous accueillaient, tout le monde rentrait en région parisienne. Pas une bagarre, pas un vol. Le dernier soir les ados avaient même invité Éliane et Marcel Bourelly à venir assister à leur concours de rap, autour d'un feu de camp. Les paysans avaient apporté des pots de confiture et de miel, en guise de lots pour les vainqueurs.

Je repense à l'épisode en arrivant à la ferme. Héloïse Bourelly m'attend. C'est l'arrière-petite-fille d'Étienne Bourelly. La fille de Marcel et Éliane. Elle doit m'accompagner chez sa grand-mère, Lina (95 ans), la belle-fille de l'ancien maire (Lina avait épousé le fils d'Étienne, Maurice, décédé très tôt). J'ai toujours vu Lina assise à l'ombre, l'été, sous le couradou de la ferme. Je savais qu'elle conservait un cahier, dans lequel sa belle-mère Alice (l'épouse d'Étienne) avait consigné, durant l'hiver 1944, tout ce qui se passait au village.

Lina ne parle pas trop. C'est un premier rendez-vous. Elle semble rêveuse, un peu intimidée. Quelques années avant sa mort, ma grand-mère Yvette, l'épouse du beau Roger, m'avait confié que mon grand-père était un homme charmant, que la fidélité n'étouffait pas. En arrivant à Labastide, au début de la guerre, il était tombé sous le charme d'une amie d'enfance de sa femme, une jeune bergère, nommée Lina. Elle écoute, une joue posée dans la paume de sa main, le coude appuyé sur la table de la cuisine. Héloïse relance mes questions. Elle vouvoie sa grand-mère, lui demande des précisions. Lina ne parle pas facilement. De la Seconde Guerre mondiale, elle se souvient que le café manquait. Pour le reste elle ne sait plus très bien. Elle me propose un café. J'aime bien la douceur de ce moment. Je me demande à quoi elle pense, la joue à nouveau posée dans sa main. Puis comme elle ne l'évoque pas, je lui parle du cahier de sa belle-mère Alice. Alors Lina me répond du tac au tac : « Je ne sais plus où il est, je crois que je l'ai perdu. » Je ravale ma déception, mais note sans la regarder que sa petite-fille a marqué un léger mouvement de surprise. Quelques jours plus tard, je reçois un texto d'Héloïse. « Lina a retrouvé le cahier, tu peux revenir. »

*

L'écriture est parfois hésitante, il y a quelques ratures dans le petit cahier à gros carreaux. Sur les premières lignes, Alice Bourelly écrit que Labastide « comptait environ 230 habitants qui vivaient paisiblement et semblaient bien loin des horreurs de l'invasion. Depuis environ trois semaines, un groupe de Bir-Hakeim composé d'une soixantaine de soldats ayant à leur tête un commandant et un capitaine s'était installé dans une ferme dépendant du village, à six kilomètres de là, et semblait-il à l'abri des indiscrets »...

Le mas de Serret se trouve au bout d'un chemin forestier, tout en haut des gorges de l'Ardèche. Un cul-de-sac. Le chemin qui mène là devient après la ferme un sentier très étroit, qui plonge dans les gorges. Je descendais par là quand j'allais plonger dans l'Ardèche. Une souricière pour les véhicules, mais un site idéal pour s'enfuir à pied par le canyon. Sur un plan de l'époque, le mas est un rectangle clos de murs. À gauche, une maison de maître, assez haute, prolongée à l'arrière par un hangar, puis une écurie, une porcherie, une magnanerie. À droite, le logement du gardien, avec la bergerie derrière. Une grande citerne creusée au fond de la cour, avec une trappe pour tirer l'eau, permettait de vivre en autarcie. De toutes les planques qu'avait connues Bir-Hakeim jusque-là, Serret était la plus confortable. Le lieutenant de Montégut et ses cadres se sont installés dans la maison de maître, leurs hommes dans le grenier plein de foin du hangar. En dessous, ils faisaient la popote.

Le mas est aujourd'hui à l'abandon. Une porte abîmée, à l'arrière, permet d'entrer dans la cour, mangée par la végétation. La maison de maître et la grange ont été refaites à l'identique après 1945, cela a permis de toucher du ministère de la Reconstruction l'intégralité des indemnités pour sinistre de guerre. Puis une association anglaise a racheté l'ensemble, elle a installé une base d'aventure, avec des tentes sous les arbres, des douches dans la cour. Les Anglais faisaient souvent la fête dans l'ancienne grange, on y venait à pied de Labastide goûter nos premières bières, découvrir la musique punk. Un soir, avec un ami, venu de Paris comme moi, nous étions sortis prendre une douche, car nous étions trop soûls, puis nous étions retournés danser en oubliant de nous rhabiller. Les Anglais avaient fait un grand cercle, hilares, autour des deux cloches qui dansaient à poil.

Le sol de l'ancienne grange est envahi de petits flacons, de détritus. Les murs, de bois et de chaux, n'ont pas changé. Les unités de lieu nous regardent vieillir.

*

En 1944, le mas appartenait à une riche famille protestante de Vallon-Pont-d'Arc, les Claron du Colombier – un quartier où ils avaient de la vigne. Christian de Roquemaurel précise dans ses mémoires qu'il est allé les voir, fin janvier 1944, avec quelques-uns de ses hommes, pour prévenir de leur présence. Le propriétaire aurait promis le silence. Dans ces villages cévenols, les familles protestantes étaient souvent plus proches de la Résistance. Cela exaspérait le commandant Moreau, qui dirigeait le groupement de gendarmerie de l'Ardèche. « L'esprit gaulliste et anglophile se trouve surtout dans les milieux de religion protestante », écrit-il le 16 octobre 1942, dans une « correspondance secrète et confidentielle » à sa hiérarchie régionale. « Là, la politique du gouvernement n'est pas suivie, bien au contraire. [...] Au moment où l'union de tous les Français est plus que jamais nécessaire, il y a lieu de signaler ces faits pour que les chefs de cette confession soient mis en demeure de relever cette situation et pour qu'ils donnent les directives nécessaires à un changement de cette mentalité. »

Au dernier recensement précisant les « cultes déclarés », en 1872, Labastide comptait 268 « catholiques » et 208 « calvinistes », pour 476 habitants. Les agents chargés de dénombrer la population n'avaient trouvé aucun « luthérien », aucun « israélite », aucun « mahométan », et pas une personne tenant à « déclarer ne suivre aucune religion ». Le premier mariage mixte avait eu lieu juste avant la Révolution, mais le mari avait dû enlever son épouse et la mère de celle-ci avait traité sa fille de tous les noms, avant de lui prédire que son catholique de mari lui ferait « deux douzaines » d'enfants (ils n'en ont eu que 23).

Dans la famille Dugeot, des protestants qui vivaient en bas du village, une petite fille, Sarah, a dit un jour à son père qu'elle voulait devenir catholique, parce qu'ils faisaient « toujours des fêtes », à Noël, à Pâques. Son père lui a répondu : « Les catholiques ils font tout le temps des fêtes, mais ils n'ont pas le sou. »

Ma famille était catholique. Ça, je le savais. Ce livre m'a permis de découvrir qu'elle était aussi pétainiste.

Josette m'attendait cet après-midi-là. Des quatre enfants de Joseph et Henriette, les arrière-grands-parents Laborie, elle est la seule encore en vie. Elle a 88 ans, vit en haut du village, dans un quartier que l'on appelle les Combalets. Joseph avait une grange là, celle que sa fille aînée Suzon avait transformée en maison de vacances, et qu'elle nous prêtait l'été (l'un de ses fils l'a vendue, l'an dernier). La maison de Josette se trouve juste à côté. Avant, il y avait un champ de lavande plus bas, avec une traction avant échouée, dépouillée de ses portes et de ses roues. J'aimais me glisser à l'intérieur, me mettre au volant, faire semblant de conduire. J'imaginais que les résistants du maquis Bir-Hakeim l'avaient oubliée là. Le champ et la traction ont disparu. Une grande villa aux murs trop hauts a été construite, qui cache la vue que Josette avait sur les monts d'Ardèche. Elle en a beaucoup pleuré au début.

Sur la table du salon, elle a posé du sirop, des verres, et une grande boîte en fer, dans laquelle elle range ses photos, les livrets de famille, les livrets militaires. Elle vit seule depuis la mort de son mari en 2013. Elle est gaie, j'aime bien passer la voir. J'ouvre le livret de Joseph pendant qu'elle sert à boire. Un « bon soldat, courageux et dévoué », « grièvement blessé le 4 octobre 1915 à Beauséjour », une ferme de la Somme, « en accomplissant bravement son devoir ». En 1936, une photo le montre sur le perron de sa maison, portant de larges moustaches, au côté d'Henriette dans une très longue robe, de celles qui l'ont accompagnée toute sa vie.

Quand la jeune infirmière avait débarqué en 1915 à Labastide, le village avait regardé cette grande fille élégante et les valises en bois que l'on descendait de la calèche. La mère de René Tourre (sa belle-fille me l'a raconté) avait dit devant le spectacle : « Cette personne-là ne pourra jamais rester dans un village comme le nôtre. » Mais Henriette est restée. Elle a appris à garder et traire les chèvres, a vendu un à un ses bijoux, quand il fallait payer un médecin. « Elle était la plus instruite du village, dit sa fille. Elle aidait à rédiger une lettre, à remplir un papier. » Elle a gardé très longtemps ses longues robes parisiennes, qu'elle a su ajuster au fil du temps (avant d'ouvrir une boutique de vins fins avec son mari, sa mère était couturière).

Un jour, pendant la guerre, Henriette a été menacée, raconte Josette. Quelques autres du village aussi. Par « les voyous communistes enragés de Vallon ». Elle parle d'un maquis FTP. Pourquoi ? « Juste parce qu'elle était soi-disant pétainiste. » Le mot résonne un moment dans la pièce. Je dois faire une drôle de tête car Josette précise que c'était juste une famille fidèle au Maréchal, aux valeurs de l'Église, à l'anticommunisme. « Mais de toute façon, il suffisait que tu ailles à l'église pour qu'on te traite de pétainiste. »

En repartant, je me suis répété plusieurs fois le mot, comme pour m'habituer. Une famille pétainiste. Une famille catholique, et pétainiste. Une famille de paysans, catholiques et pétainistes.

L'une de mes nièces, Nina (23 ans), a eu une réaction juste, quelques jours plus tard, alors que je racontais ma découverte. « Moi je crois que ça ne me fait rien. S'ils avaient été héroïques, ça n'aurait pas fait de moi une héroïne. »

J'en ai parlé à mon père aussi. Il n'était pas surpris. « Toute la famille était pétainiste, a-t-il soupiré. Ce n'était pas des collabos ou des fascistes, c'était même des patriotes, je pense. Pour eux, c'était ça le patriotisme. L'oncle Marcel, qui a élevé ma mère puis m'a élevé, était le meilleur des hommes, la gentillesse incarnée. Mais il avait fait la guerre de 14/18, et pour lui, le Maréchal restait le sauveur. » Cela ne les a pas empêchés, à la Libération, de poser, avec toute la rue, devant la maison en pierre meulière de La Varenne. Un voisin avait peint une grande croix de Lorraine sur la route, il y avait des guirlandes de fanions. Toute la famille sourit sur la photo.

*

Le pétainisme ne nourrissant ni son homme ni sa famille, la mienne a découvert la faim pendant la guerre. À Labastide, tout le monde manquait de café, d'huile, de pain parfois, notamment au début de 1944, quand la pénurie de farine a atteint tout le département. Ceux qui n'avaient pas d'animaux ni de terres manquaient aussi du reste. Les distributions de matières grasses étaient rares, en portions extrêmement faibles. Cinquante grammes de beurre par personne, le 24 décembre 1943 en Ardèche. Puis cinquante grammes le 2 février 1944. Idem pour la viande : le département était lourdement imposé[1], il ne restait pas grand-

1. En janvier 1944, les troupes d'occupation avaient réquisitionné 450 bovins, le Rhône voisin en avait récupéré de son côté 140.

chose. Les familles n'avaient de toute façon pas le droit de manger leurs propres bêtes. Lorsqu'on tuait un veau, c'était en cachette, puis un boucher, réfugié pendant la guerre à Labastide, le découpait. Le village pouvait alors en acheter en douce. Du moins ceux qui avaient les moyens. « Nous n'avions pas de sous pour acheter au marché noir », soupirait l'autre jour ma tante Josette.

Ceux qui possédaient de la terre, du bétail, des bois, s'en sortaient plutôt mieux qu'avant-guerre. Le pays manquant de tout, le marché noir florissait. Le charbon, qui partait avant-guerre en Espagne, par trains entiers, depuis Ruoms, fournissait à présent Lyon, Marseille, Roanne. Des camions venaient le chercher dans les villages. Ça rapportait gros. On vendait aussi un peu de légumes, et ceux qui avaient du blé passaient les grains au moulin à café, pour faire leur propre farine. Les autres mangeaient la « farinette », une farine à base de maïs.

Chez les Laborie, Henriette mettait une fine couche de vrai fromage au fond d'un pot en grès, puis une couche d'épluchures de pommes de terre, une fine couche de fromage, une couche d'épluchures... Lorsque le pot en grès était plein, elle le refermait. Quand ça commençait à bleuir, ça faisait un nouveau fromage, copieux, au goût très prononcé. Josette dit qu'il arrivait à sa mère « d'envier le cochon des voisins ». Toutes les familles ont gardé des expressions qui disaient la faim, le manque de solidarité pendant la guerre. « On n'allait pas regarder ce qu'il y avait dans la soupe du voisin. » « On ramassait les grains qui tombaient. » « Pendant la guerre, on ne donnait rien. » « À table, il fallait garder le pain dans sa main. »

Au tribunal de première instance de Largentière, dont dépendait Labastide, la plupart des condamnations, en 1943 et 1944, avaient un rapport avec l'alimentation. « Vol de pommes de terre », « achat de viande sans tickets », « abattage clandestin », « achat de denrées prohibées à la ferme », « pêche à la dynamite », « vol de lapin », « pêche par empoisonnement au chlore », « vol de récolte non détachée du sol », « mouillage de lait », « mouture clandestine », « chasse en temps prohibé », « falsification de tickets ». Même le maire Étienne Bourelly a comparu, le 7 septembre 1943, pour avoir « acheté à un prix supérieur au prix autorisé » des patates dans un village voisin. Il a été relaxé.

Restait la chasse, si l'on voulait manger de la viande. Elle était interdite, bien sûr. Sur exigence allemande, Pierre Laval avait signé[1] un décret proscrivant « la vente, la détention, le transport et le port des armes à feu de toute espèce, y compris les armes de chasse ». Posséder un fusil exposait à la réclusion à perpétuité (et même à la peine de mort, si cela constituait un « dépôt »). Toute personne connaissant l'existence d'armes cachées chez le voisin était sommée de le dénoncer, sous peine de se voir infliger jusqu'à cinq ans de prison.

Le major allemand Schnitzer, chargé de centraliser les armes de la région, en avait récupéré 25 420, pour l'Ardèche et le Gard, en 1943. Mais beaucoup avaient envoyé de vieux tromblons, des fusils réformés de la Première Guerre. Le préfet avait dû écrire aux maires pour leur demander de bien

1. Le 3 décembre 1942.

vouloir déclarer TOUTES les armes de leur village. Le 26 mai 1943, Étienne Bourelly avait pris sa plume pour répondre qu'il n'y en avait aucune à Labastide-de-Virac.

La chasse continuait pourtant, dans les forêts des gorges de l'Ardèche, là où se cachaient encore quelques sangliers. Aujourd'hui ils pullulent. Dans la garrigue, le bas des chênes est souvent lisse, tant les cochons sauvages s'y frottent. En 1944, ils se faisaient rares, sortaient peu des gorges. Le village était suffisamment isolé pour qu'il soit possible de chasser sans risque, à condition d'éviter les gendarmes. C'était facile, dit René Tourre : « Quand il y avait deux traces de roues parallèles sur la route de sable blanc entre Labastide et Orgnac, c'est que les hirondelles étaient de sortie, il ne fallait pas sortir avec les fusils. S'il y en avait quatre, c'est qu'elles étaient reparties, on attendait qu'elles s'éloignent, puis on pouvait aller chasser. » Un jour, quelqu'un avait abattu un sanglier de près de cent kilos. Son père l'avait acheté pour le restaurant, il était allé le chercher à la nuit tombée, avec sa brouette. Mais elle grinçait affreusement, bien qu'il l'ait un peu graissée. Elle avait couiné tout du long, à réveiller le village entier.

René Tourre avait une autre anecdote en réserve, au sujet de la chasse. Il me l'a confiée lors de notre deuxième rencontre. Mon grand-père paternel, Roger Bertrand, Lou Capeou, aimait accompagner les paysans, même si lui-même ne touchait jamais un fusil. Un jour, alors que le gibier manquait, peut-être à l'hiver 1942, quelqu'un avait tiré un marcassin qui avait réussi à traverser la rivière pour aller mourir sur l'autre rive. Lou Capeou s'était alors déshabillé. Il était athlétique, très bon nageur (d'ailleurs un peu comme

Errol Flynn, maître-nageur avant de percer au cinéma). Lou Capeou avait traversé l'Ardèche devant les paysans, en plein hiver, pour rapporter, à la nage, le marcassin.

Mon père est persuadé que c'est cela qui a tué son père. Roger a attrapé une pleurésie. Affaibli, il a ensuite contracté la tuberculose. Ses fils l'ont très peu revu. Il était en sanatorium après la guerre, sa femme Yvette allait le voir à vélo, il est mort en 1951. J'avais entendu cette histoire de chasse quand j'étais enfant. Je l'adorais. J'étais extrêmement fier de ce grand-père inconnu, étranger à ce village, qui avait bravé la mort et l'eau froide pour rapporter à manger. Je l'avais cependant rangée, par précaution, au rayon « mythes familiaux difficiles à vérifier ». J'ai aimé entendre René Tourre la raconter. C'était donc vrai. Nous tenions là notre premier héros familial. Roger Bertrand, alias Lou Capeou, nous a rapporté le marcassin.

Chapitre 17

Le maquis trop voyant

Pour parler des maquisards, certains à Labastide disaient « les patriotes », ou « les résistants » ; d'autres « les terroristes » ou « les voyous ». Cela recouvrait-il le clivage entre protestants et catholiques ? Ginette Lascombe sourit à la question, abrupte et binaire. Elle a 84 ans, habite le château (protestant) de sa famille, les Payan. Elle a épousé un fils de boulanger (catholique) de Privas, Michel Lascombe. « Qu'est-ce que tu en penses, toi », répond-elle. Elle sait très bien que ma famille était catholique. « Je crois que les protestants ici étaient plutôt de gauche, aisés et proches de la Résistance, les catholiques souvent de droite, plus pauvres et peut-être plus méfiants vis-à-vis des maquisards. » Elle sourit et murmure : « Il y avait peut-être un peu de ça. »

Au début des années 1980, j'avais fait les vendanges au château. Je dormais chez un des neveux de Ginette et Michel, Pascal. Désormais nous nous voyons aux bals de l'été, quelquefois dans l'année. Il fait partie de ces gens que je suis content de retrouver, nos discussions forment pour moi comme un fil. Il s'intéresse depuis longtemps à l'Ardèche, au village, à l'Histoire, qu'il enseigne désormais. Aux vendanges, nous parlions déjà beaucoup du passé. Les Italiens venus travailler le charbon dans les gorges de l'Ardèche éveillaient sa curiosité. Nous habitions dans la maison de ses parents, en face du cimetière, nous n'étions que deux là-dedans. Nous faisions la fête tous les soirs, les réveils étaient douloureux pour aller couper le raisin, on grimaçait en se tenant les reins. J'étais amoureux cet été-là d'une fille qui habitait à l'écart de Labastide. On se voyait discrètement. Sa mère nous disait : « Vous occupez pas des gens, de toute façon dans ce pays, dès qu'on lève une jambe, tout le monde est au courant. » Sa fille avait l'hiver un copain à Labastide, elle le quittait tous les ans, quand l'été approchait, et avec lui les vacanciers. Un jour pendant les vendanges il a essayé de m'écraser dans la ruelle étroite qui traverse le village.

Cela me plaisait d'être en Ardèche après la fin des vacances. J'avais l'impression d'être un peu plus d'ici. Je comprenais très bien ceux qui partaient au bled, ne se sentaient de nulle part. Nous étions un petit groupe à récolter le raisin pour différentes familles du village. L'un des propriétaires, un vieux célibataire qui tenait une épicerie, avait été très amoureux, dans sa jeunesse, de ma grand-mère Yvette. Un matin, une copine lui avait lancé : « Oh, monsieur Dubois ! Vous savez qu'Olivier c'est le petit-fils de l'Yvette Laborie ? » Il m'avait regardé, avait pâli : « Tu es le petit-fils de l'Yvette ?!! » Quand je lui avais rapporté la scène à Paris, ma garce de grand-mère avait soupiré : « Le Dubois ! Ce chapon ! »

Pascal et moi avions fini les vendanges puis aidé au décuvage. Il fallait sortir le raisin des cuves, à la fourche, pour le presser. Je me souviens du goût du vin en début de fermentation. Michel Lascombe m'avait tendu un verre, rempli au robinet de la cuve.

Il s'est un peu tassé. Ils savaient que nous allions passer ce matin avec Pascal. Ils épluchent des châtaignes dans un salon à la voûte basse, au rez-de-chaussée du château. Un petit poêle crépite à côté de leurs fauteuils. L'automne s'installe pour de bon.

Ginette se souvient très bien des gars de Bir-Hakeim, après leur installation au mas de Serret. « Quand ils passaient avec leurs voitures, on voyait qu'ils étaient armés, on les entendait chanter. » Je crois que c'est cela, surtout, qui a déstabilisé le village. Ces résistants ne se cachaient pas. Au début de la guerre, Labastide avait accueilli des réfugiés. Des Belges, au début, qui fuyaient l'avancée allemande. Une vieille femme était venue un jour à vélo, son fils avait pédalé jusqu'en Ardèche, en arrivant la mère n'arrivait plus à desserrer ses mains du guidon. Il y avait aussi quelques juifs français, cachés dans des familles. Catholiques et protestantes. Tout le monde savait, se taisait.

Je réchauffe mes pieds sous le poêle, en écoutant l'histoire que raconte Pascal. Au début de la guerre, un couple de réfugiés juifs à Labastide avait perdu un bébé. On avait enterré discrètement le nourrisson, au cimetière. Puis les parents avaient repris la route, laissant derrière eux cette empreinte, sans sépulture, dans la terre. Personne ne les a jamais revus. Impossible de savoir s'ils ont survécu. Personne ne connaissait leur nom. C'était un temps de fantômes, plus rien n'était sécurisant pour eux, certains disparaissaient et leur identité pouvait se retrouver engloutie avec eux. Pascal connaît l'endroit où le bébé a été enterré. Longtemps, il y a eu des iris. Avec sa grand-mère, Marthe Payan, ils allaient fleurir ce coin de terre anonyme. Nous y passons en repartant du château. Il n'y a plus d'iris, plus de fleur, plus d'empreinte dans la terre. Plus rien que ce pincement au ventre, pour cette histoire, engloutie elle aussi, si on ne la raconte plus.

*

En quittant le cimetière, nous montons voir Alice Jouve (93 ans), une amie de Ginette. Elle habite dans le quartier du Cougoussa. Pendant la guerre, ma famille allait chercher le lait chez ses parents. C'était l'une des deux familles de Labastide, avec les Payan, à posséder des vaches. Alice avait 19 ans en 1944. Elle dit que les gens avaient peur que Bir-Hakeim « s'installe au cœur même du village ». Les maquisards ne se cachaient pas assez.

« Sentimentalement, ces populations étaient pour nous, avance Roquemaurel dans ses mémoires. […] Mais compte tenu de la volonté de harcèlement de l'ennemi que nous professions, on ne pouvait en vouloir à l'immense majorité de préférer que notre témérité s'exerçât en des champs de manœuvre éloignés de leurs demeures familiales. »

Mme Reynaud tenait à l'époque un café (catholique), près de la mairie. Elle surveillait par sa fenêtre dès qu'elle entendait les moteurs des maquisards, car elle craignait qu'ils prennent son cochon, enfermé dans une porcherie qui donnait sur la rue, fermait avec un simple loquet. Entendant un jour une traction avant s'arrêter dans la ruelle étroite (celle où une peine de cœur faillit un jour m'écraser), elle était sortie, s'était approchée doucement. La voiture était arrêtée, les maquisards déchargeaient des caisses d'armes, pour les cacher dans la cave d'une maison inoccupée, juste en face de la rue. Pascal dit que Louis Payan, son grand-père, avait confié aux maquisards les clés de cette maison, qui appartenait à une autre famille, absente du village. Sa tante Ginette était étonnée de l'entendre raconter cela, ce matin au château. « Tu es sûr ? Cela m'étonne qu'il ait donné la clé d'une maison qui n'était pas à lui. » Le grand-père l'avait dit à Pascal et à sa mère. « C'est drôle les transmissions, dit Pascal. On n'apprend pas tous les mêmes choses, même au sein d'une famille. » Ma tante Josette pensait de son côté que c'était « le père Bourelly » qui avait donné les clés au maquis. « Tu te rends compte, disait-elle l'autre jour, il aurait pu tous nous faire tuer ! »

*

À peine installé en Ardèche, Bir-Hakeim a repris ses coups de main. Le 7 février 1944, 1 600 litres d'essence, plus 200 litres de gasoil soustraits au garage Rascle à Privas, juste en face de la Kommandantur. Quelques jours plus tard, 2 000 litres d'essence et 500 litres d'huile à Saint-Cristol-lès-Alès, près de Pont-Saint-Esprit, dans un garage. Une note du chef d'escadron Moreau, le commandant des gendarmes du département, relève en février 1944 que, de plus en plus, « des bandes armées », qu'il pense « venues du Gard », provoquent « des incidents sérieux ». Il préconise à ses sous-officiers de « renforcer la surveillance », pour essayer de les attraper, en agissant « par embuscade ».

Bir-Hakeim maintient une pression très forte, en février 1944, autour de Pont-Saint-Esprit (à une trentaine de kilomètres de Labastide). Des membres de la section locale de l'Armée secrète indiquent les commerces des collaborateurs, et la gendarmerie ferme les yeux. Une nuit, le maquis cambriole ainsi les entrepôts de la veuve Guez – son mari et son fils ont été abattus à l'automne pour avoir fourni une liste d'otages potentiels aux Allemands. Dans la nuit, ils lui prélèvent tout son stock d'essence, volent sa traction avant, en laissant tourner leurs moteurs, sous les fenêtres de la brigade voisine, où dorment les gendarmes. Une autre fois, ils reviennent à Pont-Saint-Esprit voler un cochon que des notables engraissent pour l'offrir symboliquement au maréchal Pétain. « Le monstre en question, raconte Roquemaurel, s'est révélé vichyste en diable, manifestant une farouche opposition au ralliement qui lui était proposé, poussant des hurlements stridents dans la nuit. » L'animal a tout de même rejoint la Résistance, pour être charcuté le lendemain.

La pression devient très forte sur la brigade, jugée beaucoup trop passive. Déjà en janvier, les premières réquisitions de Bir-Hakeim avaient poussé le chef de la police de sûreté allemande de Nîmes à écrire au préfet, Angelo Chiappe. Il s'étonnait de la multiplication des vols de vivres et de carburant autour de Pont-Saint-Esprit. Attendait « des mesures sévères ». Angelo Chiappe lui avait répondu qu'il venait justement d'ordonner que soient gardés baissés les passages à niveau, dans tout le département, de la tombée de la nuit au lever du soleil, afin de limiter les déplacements. Le préfet se plaignait à la police allemande de devoir composer avec « les carences de la brigade de gendarmerie » de la ville[1]. Il a ensuite écrit plusieurs fois à ce sujet à Vichy, en demandant des sanctions. Le ministre de l'Intérieur a fini par écrire fin janvier au directeur général de la gendarmerie française, pour réclamer une enquête en urgence sur la brigade de Pont-Saint-Esprit. La moitié des gendarmes ont été mutés début février, les autres dans le courant du mois.

Il en fallait plus pour freiner Bir-Hakeim. Le lundi 21 février, le chef de sizaine « Lucas » s'arrête vers 10 heures, avec trois de ses hommes, « Jacky », « Pierre » et « Le Belge », devant le bar-tabac La Civette, à deux pas de l'hôtel de l'Europe, qui héberge la Kommandantur de Pont-Saint-Esprit. Ils prennent 2000 paquets de tabac et de cigarettes, qu'ils glissent dans trois sacs. Puis, en repartant, ils passent devant les sentinelles allemandes. Les soldats reconnaissent la voiture : ce n'est pas la première fois que le maquis s'amuse à les narguer juste après une réquisition. Ils ouvrent le feu. La traction prend la fuite. D'autres fusillades éclatent dans la ville, les maquisards sont pris en chasse. Ils sèment leurs poursuivants, en tirant à leur tour, par la lunette arrière. Mais l'épisode laisse à la population l'impression « que la ville est à feu à et à sang », raconte dans son livre Christian de Roquemaurel. Cette réquisition, ajoute-t-il, était « imprudente et inopportune ».

1. Angelo Chiappe a été condamné à mort et fusillé à Nîmes le 23 janvier 1945 pour son zèle dans la chasse aux résistants.

C'était un jeu dangereux. Bir-Hakeim multipliait les provocations. «Il y avait, pense avec le recul Jean Brusson, le vice-amiral en retraite, une volonté délibérée de créer un sentiment d'insécurité chez les Allemands.» Mais cela insécurisait aussi les villages. La population ne comprenait pas ce manque de discrétion. Les habitants étaient étonnés de voir passer ces voitures avec des croix de Lorraine peintes sur les portes, comme le feront les FFI à la Libération, ou avec des hommes allongés sur les ailes, mitraillette en main. Même lorsqu'elles étaient plus discrètes, «quand tu voyais passer des tractions avant au cul l'une de l'autre, tu te doutais que ce n'étaient pas des touristes», soupire René Tourre. Les hommes de Bir-Hakeim roulaient «à toute allure». Se cacher n'était pas leur affaire. Ils étaient chez eux n'importe où en France, plus que l'occupant par définition. L'aventure supportait assez mal les entraves.

Dominique Pianetti, le mari de Paulette (la cousine coupeuse de feu de mon père), était enfant à cette époque. Sa famille habitait une ferme non loin du mas de Serret (Julien, le berger qui a découvert l'inconnu le 5 mars 1944, était l'un de ses grands frères). Je suis passé les voir l'autre jour, pour prendre l'apéritif, leur dire où j'en étais de mon enquête. Il m'a parlé de ce grand mât que Bir-Hakeim avait planté au milieu de la cour du mas de Serret, pour lever les couleurs le matin. «Ce n'est pas bizarre, demandait-il, un mât de plusieurs mètres de haut pour un maquis? Ce n'est pas plus logique, quand on fait de la Résistance, de rester un peu discret, pour pas se faire repérer et pas se mettre en danger inutilement?»

Chapitre 18

Le nom de famille

L'étau s'est resserré. Début février 1944, un homme est assassiné sur le pont de Salavas, à l'entrée de Vallon-Pont-d'Arc. Rien à voir avec Bir-Hakeim, mais l'inspecteur venu de Lyon pour enquêter apprend que la victime avait écrit à une ex-fiancée, peu de temps avant sa mort, qu'il partait « dans le maquis ». N'ayant aucune piste, il commence par appeler les gendarmes de Vallon, afin de savoir s'il existe un maquis organisé dans la région. Ils lui répondent qu'effectivement, « au mas de Serret, commune de Labastide-de-Virac, à 6 kilomètres environ de Vallon, chef-lieu de canton, il existe un groupe de jeunes gens, commandé par deux hommes ». Le policier fait un rapport, afin de signaler cela à la Direction de la surveillance du territoire. Il précise que « des renseignements recueillis auprès des habitants des communes avoisinantes » ont confirmé « les dires des gendarmes ». On est mi-février.

À la même période, le commandant de la brigade de gendarmerie de Vallon prévient sa hiérarchie : « À la suite de diverses rumeurs circulant parmi la population », il a appris que des « éléments terroristes ou organisations illégales » se trouvent « vers Labastide ». Il s'est « livré habilement à des recherches » et, « malgré les difficultés rencontrées auprès de la population, qui fait preuve d'un mutisme déconcertant », il a réussi à établir que les résistants, « qui avaient stationné à Méjannes-le-Clap » auparavant, sont passés « sur le territoire de Labastide ». Une « organisation militaire disposant d'un assez grand nombre d'armes automatiques, de moyens de transport divers à essence, et d'un effectif d'environ 80 hommes qui sont vêtus de kaki comme la troupe ». D'une « reconnaissance », faite « à proximité du lieu » avec son commandant de compagnie, ils ont conclu que la gendarmerie ne disposait pas des moyens nécessaires pour « envisager une opération de réduction ».

La présence de Bir-Hakeim au mas de Serret était bel et bien connue, dès la mi-février. Le maire de Labastide en avait d'ailleurs glissé un mot au sous-préfet de Largentière, qui en avait parlé au préfet, sans toutefois alerter les Allemands.

Les brigades de Vallon et Privas étaient au courant de ces découvertes. Les gendarmes étaient à l'image de la population. Certains zélés dans la chasse aux réfractaires, aux résistants, aux juifs, aux communistes. D'autres moins acharnés, ou même proches des maquisards. Une enquête, réalisée après la guerre, s'est intéressée aux formes d'aides apportées par les gendarmes ardéchois à la Résistance. Pour l'essentiel, il s'agissait de la prévenir sur des opérations militaires. Le commandant de brigade du Pouzin, sur la rive droite du Rhône, Eugène Eybalin, était originaire de Labastide-de-Virac. À la veille des rafles visant des réfractaires ou des juifs, il envoyait sa fille prévenir discrètement les familles. Des notables des environs du Pouzin et certains des hommes de sa brigade ont fini par écrire au chef d'escadron Moreau, à l'automne 1943, pour dénoncer le maréchal des logis. Ils l'accusaient de faire «de la propagande anglo-gaulliste». D'être «un ennemi de la politique du maréchal Pétain». Un «saboteur de la relève des prisonniers de guerre». Moreau a convoqué Eybalin et lui a dit (selon le témoignage après-guerre du maréchal des logis) : «Vous êtes le seul chef de brigade d'Ardèche, et peut-être de France, à n'avoir découvert aucun réfractaire.» Puis il lui a donné le choix: soit il quittait de son propre chef la gendarmerie, en échange de quoi Moreau s'engageait à ne pas transmettre à Vichy la lettre de dénonciation, soit il devrait répondre de ces manquements. Le maréchal des logis s'est fait réformer à l'automne 1943, pour «aptitude physique insuffisante».

En février 1944, en congé de réforme, il rentre à Labastide. Il a 44 ans.

*

À Privas, la brigade était partagée entre patriotes et pétainistes. Quand il a eu vent de l'enquête menée sur le maquis de Labastide, le gendarme Petit a prévenu, le 23 février 1944, le responsable de la Résistance locale: l'information venait d'être transmise aux Allemands et une attaque semblait imminente. Le chef local a joint un instituteur de Bourg-Saint-Andéol, commune plus proche de Labastide. Un messager est parti à moto prévenir Bir-Hakeim. Une étrange négociation s'est tenue le lendemain.

Jean Capel étant absent du mas de Serret, Jean Mallet s'est rendu le jeudi 24 février à Privas, avec des hommes en armes. Il voulait rencontrer le commandant Moreau, pour obtenir que les gendarmes se tiennent à distance du combat qui s'annonçait. Bir-Hakeim ne voulait pas tuer « ces Français qui n'auraient que leurs mousquetons ». Moreau était absent, Bir-Hakeim n'a obtenu que le lendemain l'assurance que la gendarmerie se tiendrait en retrait. Après avoir fait le plein d'essence au garage Rascle, dévalisé quelques semaines plus tôt, Toubib est rentré au mas de Serret. Préparer les hommes au combat.

D'ordinaire les maquis se disloquent lorsqu'ils sont menacés. Pour se reconstituer plus tard, plus loin. C'est ce qui fait leur force, les rend insaisissables pour les armées conventionnelles. Cette fois, Bir-Hakeim a décidé d'assumer le combat, d'affronter, avant l'heure, les Allemands.

Les avant-postes ont été renforcés, et les résistants ont continué de sillonner la région, comme si de rien n'était. Le 25 février au soir, l'une de leurs voitures tombe sur une colonne allemande, à Saint-Julien-de-Peyrolas, un village à la sortie de Pont-Saint-Esprit. Il s'agit d'hommes de la division Brandenbourg (qui sévissait quelques mois plus tôt à Eaux-Bonnes). Ils sont installés depuis quelques semaines à Pont. Ce soir-là, ils comptent surprendre des réfractaires, dans une ferme. Peut-être sont-ils en route pour le mas de Serret ? La patrouille de Bir-Hakeim ouvre le feu dans l'obscurité, un officier allemand est tué, plusieurs soldats blessés.

*

Le lendemain matin, le chef de la brigade de Vallon-Pont-d'Arc se trouve à Vagnas, lorsqu'il voit passer, à 8 h 20, sur la route nationale 579, une vingtaine de camions et de voitures, transportant les « troupes allemandes » de la division Brandenbourg. La colonne bifurque à droite, au niveau du café Dolympe, pour filer en direction de Labastide-de-Virac. Le commandant de brigade appelle sa hiérarchie. L'effectif, précise-t-il au téléphone, peut « s'évaluer à trois cents hommes environ ».

Josette Laborie était en classe ce matin-là. C'était un samedi. À l'époque il y avait école le samedi toute la journée. Les garçons et les filles se trouvaient dans deux salles, au rez-de-chaussée d'une grande maison, dans un virage de la route goudronnée remontant Labastide. L'institutrice, Mme Fabre, s'occupait de tous les élèves depuis que son mari, chargé des garçons, était prisonnier en Allemagne.

Soudain la maîtresse a crié en voyant les camions allemands. Josette avait 14 ans. Elle faisait partie des grandes. C'était la première fois que les enfants voyaient des soldats allemands. La guerre venait de faire son entrée au village. Josette croit se souvenir que Mme Fabre leur a crié de se cacher sous les bureaux. Ginette Payan, 10 ans, se souvient quant à elle que les élèves s'étaient mis aux fenêtres, pour essayer de voir par-dessus le papier bleu d'occultation que l'institutrice avait collé sur les vitres. Elle leur a demandé de ne pas attirer l'attention.

Passé l'école puis la mairie, les camions continuent sur la route de sable blanc, en direction d'Orgnac. À la sortie du village, ils tournent à gauche, sur le chemin d'intérêt commun 17, qui mène aux Crottes et au mas de Serret. Les maquisards les attendent de pied ferme. Deux avant-postes ont été cachés dans les bois de chaque côté du chemin, dans un virage avant l'arrivée au mas. Les hommes laissent passer le début du convoi, puis ils ouvrent le feu sur les camions. La colonne allemande stoppe, les soldats descendent en courant, quelques-uns tombent, les autres se déploient dans les bois. Comme ils sont vraiment beaucoup plus nombreux, les avant-postes de Bir-Hakeim se replient sur le mas, que les Allemands entreprennent d'encercler. Ils tirent au mortier sur la ferme, la souricière se referme. Après deux heures de combat, les chefs de Bir-Hakeim ordonnent la retraite par le sentier qui plonge dans les gorges ; des grenades sont jetées dans les moteurs des véhicules pour les rendre inutilisables, un chef de sizaine, Lucas (celui qui avait entraîné ses hommes dans le braquage de La Civette, quelques jours plus tôt), descend en hâte le drapeau pour l'emporter au nez des Allemands. Roquemaurel charge une équipe de protéger les arrières avec le fusil-mitrailleur Hotchkiss, fourni en janvier par Loubet.

Dans ses mémoires, Christian de Roquemaurel raconte qu'il avait ordonné le repli depuis longtemps lorsqu'il s'est rendu compte que le Hotchkiss, dont il reconnaissait le son, continuait de tirer un feu nourri, de façon quasi continue. Les hommes qui servaient le fusil-mitrailleur auraient pourtant dû se replier eux aussi, après avoir retardé l'avancée allemande. Soudain, l'arme s'est tue. Le lieutenant n'a compris que le soir ce qui s'était passé, lorsque son équipe lui a raconté la scène. L'un de ceux qui avaient été chargés de couvrir la retraite avait été blessé sérieusement. Il avait dit à ses camarades de l'abandonner, de filer. Il allait continuer de tirer pour retarder les Allemands. La fuite vers les gorges, conclut le lieutenant, « a été protégée par ce sacrifié ». Dans le livre écrit juste après la guerre, les historiens résistants racontaient cette scène en donnant le pseudonyme du martyr : « Grand-Père ». Cette fois, Roquemaurel donne son nom. « Desandré », écrit-il, avant d'ajouter qu'il était « normand ».

Enfin un nom de famille. Grand-Père s'appelait Desandré. Je commence par regarder si ce patronyme est rare. Non hélas. Mais mon Desandré venait de Normandie. Je me connecte sur le site des archives départementales de Seine-Maritime. Malheureusement, les actes d'état civil ne sont en ligne que pour les personnes nées jusqu'au début du XXe siècle. Or la plupart des soldats de Bir-Hakeim étaient nés entre 1920 et 1924, puisqu'ils étaient étudiants ou réfractaires (les jeunes hommes étaient convoqués pour le STO à 20 ans). Je découvre par ailleurs qu'il existait plus de 3 000 communes en Normandie en 1944. Il faudrait que j'aille consulter les tables décennales (regroupant dix ans de naissances) pour chacune d'entre elles, jusqu'à tomber sur un Desandré, en espérant que ce soit le bon, le nom étant assez répandu. Autant envisager un déménagement en Normandie.

En attendant je laisse des messages sur les réseaux sociaux, à des personnes que je ne connais pas, qui n'ont pour point commun que de s'appeler Desandre, Desandré ou Désandré. Peu de réponses. Quelques-uns m'encouragent, cette histoire ne leur dit rien.

Lévy, Desandré, Grand-Père, J.P., Nice, la Normandie. Je joue avec un puzzle dont les pièces ne s'emboîtent pas.

Chapitre 19

«Mon Dieu, Grand-Père !»

Cela fait des mois à présent que j'essaie de joindre Denise Guilhem, l'ancienne résistante qui, l'été dernier, trouvait qu'on ne la respectait pas assez à la commémoration de Clermont-l'Hérault. Elle faisait des faux papiers pour le maquis Bir-Hakeim, elle se souviendrait peut-être de ce nom, Desandré. Son téléphone sonne toujours dans le vide, quelle que soit l'heure de la journée. Est-elle toujours en vie ? Elle avait 90 ans.

J'essaie une nouvelle fois ce matin et, après deux sonneries, une voix de femme au bout du fil, impatiente : «Allô ?» Je parle alors très vite, pour qu'elle ne raccroche pas. Je crois que je suis resté traumatisé par notre première rencontre, à Clermont-l'Hérault. Elle semblait tellement soupe au lait. Je me présente, lui parle de mon livre, de ma quête, de «Grand-Père». Un murmure me répond : «Mon Dieu, Grand-Père !» Mon cœur se met alors à battre très vite. Denise Guilhem ajoute : «Écoutez, là je ne suis pas bien ce matin. Rappelez-moi cet après-midi, je vous en dirai plus. Mais appelez à 14 heures, pas avant. Et ne laissez pas sonner le téléphone, je ne décroche jamais, je ne veux pas qu'on me dérange, je filtre. J'ai décroché parce que je pensais que c'était mon infirmière, elle est en retard. Laissez sonner deux fois puis raccrochez et rappelez : je saurai que je peux décrocher. » Je lui réponds : « À tout à l'heure, prenez soin de vous, Denise. » Je ne sais pas si elle comprend que cela veut dire « Ne mourez pas avant 14 heures s'il vous plaît ».

Je reste ainsi, le cœur battant et l'imagination fertile. Il me reste quatre heures à buter. La voix semblait tellement émue, au bout du fil. Denise a-t-elle été amoureuse de Grand-Père, en 1944 ? Je sens que cette fois je touche au but. À 14 heures extrêmement précises j'appelle, laisse sonner deux fois, raccroche, rappelle. Et Denise Guilhem me douche. « Ah oui ! Vous avez bien fait de rappeler. J'ai regardé mes photos. En fait je me suis trompée. Je pensais que vous parliez de "Richard", que j'ai en photo avec ses parents et sa fiancée. Je les ai confondus. Mais j'ai aussi une photo de Grand-Père, et aussi de son meilleur ami, Lucas. » Cela fait beaucoup d'infos d'un seul coup. Je les pose devant moi avant de poursuivre la conversation. Pas d'histoire d'amour tragique entre Grand-Père et Denise, donc. Mais une amitié entre Grand-Père et Lucas, le chef de sizaine qui avait cambriolé La Civette à Pont-Saint-Esprit puis enlevé le drapeau français au nez des Allemands avant de laisser son ami, grièvement blessé, derrière lui au mas de Serret. Et puis cette photo de Grand-Père. « Et vous ne connaissez pas son vrai nom ? » Elle retrouve sa voix péremptoire. « Mais si bien sûr, c'est marqué dessus ! Il s'appelait Desandre. » Quelques jours plus tard, j'étais chez elle à Gruissan, dans l'Aude.

Denise habite une drôle de maison en bois et sur pilotis, au bord de la mer. L'été, ça doit être la foule. L'hiver elle est à peu près seule. Ils y venaient en vacances avec son mari, quand ils vivaient à Maisons-Alfort, en région parisienne. Après la guerre et la Résistance, elle a travaillé dans la haute couture, pour de grandes maisons, Germaine Lecomte, Lanvin, Givenchy, Balmain. Elle a même été meilleure ouvrière de France. « C'est mon mari qui a voulu venir habiter ici à la retraite, dit-elle. Moi ça ne me plaisait pas plus que ça, mais il voulait acheter dans la région, j'ai fini par dire oui, et il est mort juste avant le déménagement. Je me suis retrouvée seule ici. »

Sa maison compte trois pièces, encombrées de décorations, de poupées de collections, de petits soldats, d'articles de journaux, et des piles et des piles d'albums de photos. Elle en pose une première, sur la table du salon. On s'assoit, et elle commence par râler. À la dernière commémoration, la semaine dernière, dans l'Aude, on ne l'a pas du tout respectée. Un ancien combattant l'a regardée de haut et le représentant du préfet ne l'a pas reconnue. Ces cérémonies représentent son dernier lien social, avec sa femme de ménage et son infirmière.

Elle ouvre un premier album, consacré à des commémorations (j'aurais bien commencé par la photo de Grand-Père). Elle raconte en feuilletant. Avec ses frères, dans leur enfance, ils ont été bercés par les récits de la Première Guerre. Leur père avait été poilu. La famille était très athée. À la place de Noël, on fêtait le 11 novembre. « Vous avez fait quoi pour le 11 novembre cette année ? » me demande-t-elle.

Je me retiens plusieurs fois de lui demander de me montrer à présent la photo de Grand-Père. Enfin vient le dernier album. Contient-il les photos du maquis ? Elles sont rares, c'est assez logique, on se prend peu en photo dans la clandestinité. Quelques clichés tout de même. Denise avec sa sœur et sa cousine Gillette, aux bras de jeunes hommes. Une photo avec Christian de Roquemaurel après-guerre. « Il était drôle, celui-là ! » Un jour, il les avait conduites, avec sa cousine, « dans une voiture décapotable », jusqu'au camp du Bénou à l'automne 1943. « Nous avions des chemisiers de dentelle, avec le vent j'aime autant vous dire que la dentelle était dans un drôle d'état, le lendemain… »

Puis des photos récupérées auprès des jeunes maquisards, pour établir leurs faux papiers. Richard aussi avec ses parents et sa fiancée. Lucas. Quelques autres. Et enfin une étiquette jaune identifie un jeune homme, sur une petite photo à bords crénelés : « Grand-Père alias Désandré. »

On dirait un étudiant en droit. Il semble raisonnable, sérieux, le visage carré, les pommettes assez hautes. Quelque chose de caucasien dans le regard. Des oreilles longues, le nœud de cravate impeccable, le col de la chemise sage, une bouche bien dessinée. Denise Guilhem ne sait plus qui a écrit la légende sur l'étiquette. Ni d'où il venait, ni son prénom. Elle ne sait pas non plus à quel moment Grand-Père a rejoint Bir-Hakeim. « Mais ce devait être assez tôt, car c'est surtout des premiers que je me souviens. » Qu'a-t-elle gardé de lui, à part cette complicité avec Lucas ? « Ils étaient blagueurs tous les deux. Un jour, j'avais acheté des bas au marché noir, je les enfilais dans une pièce. Grand-Père est

Grand-Père alias Désandré

entré et m'a dit : "T'as de belles gambettes, dis donc." Sur le coup, je me suis fâchée, mais c'était bon enfant. On dit souvent qu'il ne peut pas y avoir d'amitié entre un homme et une femme. Mais pendant cette période, je vous jure que j'ai eu de vrais amis. »

Après le boulanger André Riffard, Denise Guilhem est la deuxième personne que je rencontre ayant connu Grand-Père de son vivant. La photo aux bords crénelés, le garçon blagueur et les belles gambettes rejoignent le briquet, la blague à tabac, le Niçois Lévy, le Normand Desandré ou Désandré, le porte-monnaie, le béret, les chaussures jaunes demi-fortes à tiges montantes, les chaussettes et un caleçon blancs, le mouchoir brodé à encadrement violine. Et les initiales, au fait, sur ce mouchoir ? Le « P » de « J.P. »

serait-il un « D » mal brodé ? Ou s'agissait-il du mouchoir d'une personne aimée ? Je n'en apprends pas plus de Denise. Je reste tout l'après-midi avec elle, à revoir ses albums, revenir en arrière, sentir toute la solitude de cette femme.

Chapitre 20

La leçon

L'anonymat de Grand-Père s'est installé, je crois, juste après le combat au mas de Serret, le 26 février. En fin de matinée, ses camarades l'ont laissé, blessé, avec son fusil-mitrailleur, tirant bravement sous son boqueteau d'arbres pour retarder les Allemands. Personne n'a été témoin de la suite. Au boulanger Riffard, les camarades de Grand-Père ont juste dit qu'il était mort. Mais dans un rapport, le capitaine Boutonnet, commandant de la section de gendarmerie de Largentière, rapporte le 27 février, ce que dit « la rumeur publique » : que le blessé du mas de Serret a peut-être été emmené par les Allemands. En fait, personne n'en sait rien. Sur les PV, pas un témoin ne dit cela. Comme il restait des munitions non percutées tout autour du mas de Serret au lendemain de la bataille, le théâtre restait dangereux, personne ne s'est attardé à fouiller les alentours, où gisait pourtant le jeune Grand-Père, à une dizaine de mètres seulement du mas. Juste à l'endroit où le jeune berger Pianetti l'a retrouvé, huit jours plus tard.

*

Dans ce rapport du dimanche 27 février, le capitaine Boutonnet précise aussi qu'il n'a pas été possible, le 26, d'approcher le mas de Serret: «Des coups étaient encore tirés dans cette région.» En réalité, certains de ses hommes, proches de la Résistance, sont venus. Une réunion discrète s'est tenue, en présence du maire, de deux gendarmes et des chefs de Bir-Hakeim.

Alice Bourelly le raconte dans son cahier: «Vers 14 heures les Allemands ont commencé à se retirer, emmenant avec eux une ambulance, des camions et un side-car pris au maquis. [...] Le capitaine de gendarmerie de Vallon, alerté, accompagné du maire, se rendit sur les lieux. Le mas brûlait et de sourdes détonations éclataient de toutes parts. Les munitions explosaient, des morceaux de fer étaient projetés à de grandes hauteurs, on ne pouvait pas approcher.» Le gendarme et le maire rencontrent Montégut, revenu sur place en début de soirée. «Le spectacle était pitoyable, écrit le lieutenant. Des poutres rougeoyantes continuaient à s'effondrer dans des gerbes d'étincelles.» Puis Jean Capel les rejoint. Le chef de Bir-Hakeim se trouvait le matin à Pont-Saint-Esprit, où il venait d'apprendre l'arrestation de son beau-frère, Albert Darrénougué, que la Gestapo attendait dans l'un de ses entrepôts toulousains, au retour d'un casse. Un agent de liaison est venu le prévenir que son maquis était attaqué. Capel a pris la route aussitôt pour rejoindre le mas de Serret.

Devant les ruines fumantes, Capel et Roquemaurel retrouvent le maire, Étienne Bourelly, ainsi que le capitaine des gendarmes de Vallon et un commandant de brigade. Jean

Beaussier, instituteur et chef de l'Armée secrète en Ardèche en 1944, évoque cette rencontre, dans un témoignage en 1945. Les gendarmes, indique-t-il, « insistèrent fortement » pour que Bir-Hakeim ne s'établisse plus « à proximité de lieux habités », à cause du danger que cela comportait pour la population. Ils voulaient, ajoute-t-il, que le maquis « réduise ses coups de main ». Qu'il les rende « plus discrets », et plus « corrects ».

Chapitre 21

Les Crottes

Après le combat du 26 février, les hommes de Bir-Hakeim se sont dispersés. Certains ont rallié la grange de la Civadière, dans le Gard, où André Riffard a appris le sacrifice de Grand-Père. D'autres se sont cachés dans des hameaux des gorges. Des blessés ont été soignés à l'Hôtel du Pont d'Arc, près de Vallon. Les Allemands ont dû avoir l'information, ils ont voulu faire une descente, mais ils se sont trompés de maison. Ils ont perquisitionné un ancien hôtel qui appartenait à un certain M. Helly, administrateur du casino de Monte-Carlo. Le sous-préfet de Largentière rapporte au préfet, le 8 mars 1944, que les soldats y ont trouvé dans le grenier, à défaut de maquisards, « deux cents kilos d'argenterie » appartenant à M. Helly. Ils ont prévenu le couple qui habitait la maison qu'ils réquisitionnaient le stock, « considéré comme appartenant à un juif, compte tenu de la consonance hébraïque du nom ».

Capel et Roquemaurel devaient rester quelques jours à Labastide, avec une quinzaine d'hommes, pour récupérer ce qui avait été caché dans les environs. Des armes, du matériel, un poste de radio permettant de communiquer avec Londres. Il pleuvait. Comme il ne voulait pas que les résistants restent dans les bois, Étienne Bourelly a proposé, en accord avec le père Boyer, un paysan des Crottes, qu'ils s'installent quelques jours au hameau, dans une grange inoccupée.

*

Cinq familles vivaient alors aux Crottes. Deux étaient italiennes, venues travailler dans les gorges de l'Ardèche, « pour » bûcherons ou charbonniers. Elles arrivaient des mêmes villages du nord de l'Italie, aux alentours de San Giovani Bianco, une petite ville de Lombardie. C'est drôle, la famille de ma mère, les Brusadelli, était d'Oggiono, un village à quelques kilomètres de San Giovani. C'est comme si soudain ma branche italienne venait se greffer à mon arbre ardéchois. Ma mère est morte depuis longtemps. On l'a installée à Labastide récemment. Sa tombe se trouve désormais à quelques pas de celle de l'inconnu.

L'hiver, Ginette Payan était un peu jalouse des enfants qui habitaient aux Crottes : Mme Fabre les laissait partir plus tôt, pour qu'ils arrivent avant la nuit au hameau. Ils faisaient les trois kilomètres à pied. Ginette était en classe avec le plus jeune des Galizzi, le petit Jacques. Un jour, la maîtresse leur avait demandé de faire des dessins du maréchal Pétain, pour un grand concours national. Jacques Galizzi s'était appliqué, mais son dessin était souillé. Le gamin avait souvent les doigts sales. « Comme il aidait son père au charbon il avait les mains un peu noires. La maîtresse a regardé son dessin et elle a dit "celui-là, on ne peut pas l'envoyer, il est trop sale". Moi je trouvais que c'était bien assez beau pour Pétain. »

Les autres familles du hameau étaient françaises. Les Boyer étaient là de longue date. Ils avaient repris la maison des Payan. Le père, Lucien (73 ans), était conseiller municipal à Labastide. Les Manifacier s'étaient installés en 1939. Adrien (47 ans) était marié avec la fille Boyer, Madeleine (43 ans). Les Brunel de leur côté avaient repris en 1941 la ferme du grand-père Tourre (la mère Brunel, Joséphine, était une fille Tourre). Tous étaient paysans, assez pauvres, mais les Brunel avaient un couple de bœufs, pour travailler leur terre, et le père Boyer, un cheval. Les familles travaillaient souvent ensemble.

Avant, on disait « La Crotte », ou « La Crotte haute », parce qu'il y a aussi quelques fermes, plus bas, qui s'appelaient « La Crotte basse ». Le hameau a été riche, jusqu'à la fin du XIXe siècle. L'Ardèche s'était lancée dans l'élevage du ver à soie, deux siècles plus tôt. Aux Crottes, on avait planté des mûriers blancs, dont les feuilles nourrissaient les vers. L'Ardèche fournissait les soyeux lyonnais, avant que les textiles artificiels, entre les deux guerres, ne ruinent filatures et moulinages.

Aux archives de Privas, je suis tombé par hasard (enfin je crois) sur un plan de la ferme de ma famille, les Laborie, à la fin du XIXe siècle. Elle était cossue. Deux magnaneries, deux porcheries, trois bergeries, une étable, une vaste remise à blé, six chambres, sept caves, trois cours. Peu de terres en revanche. Quelques parcelles de landes, champs, bois, vignes, pâtures et mûriers. Quelques siècles plus tôt, certains de mes ancêtres se prénommaient Izaac, Simon. Des juifs convertis au catholicisme ? Cela expliquerait pourquoi ils ne possédaient pas de terre ? Si c'est le cas ils sont devenus plus catholiques que le pape, comme souvent les convertis.

Après son mariage, mon arrière-grand-père Joseph est rentré aux Crottes avec Henriette en 1916. Ils ont vécu dans la ferme familiale, qui appartenait alors à des cousins. Ma grand-mère Yvette y est née, en 1920. Puis l'habitation a été vendue en 1929, l'année où Joseph a acheté une petite maison à Labastide, avec les 1 420 francs versés par la commission de réforme, pour l'amputation de ses orteils.

Je ne savais pas où se trouvait l'ancienne ferme des Laborie aux Crottes. Je l'ai découvert au cadastre. Et cela m'a fait sourire. Il y a très longtemps, un mois de juin très printanier, au début des années quatre-vingt-dix, je traversais la France en 4 L, avec la fille qui allait devenir ma femme. On dormait dans les champs, au bord des rivières. On était passés par Labastide, car je voulais lui montrer mon village, et par les Crottes, pour lui raconter l'histoire. Je suis retombé récemment, chez moi, sur deux photos prises ce jour-là. Le matin je l'avais photographiée au réveil, dans un champ de coquelicots et de blé sauvage, pas très loin des Crottes. Elle est allongée, torse nu, souriante, une main derrière la tête. Plus tard dans la journée, c'est elle qui avait pris un cliché, aux Crottes. Torse nu également, je suis sous une sorte de portail en pierre et en bois qui ouvre sur une parcelle en friche, appuyé sur une bêche retrouvée là. Au cadastre, j'ai découvert que ce portail, sous lequel je posais en jeune paysan, était l'entrée de l'ancienne ferme des Laborie, rasée après le massacre.

*

Les six maisons du hameau étaient serrées les unes contre les autres, de part et d'autre de la ruelle en pente. Trois de chaque côté, avec cette voûte assez large réunissant deux corps d'une ferme. Celle des Laborie était la dernière à gauche. Juste avant un petit pré adossé à l'ancien cimetière de la famille Payan[1], contre le mur duquel les habitants ont été fusillés.

À l'autre extrémité de la ruelle, la première ferme à gauche était inoccupée. Elle appartenait à un habitant de Vagnas, Édouard Martin, du quartier de Ségrier. Des protestants, encore, qui avaient eux aussi leur cimetière aux Crottes, il est en friche, un grand micocoulier a poussé au milieu. Le père Boyer entretenait la grange des Martin en 1944. Il y a installé la quinzaine d'hommes de Bir-Hakeim, pour quelques jours. « Le dénuement de ce hameau était tellement visible, écrit dans ses mémoires Christian de Roquemaurel, que nous ne l'avons jamais mis à contribution pour le ravitaillement. »

*

Héberger un maquis était un engagement très dangereux à la fin de l'hiver 1944. Le conflit basculait. Le Débarquement

1. Les protestants n'avaient pas droit au cimetière communal, ils devaient enterrer leurs morts sur leurs terres.

La grange (au centre) du maquis Bir-Hakeim aux Crottes

était imminent. Les Allemands le savaient, mais ils ignoraient où les Alliés accosteraient, ils avaient donc besoin de se déplacer très vite, d'une côte française à l'autre. La vallée du Rhône devenait stratégique. Les maquis y multipliaient les attentats pour entraver les mouvements de l'occupant. Dans les rapports mensuels du préfet de l'Ardèche, de janvier à mars 1944, les explosions étaient quasi quotidiennes, sur les voies ferrées, les locomotives. Des douaniers et des cheminots allemands avaient été acheminés en urgence, ils surveillaient ponts et gares. Les autorités avaient réquisitionné dans la population des « garde-voies », chargés de surveiller les rails, à deux par kilomètre. Ils ne se montraient guère motivés, détournaient les yeux, par patriotisme ou par peur, dès que quelqu'un approchait.

Pour les Allemands, réduire la capacité de nuisance des maquis devenait un impératif. Ils voulaient désolidariser les populations qui ravitaillaient ou cachaient les résistants, en les terrorisant. Une tactique expérimentée sur le front de l'Est. À partir du 3 février 1944, une ordonnance, signée par le maréchal Hugo Sperrle, numéro 2 du commandement des unités de combat engagées à l'ouest, encourage les soldats à s'en prendre aux civils, à incendier les maisons, arrêter les habitants, près des lieux où se cachent des résistants. « Dans la situation présente, précise l'ordonnance, des mesures trop sévères ne sauraient fournir une raison de punition disciplinaire. » Une promesse d'impunité qui peut vous transformer des soldats en barbares.

À la mi-février 1944, une division de combat vient s'installer aux portes de l'Ardèche. On l'appelle Hohenstaufen (nom d'une dynastie d'empereurs germaniques), il s'agit de la 9e Panzerdivision SS, créée un an plus tôt près de Reims. Elle a séjourné près d'Amiens, dans la Somme, puis en Belgique. Le général qui la commande, Wilhelm Bittrich, est un pilote de chasse de la Première Guerre. En rupture avec sa hiérarchie sous la République de Weimar, il est devenu agent de Bourse dans les années vingt, avant d'adhérer dès les premières heures au parti nazi, et de former les premiers aviateurs SS. Il a appartenu à la division Deutschland, puis a dirigé Das Reich (qui sera responsable, en juin 1944, du massacre d'Oradour-sur-Glane). Beaucoup de ses soldats viennent d'autres divisions, certaines déjà engagées sur le front russe. Ils s'y sont endurcis ; ont vu, subi et commis des atrocités.

Les Kommandanturs (chargées de la gestion des troupes d'occupation) ont la possibilité depuis janvier 1944 de réquisitionner des unités de combat, comme celle de Bittrich, pour lutter contre les partisans. Alors, le 27 février au soir, au lendemain de l'échec de Brandenbourg au mas de Serret, une partie de la division Hohenstaufen est mise à disposition. Une vaste opération va être déclenchée contre les partisans cévenols. Les Crottes ont quelques jours de répit. La randonnée meurtrière commence par le Gard.

Chapitre 22

La photo

Pour éviter toute fuite, gendarmes et policiers français n'ont pas été mis dans la confidence cette fois. Même les chauffeurs SS, en quittant leurs lieux de cantonnement, le 27 février au soir, ignorent l'objectif. L'un d'eux, fils de forgerons de Westphalie, conducteur dans la division Hohenstaufen en février 1944, racontera après-guerre au Service français de recherche des crimes de guerre ennemis qu'ils avaient seulement reçu, avant de prendre la route, une liste manuscrite des localités à traverser. Après la dernière, les chefs de groupe ont été réunis, on leur a donné de nouveaux noms, « et ainsi jusqu'à Saint-Hippolyte-du-Fort ».

C'est une petite ville industrielle. Moulinages, filatures, tanneries. Une ville assez prospère en 1944. Un des points de passage importants vers la Lozère et l'Hérault, par les Cévennes. Les montagnes, dans le coin, semblent être des frontières naturelles. C'est une illusion. La plupart des familles ont des cousins de chaque côté, dans les vallées, cela forme des réseaux d'entraide sur lesquels s'appuient les maquis. Bir-Hakeim a quelques planques par ici. Des réfractaires et des résistants sont cachés dans les villages alentour. Les Allemands savent cela.

Les camions de la division Hohenstaufen arrivent vers 2 heures à Saint-Hippolyte, dans la nuit du 27 au 28 février. Les officiers commencent par réquisitionner le château de Planque, qui appartient à une famille de tanneurs, les Bourguet. Ils cantonnent « Madame veuve Raoul Bourguet », 76 ans, dans ses appartements, au premier étage du château. Font expulser de chez lui un voisin, le gendarme Pit, afin de récupérer sa maison, où seront gardés les prisonniers et menés les interrogatoires.

Au milieu de la nuit, des soldats vont chercher le maire, Albert Monpeyssen, ancien légionnaire et huissier, pour le conduire au château. On l'interroge longuement sur la présence de « terroristes, communistes et juifs ». Il répond qu'il n'y en a pas dans sa commune. Dans une note, quelques semaines plus tôt, un policier des renseignements généraux écrivait : « La majeure partie de la population de ce coin cévenol reste attachée aux anciens principes et semble apporter aux réfractaires une aide morale, voire matérielle. La partie saine (pouvant se chiffrer à 10 % environ) ne veut rien dévoiler des agissements qu'elle pourrait connaître, par peur des représailles. »

Avant l'aube, des dizaines de voitures, chenillettes, side-cars, quittent Saint-Hippolyte, prennent la direction de villages ciblés par les officiers.

À Lasalle, ils arrivent vers 6 h 30. Le chef de la colonne se rend à la gendarmerie, demande que l'on guide ses hommes chez deux commerçants soupçonnés d'aider les maquisards, la boucherie Martin et le café Benoît. La brigade de Lasalle est très proche de la Résistance. Apprenant un peu plus tôt l'arrivée des premiers véhicules dans la ville, le commandant Merel[1] a eu le réflexe de faire prévenir ceux qui lui semblaient courir le plus de risques. Quand les soldats allemands arrivent au café Benoît puis à la boucherie Martin, les propriétaires ont déjà décampé. Alors ils vont au Centre d'accueil des réfugiés polonais, où ils arrêtent quatre hommes qui leur avaient également été désignés.

Les SS reviennent à Lasalle plus tard dans la journée, avec d'autres informations. Ils veulent cette fois qu'on les conduise chez deux habitants polonais, qui ont été dénoncés. Le gendarme désigné pour les accompagner connaît bien les deux hommes. Il témoignera après-guerre : « Encadrés par des soldats, nous sommes passés devant les domiciles des intéressés. Je n'avais pas encore trouvé où j'allais conduire les Allemands. Puis une idée subite, j'ai pensé à une maison, située au pont de Fer. [...] Je connaissais cet immeuble comme étant inhabité. J'ai repris courage, et j'ai mené le détachement à cette maison. » Les soldats défoncent la porte à coups de crosse. « J'avais très peur car des toiles d'araignée occupaient les portes et laissaient bien voir que cette maison n'avait pas été habitée depuis longtemps. » Mais les SS ne tiquent pas. Ils lâchent : « Partis », et s'en retournent.

*

1. Il sera exécuté par erreur, quelques semaines plus tard, par des maquisards. Les auteurs d'un livre accuseront Bir-Hakeim de cette méprise.

Un autre convoi, parti avant le lever du jour, s'est dirigé vers le hameau de Driolle, dans la montagne. La route est sinueuse. Elle longe le Vidourle, un petit cours d'eau qui actionne à l'époque filatures et moulinages. « À la pointe du jour », Julien Perrier (61 ans) voit arriver la colonne à Saint-Roman-de-Codières. Les Allemands lui demandent à manger, fouillent toutes les pièces de sa maison, puis repartent vers leur objectif. La route devient plus raide, elle monte vers un cirque d'altitude. Après un virage en épingle, il faut grimper encore pour découvrir Driolle, minuscule hameau. Il n'en reste aujourd'hui quasiment que des ruines, quelques traces de suie sur des morceaux de poutres. Des figuiers ont poussé, comme aux Crottes et au mas de Terris, crevant les sols. Là aussi leurs branches sortent par les fenêtres, se tordent vers l'extérieur. Seules quelques habitations, vers le haut du hameau, ont été retapées.

Le 28 février 1944, les SS entrent d'abord chez Julie Gras, 46 ans, veuve et cultivatrice. Son fils Yvon souffre de troubles mentaux, il sort à peine de l'hôpital psychiatrique. Les soldats le frappent en lui demandant où sont les partisans. Un interprète les accompagne. Puis ils passent ainsi de maison en maison. Et de peur, certains habitants parlent.

Vers 8 heures, Adrien Soulier (63 ans, paysan) se rend compte que sa maison est cernée « par une quinzaine d'Allemands armés de mitraillettes, fusils et grenades ». Les soldats recherchent son fils, Fernand, réfractaire, qui vient d'être dénoncé par l'un de ses copains, terrorisé. Ils fouillent les sept pièces et embarquent le garçon, « en chemise, sans lui laisser le temps de mettre son pantalon». Avant d'incendier la maison, ils emportent un troupeau de brebis et un cochon de 120 kilos, précisera le père aux gendarmes. Le corps de Fernand sera retrouvé quelques jours plus tard, abandonné près d'un bois, une balle dans la nuque.

Cinq autres réfractaires sont arrêtés à Driolle et conduits à Saint-Hippolyte. Parmi eux, Roger Broussous. Un garçon un peu simple, glisse dans un rapport l'inspecteur chargé de l'enquête, après la guerre. Pour justifier ce qui va suivre, un officier expliquera au maire que le garçon portait un pull militaire allemand et un revolver. Comme il rigole devant les SS, un ordre est jeté, en allemand. Des soldats lui demandent de choisir son arbre. Roger croit à une plaisanterie. Ils ressortent avec lui du château de Planque. Marcel Gaubiac, ouvrier tanneur, voit passer devant son atelier «le jeune Broussous Roger, encadré par huit ou dix soldats allemands armés». Puis Émile Carrière, chiffonnier de 65 ans, croise le groupe, se retourne pour le suivre des yeux. Les soldats entraînent le jeune Broussous sur le viaduc surplombant la route de Lasalle. «Après avoir fixé une corde au parapet et lui avoir attaché l'autre extrémité au cou, ils l'ont précipité dans le vide. Cet homme est resté pendu à une hauteur de cinq ou six mètres environ.» Quand le tanneur Gaubiac passe par là un peu plus tard, le jeune Broussous se balance toujours au bout de sa corde, sous le viaduc.

Il existe une photo de cette pendaison. Elle est floue et, paradoxalement, cela la rend plus terrifiante encore. Le soldat qui l'a prise a donné sa pellicule à développer quelques jours plus tard à Nîmes, à la pharmacie Sabatier-Fabre, seul labo de la ville à l'époque. Une employée, Simone Peyriat

La pendaison de Roger Broussous,
le 28 février 1944
à Saint-Hippolyte-du-Fort

(36 ans), a eu le réflexe de tirer un double du cliché et l'a caché. Il sera un témoin à la Libération. Au premier plan, on distingue sept soldats, dont quatre officiers en uniforme. On devine un sourire sur les visages de deux d'entre eux. Lorsqu'on agrandit le cliché, des orbites sombres remplacent les bouches et les yeux des SS. Derrière, un pauvre pantin au bout de sa corde. Roger Broussous allait avoir 20 ans.

D'autres soldats arrivent à Driolle après les arrestations. « Ils ont commencé à sortir des habitations des postes de TSF, du linge, du bétail, détaille Zélie Lapierre, une agricultrice. Après avoir tout pillé ils ont arrosé d'essence. Ils m'ont même obligée sous la menace à arroser moi-même mes meubles. Et ils ont mis le feu au hameau. » Zélie est embarquée, ainsi que l'une de ses voisines, Mme Ordines, dont le mari et le fils seront exécutés trois jours plus tard. « Ils nous ont fait subir un interrogatoire, et après nous avoir battues et nous avoir passé la corde au cou pour nous obliger à parler, ils nous ont gardées deux heures et nous ont relâchées. » En fin d'après-midi, les deux femmes rentrent à pied au hameau, à huit kilomètres. « Tout était brûlé. Je ne possédais plus ni maison, ni meuble, ni vivres, ni bétail », dit Zélie Lapierre.

*

Le lendemain matin, mardi 29 février 1944, les SS repartent de Saint-Hippolyte avant l'aube pour mener de nouvelles opérations. Un jeune garçon, Marcel Gay, est abattu dans le dos, sur un chemin départemental, près de Monoblet, à sept kilomètres de la ville. Des soldats allemands lui ont probablement crié de s'arrêter. Marcel Gay était sourd.

Leur principale cible, pour ce deuxième jour, c'est Ardaillers, un village constitué de trois hameaux d'altitude, à une quarantaine de kilomètres en direction de la Lozère. Les Allemands ont appris qu'on y cache des résistants. Entendant des coups de feu au loin, Fernand Nadal (54 ans), conseiller municipal, fait lever en hâte les deux hommes qu'il héberge, deux maquisards malades, qui avaient besoin de repos. Il les conduit par des sentiers loin du hameau, puis revient attendre chez lui, le plus calmement possible. Les SS encerclent complètement Ardaillers, fouillent les maisons une par une, à la recherche des « terroristes ». Chez Jubin et Faventine Nadal (aucun lien de parenté avec le conseiller municipal Fernand), ils veulent arrêter le père, qui parvient à s'enfuir, se cache dans un trou de mine, « à une quarantaine de mètres de [sa] maison ». Les soldats bombardent alors sa ferme (après avoir dévalisé la provision de cochon). Puis ils attrapent son fils, Émile (32 ans), qui était parti donner à manger au mulet. Ils le blessent d'un coup de fusil, quatre SS le ramassent, l'emportent. Sarah Mourgue, 52 ans, ménagère au hameau, les voit arriver près de sa ferme : « Ils sont entrés dans ma cour et ont déposé le corps sur un tas de fumier. Au bout d'un instant j'ai entendu un coup de fusil et ces hommes sont repartis. Je me suis rendu auprès de Nadal, mais le malheureux était bien mort, les Allemands venaient de lui tirer une balle dans la tempe droite. » En fin de journée, Jubin Nadal ressort de son trou. Les SS sont repartis, avec six personnes, dont le conseiller municipal Fernand Nadal et son frère Joël. Jubin apprend la mort de son fils, abattu sur un tas de fumier.

*

Un peu plus tôt ce mardi 29 février, un équipage de Bir-Hakeim est arrivé à Saint-Hippolyte-du-Fort, sans savoir ce qui s'y déroulait depuis deux jours. Jean Mallet, Marcel de Roquemaurel, Paul Demarne et quelques-uns de leurs hommes reviennent d'une planque dans l'Hérault, pour rejoindre les Crottes. Une voiture Simca ouvre la route, une camionnette suit. En arrivant à Saint-Hyppolite, elles tombent sur un barrage, à l'entrée de la ville. Les maquisards ouvrent le feu, un soldat allemand est tué, ses camarades ripostent. La Simca et le camion forcent le passage, des fusillades se déclenchent dans les rues, les deux véhicules sont immobilisés. Trois hommes de Bir-Hakeim sont tués, les autres parviennent à se cacher, deux sont sévèrement blessés. Les Allemands vident alors les habitations, les unes après les autres, pour essayer de les retrouver. Ils obligent les habitants à se réunir sur une place, où le maire doit identifier un par un ses concitoyens. Certains témoins raconteront que le maire est passé devant des résistants, et les a sauvés en leur inventant des noms.

Pendant ce temps, d'autres soldats pillent la ville. Les procès-verbaux de l'époque énumèrent les centaines de kilos de nourriture, de vêtements, de bijoux, d'argenterie. Après leur départ, on découvre les deux blessés de Bir-Hakeim. Albert Lévêque, 35 ans, dit « Roger le Parisien », et René Donaty, 19 ans, fils d'un responsable de l'Armée secrète qui a beaucoup aidé Bir-Hakeim dans l'Hérault. Deux médecins les examinent, il faut les opérer. Le sous-préfet fait affréter discrètement une ambulance, pour les conduire à l'hôpital Gaston-Doumergue de Nîmes. Une bonne sœur les accompagne, pour rassurer les Allemands en cas de contrôle. Mais à leur arrivée à Nîmes, l'un des salariés de l'hôpital les dénonce.

Chapitre 23

«Ainsi périront les terroristes français»

Au total, trente personnes ont été arrêtées, les 28 et 29 février 1944, autour de Saint-Hippolyte. Elles sont incarcérées dans une prison de Nîmes où des Allemands, «en civil et en uniforme», les entendent toute la journée du 1er mars, au sujet des maquis de la région. «Nous n'avons pas été maltraités», précisera Fernand Nadal, le conseiller municipal qui cachait deux résistants malades chez lui.

Le jeudi 2 mars vers 16 heures, des soldats SS débarquent à l'hôpital Doumergue. Ils veulent embarquer les deux maquisards blessés. Le policier chargé de les surveiller (le préfet du Gard a fait placer les deux hommes en garde à vue dans leur chambre) prévient le chirurgien. Ce dernier s'oppose au transfert, compte tenu de leur état. Les soldats n'insistent pas, ils repartent. Mais d'autres reviennent un peu plus tard pour emmener les blessés, sans ménagement cette fois. Ils sont nus dans leurs lits. Des infirmières ont juste le temps de les couvrir avec des couvertures, un médecin de leur administrer un calmant.

Au même moment, un car et un camion bâché récupèrent à la prison de Nîmes les trente hommes ramenés de Saint-

Hippolyte. « Les mêmes qui nous avaient arrêtés nous ont conduits dans la cour de l'école de la Croix-de-Fer, rue Bonfa à Nîmes », précise Fernand Nadal. Ils y retrouvent les deux blessés, qui ne tiennent pas debout. Dix-neuf hommes, dont les deux blessés de Bir-Hakeim, sont séparés des autres. « Nous avons été placés en ligne face au portail, poursuit le conseiller municipal. En face de nous il y avait un peloton d'une vingtaine de soldats allemands armés. [...] J'avais l'impression que nous allions être fusillés. »

Des soldats attachent les hommes, les mains derrière le dos. Un autre apporte des cordes, munies de nœuds coulants. Des gradés regardent aux fenêtres. À ce moment-là, « un officier m'a demandé si j'étais le père du jeune Nadal, tué par eux à Ardaillers », raconte Joël, le frère de Fernand Nadal. Il répond que non. En le « fixant dans les yeux », le soldat lui demande s'il a caché chez lui des réfractaires. « Sur mes réponses négatives, ils ont dit à mon frère et à moi de partir, que nous étions libres. » Les deux hommes ne demandent pas leur reste, ils partent en courant, se réfugier chez un ami à Nîmes.

Le pâtissier Faucher habitait juste en face de l'école, rue Bonfa. Ses fenêtres donnaient sur la cour. C'est lui qui a raconté la suite, dans un témoignage écrit que son épouse a donné aux policiers après la guerre, son époux ayant trouvé la mort à Nîmes lors des bombardements du 27 mai 1944[1].

1. Près de cinq cents personnes ont été tuées à Nîmes le 27 mai 1944, lors de l'opération Enclume. Des centaines de bombardiers américains ont pilonné le sud de la France, de Nice à Montpellier, en passant par Marseille et Nîmes.

«Les Allemands, éléments SS et Feldgendarmerie, les avaient alignés dans la cour, décrit le pâtissier. Des officiers se sont mis en face d'eux, et l'un d'eux a lu la sentence.» Car les SS avaient pris le temps de monter un procès sommaire. Cela paraît absurde, quand on va tuer dix-sept hommes ramassés dans des villages. Mais c'est le règlement. «Des Waffen SS étaient spectateurs aux fenêtres, poursuit le pâtissier Faucher. Deux des prisonniers, épuisés par les coups, sont tombés à la lecture de cette sentence. Des Allemands les ont remis dans le car et le camion. [...] Parmi les condamnés, un vieillard de 65 ans, à cheveux blancs, était superbe. Il provoquait nos ennemis et les injuriait de la plus belle manière.» Peut-être était-ce Henoc Nadal, le plus âgé des prisonniers, qui avaient entre 19 et 61 ans ? Le dernier de ses fils vit toujours dans l'un des hameaux d'Ardaillers. Un homme un peu simple, un vieil homme désormais. Ce jour-là, il était à l'école, il avait appris en rentrant déjeuner que son père avait été arrêté, les sabots aux pieds. Le lendemain sa mère était partie pour Nîmes, lui apporter quelques vêtements plus présentables. Les yeux du vieil homme étaient secs lorsqu'il m'a raconté cela. Puis il a tourné lentement la tête vers la fenêtre de sa cuisine, son regard s'est perdu au loin, vers le passé.

Dans la cour de l'école, les SS assomment le vieillard, «jeté comme un paquet dans le camion». Puis tout le monde est embarqué, et les véhicules partent. Alexis Valentin, cheminot de 42 ans, rentrait de son travail à bicyclette à ce moment-là. «Je me suis trouvé, raconte-t-il quelques jours plus tard aux policiers, devant un camion allemand qui descendait à toute vitesse la rue Jean-Chiappe[1]. Craignant d'être coincé entre un tramway à l'arrêt et le camion, j'ai fait signe au chauffeur de ralentir. Ce dernier a continué sa route pendant environ cent cinquante mètres puis s'est arrêté. Six Allemands sont venus sur moi. L'un d'entre eux m'a donné un violent coup de poing sur le menton. Une fois par terre, les autres m'ont roué de coups de pied. Ensuite, ils m'ont chargé dans le camion.» Dans le véhicule, il y a quatre hommes, avec lesquels Alexis Valentin a le temps de parler un peu. «Ils m'ont dit avoir été ramassés parce qu'ils alimentaient le maquis. Ils allaient à la mort.»

Le camion s'arrête au sud de la ville, sous l'un des arbres bordant la route, près de l'intersection entre le boulevard Jean-Jaurès (qui s'appelait alors avenue de Camargue) et la route de Montpellier. «Ils ont descendu un jeune qui était assis à l'avant et que je n'avais pas vu auparavant.» Le garçon est hissé sur le toit du camion par les soldats, car il est évanoui. Sur sa poitrine, ils placent un écriteau: «Ainsi périront les terroristes français.» Puis, poursuit le cheminot, ils «lui ont passé une corde autour du cou», avant de passer l'autre extrémité à une branche de l'arbre, au-dessus de sa tête. «Le camion a reculé et le jeune est resté pendu.» Le véhicule va ensuite à l'arbre suivant, «pour pendre le second de la même façon». Et ainsi jusqu'à ce que les cinq prisonniers de ce camion-là soient pendus à cinq arbres.

1. Du nom du frère du préfet du Gard en 1944. Jean Chiappe était haut fonctionnaire et député, mort en 1940, dans un avion abattu en Méditerranée.

Alexis Valentin jette sur la route sa carte professionnelle de cheminot, «pour que l'on sache» qu'il est passé là. Un sous-officier la ramasse immédiatement et, lorsque la voiture des officiers venus contrôler le travail arrive après les pendaisons, le sous-officier leur tend le document. Ils se concertent, puis relâchent le cheminot. Alexis Valentin n'a jamais su s'il aurait été pendu comme les autres sans l'arrivée des officiers, ou si on l'avait embarqué pour qu'il puisse raconter, et contribuer par son récit à terroriser la population.

Un peu plus tôt, un cordonnier, André Poveda (55 ans), se trouvait sur un pont, en face de sa boutique, à quelques rues de là. Il a vu un camion, avec sur le toit deux soldats en train de pendre un homme. Il s'agissait de l'un des résistants enlevés à l'hôpital, car il était «enveloppé d'une couverture». La corde a cassé, la victime est tombée sur la route, nue. «C'est alors que trois officiers allemands se sont approchés et lui ont tiré chacun une balle de pistolet dans la tête.»

Dix-sept victimes ont ainsi été pendues aux différentes sorties de la ville. À des arbres, à des ponts de chemin de fer. Neuf ans plus tard, un autre témoin racontera la scène qui le hante encore, dans une longue lettre adressée en juin 1953 à un magistrat de Marseille. Max Collins rentrait à vélo à son domicile, le jeudi 2 mars 1944. «Levant la tête, je m'aperçus avec stupeur que deux hommes étaient pendus, chacun à un arbre. […] Je continuai à rouler tout doucement, un troisième homme en sabots d'une cinquantaine d'années était sur le toit d'un camion, maintenu par deux ou trois soldats allemands qui lui passaient une corde autour du cou. Cet homme me crie: “Portez cela à ma femme!” en me lançant ce que j'ai pensé être une pochette […]. Peut-être il y avait une lettre. Je freinai aussitôt, le porte-cartes vint toucher l'avant de ma bicyclette et tomba à terre. Aussitôt environ six à huit soldats allemands m'entourèrent et bien entendu ramassèrent le souvenir que destinait à son épouse le pauvre homme. » Le camion a avancé, le paysan est resté pendu. « Il est impossible de décrire le terrible spectacle », poursuit Max Collins. À l'époque il avait continué son chemin, tout à son impuissance. Neuf ans plus tard, il avait toujours dans la tête « le cri de ce pendu ».

Chapitre 24

L'enfouissement nocturne

Au lendemain des pendaisons, le commissaire central de Nîmes relate succinctement les faits, dans une note à sa hiérarchie, intitulée : « Exécution de terroristes. » Le préfet de son côté envoie un rapport à Vichy, pour indiquer qu'il a eu confirmation, auprès des autorités allemandes, qu'il s'agissait bien de « terroristes », la plupart « étrangers », de surcroît.

Dans la population, les pendaisons provoquent « une émotion considérable », prévient une note blanche des renseignements généraux de Nîmes. Une « indignation générale », qui risque de porter « un coup terrible » à « la politique de collaboration franco-allemande » dans la région. L'auteur de la note ajoute : « On admet que si les terroristes doivent être châtiés, ils ne doivent pas l'être publiquement, et, dans tous les cas, ne pas les exposer à une population qui n'a rien à se reprocher et qui s'efforce de se montrer correcte envers les troupes d'occupation. »

Pour calmer les esprits, le préfet et le maire font savoir que le gouvernement a exprimé son indignation auprès des autorités d'occupation. Dans les faits, des courriers navrants. Le 24 mars 1944, le général de corps d'armée Bridoux, secrétaire d'État à la Défense, écrit par exemple au général de division von Neubronn, qui représente à Vichy le commandement Ouest de l'armée allemande: «Le Gouvernement français comprend parfaitement l'obligation où est l'armée allemande d'assurer sa sécurité et de sévir contre les éléments troubles qui la menacent, mais il s'étonne du mode d'exécution employé en la circonstance. Le procédé a profondément ému la population. Cette émotion est compréhensible quand on sait que la sanction pratiquée a disparu de nos mœurs depuis la Révolution française et qu'elle n'existe plus dans nos codes ni, à ma connaissance, dans la législation allemande.» Le général von Neubronn lui répond, trois semaines plus tard, que les dix-sept «terroristes» avaient «ouvert le feu» contre des soldats, donc un tribunal les a fait pendre, «cela est parfaitement admis par le droit universel de la guerre». Il fallait «faire un exemple», cette mesure «est admise par le droit allemand, notamment dans les cas où le fait ayant entraîné l'exécution capitale doit être considéré comme particulièrement infamant ou entaché de sournoiserie».

Derrière la réponse péremptoire, les pendaisons ne sont pas si bien assumées par les occupants. Fritz Korth (38 ans), arrivé le 9 mars 1944 de Marseille pour prendre ses fonctions à la Kommandantur de Nîmes, racontera le 16 juillet 1945: «J'avais entendu parler des dix-sept Français pendus dans les rues de Nîmes. Ces incidents avaient fait grand bruit. Quand je suis arrivé à Nîmes, on n'avait pas encore oublié ces atrocités. Les membres de l'état-major avaient sévèrement critiqué la conduite des SS. [...] Un peu plus tard, j'ai entendu dire [qu'ils] voulaient introduire un procès contre les SS qui avaient commis [ces] crimes. Le chef de la division est intervenu pour l'empêcher, car les SS avaient leur propre tribunal militaire et la Wehrmacht n'était pas compétente. L'affaire fut donc étouffée. »

Les SS étaient intouchables. Mais, selon son chef d'état-major, le commandant de la division Hohenstaufen, le général Bittrich, a lui-même très mal réagi, le 2 mars au soir, en apprenant les pendaisons. Il aurait demandé que l'on ne réquisitionne plus ses hommes pour commettre cela. Il a fait décrocher rapidement les corps. Le lendemain matin, dans sa note au sujet des « terroristes » exécutés, le commissaire central de Nîmes relève que personne ne connaît « le lieu où ils ont été déposés ». Aucune entrée n'a été signalée à la morgue.

Quelques heures plus tôt, Joseph Quiot, agriculteur à Jonquières-Saint-Vincent, à dix-sept kilomètres de Nîmes, partait travailler à pied dans ses terres, avant le lever du jour, lorsqu'il a remarqué dans un champ fraîchement semé de luzerne une trentaine de soldats allemands affairés avec des pelles et des pioches. Une sentinelle lui a ordonné de rebrousser chemin. Il a fait demi-tour, pour aller prévenir le propriétaire du champ, Louis Dany. Ce dernier a attendu deux jours, puis avec quelques jeunes du village, ils sont allés donner quelques coups de pelle dans le champ, le dimanche. Un bras est apparu, alors ils ont vite rebouché. Dany a alerté la préfecture, un fonctionnaire est venu faire un plan précis pour situer l'emplacement de la fosse. Puis on a attendu la fin de la guerre pour exhumer les malheureux.

Chapitre 25

Le messager aux souliers vernis

Au moment où l'on dépendait discrètement les victimes des arbres et des ponts de Nîmes, le 2 mars 1944 au soir, une colonne de la division Hohenstaufen reprenait la route, vers l'Ardèche. Les SS voulaient surprendre enfin ce maquis Bir-Hakeim, qui avait tenu en échec la division Brandenbourg cinq jours plus tôt au mas de Serret. Mais les hommes de Jean Capel venaient de prendre la fuite, prévenus de l'attaque imminente par un messager arrivé en début de soirée, à pied, du Gard.

J'avais déjà entendu parler de ce messager, sans le savoir, il y a une quinzaine d'années. J'étais en vacances chez des copains à Labastide et je faisais une sieste profonde, cet après-midi-là, quand le téléphone avait sonné. C'était ma femme. Elle était partie se balader avec une amie du côté de Chabriac, un hameau proche de Labastide. « Tu devrais venir, disait-elle, on a rencontré quelqu'un qui s'appelle Aimé Thibon, il a l'air d'en savoir beaucoup sur ta famille ardéchoise. » Le copain chez qui nous logions avait grogné : « Laisse tomber, c'est un truc pour t'empêcher de faire la sieste. » Il s'était retourné dans le canapé, j'avais pris la voiture, qui cuisait au soleil. Le volant me brûlait les doigts.

J'avais roulé les fenêtres ouvertes sur la petite route entre Labastide et Chabriac. Ma famille ardéchoise s'est longtemps partagée entre les Crottes et ce hameau de Chabriac. À l'entrée, il y a un calvaire, gravé au nom de Victor Laborie, l'oncle de mon arrière-grand-père Joseph. Le tailleur de pierre, en 1881, avait oublié le « c » du prénom, il a dû l'ajouter ensuite, en petit, au-dessus. J'ai toujours adoré cette distraction. En passant, j'ai souri comme d'habitude à Vitor, et j'ai gravi la volée de marches de la maison d'Aimé Thibon.

Il habitait juste en face de la croix, au bord du chemin qui relie Barjac, dans le Gard, à Labastide. Aimé Thibon est mort à présent. J'ai écarté un rideau de perles. Il se tenait droit, les coudes appuyés sur la table de sa cuisine. Il était assis entre les deux filles. Je suis resté un instant sur le seuil. Son visage était saisissant. La moitié gauche avait été greffée avec la peau de ses fesses. Elle restait strictement inerte, avec un œil ouvert, fixe. La moitié droite me souriait. « Alors comme ça, tu es un petit-fils Laborie ? Que ta grand-mère, l'Yvette, elle était née le samedi 26 juin 1920. Que son père, le Joseph, il était né le lundi 20 mai 1889. » Il était capable ainsi de réciter ma famille sur quatre générations. J'ai pris des notes, et en le quittant ce jour-là je suis allé vérifier les dates dans les cimetières alentour. Tout était juste. J'ai regardé des calendriers. Chaque jour de la semaine correspondait. Aimé Thibon était hypermnésique. Il conservait dans sa tête l'état civil de toutes les familles qui avaient vécu à Chabriac. Chaque matin cet été-là, je suis revenu discuter des heures avec lui.

Aimé Thibon vivait seul, mais deux jeunes femmes s'occupaient de lui. Elles étaient arrivées un beau jour au hameau, vivaient un peu en marge, dans une vieille caravane. Aimé leur avait proposé de la poser près de sa ferme, sur un terrain à lui. En échange elles prenaient soin de lui. Il les avait ensuite « couchées sur [son] testament », comme il disait. Il répétait souvent la même blague : « Tu vois, j'ai vécu toute ma vie en vieux garçon, et je finis ma vie avec deux femmes ! » La moitié droite de son visage en rigolait.

Aimé avait eu une amoureuse, avant-guerre. Il allait la voir à vélo, en haute Ardèche. Trois grosses heures en pédalant bien. La guerre venue il avait continué, mais cela devenait dangereux. Un jour il s'était fait tirer dessus, n'avait même pas compris qui le visait, il s'était caché dans un fossé. Puis avait attendu la fin de la guerre avant de remonter. Son amoureuse venait de se fiancer avec le boucher de son village. Quand Aimé Thibon m'a raconté cela, une larme coulait sur sa joue droite.

Lorsque j'arrivais chez lui le matin, les filles étaient parties travailler, elles faisaient les récoltes. On parlait un moment, puis à l'approche de 10 heures il me montrait la bouteille de rouge qu'elles planquaient au-dessus de la cheminée, pour qu'il ne boive pas trop : « Il commence à faire soif ! » J'attrapais deux verres Arcopal. Le vin était âpre, la discussion reprenait.

J'ai appris cet été-là comment tuer le cochon, fabriquer une charbonnière, confectionner des cartouches pour la chasse, conserver la viande sans frigo. Je voulais tout savoir de la vie à Labastide au XIXe et au début du XXe siècle. Le grand-père d'Aimé avait comme lui une mémoire phénoménale. Aux veillées il lui racontait le village, le passé. Aimé était intarissable.

La veille du drame des Crottes, il était assis sur les marches, devant la ferme. C'était le jeudi 2 mars 1944, en fin d'après-midi. Un homme était passé, sur le chemin entre Barjac et Labastide. Il semblait pressé. Il portait aux pieds « des souliers vernis ». Ils s'étaient salués. Le massacre ayant eu lieu le lendemain, je m'étais demandé, quand Aimé m'avait raconté cela, s'il n'avait pas vu passer l'inconnu des Crottes. Je crois que c'est ce détail, l'image d'un homme aux souliers vernis sur un chemin de terre, qui a déclenché l'envie de savoir.

Je sais à présent que l'homme pressé n'était pas l'inconnu, mais probablement ce messager, envoyé par la Résistance gardoise prévenir Bir-Hakeim de l'imminence d'une attaque. Il se hâtait vers les Crottes. Les hommes étaient en train de préparer le dîner quand il est arrivé. Ils épluchaient des pommes de terre. Un garçon de Labastide, Charly Charmasson, avait passé la journée aux Crottes, chez sa tante, Joséphine Brunel. C'est lui qui a raconté. Les chefs de Bir-Hakeim ont décidé de partir sur-le-champ. Ils ont encouragé les habitants des Crottes à faire de même, en les alertant sur le danger. Les paysans ont refusé. Ils n'imaginaient sans doute pas ce qui pouvait arriver. Joséphine Brunel a ordonné à son neveu de rentrer vite à Labastide, chez ses parents. Elle lui a confié l'acte de propriété de sa maison, et les quelques écus qu'elle possédait, signe qu'ils craignaient d'être pillés.

Charly est mort à présent. C'était un homme chaleureux, fiable, qui aimait raconter les histoires de son pays. Je regrette de ne pas lui avoir parlé à temps de cette histoire, de ce livre. Sa veuve, Simone, a déposé l'autre jour une enveloppe à mon nom, sur la terrasse de mon père. À l'intérieur, des photos des Crottes juste après le drame, quelques lettres. Selon elle, Charly a toujours vécu avec la culpabilité d'être le seul survivant. Il avait quitté les Crottes en début de soirée le 2 mars. Les Allemands sont arrivés quelques heures plus tard.

Chapitre 26

Le massacre des Crottes

Les camions de la division Hohenstaufen se sont arrêtés avant le village. En traversant Vagnas, un peu plus tôt, l'un de leurs bus, qui transportait des soldats, a eu un accident. Le commandant de la colonne a demandé au maire de le faire surveiller, en attendant qu'on vienne le remorquer. Le maire a prévenu les gendarmes, qui ont envoyé quelques hommes de Vallon, des habitants de Vagnas ont également été requis pour surveiller le bus allemand.

À l'entrée de Labastide, au niveau de la cave coopérative, les soldats sont descendus des camions, vers 2 heures du matin. Pour « se rendre à pied, la nuit, aux Crottes, par des sentiers, afin de ne pas donner l'éveil et de garder toutes les issues », écrit Alice Bourelly dans son cahier.

Aux premières lueurs du jour, le secteur est totalement cerné. Des sentinelles se tiennent aux entrées de Labastide, ainsi que devant certaines maisons, pour éviter que l'alerte soit donnée. « Une ménagère habitait au-dessus de la mairie, raconte René Tourre. C'était une vraie concierge, elle était toujours au courant de tout ce qui se passait. Si quelqu'un était passé en pantoufles dans une ruelle au milieu de la nuit, elle l'aurait su. Elle a entendu les Allemands dans la nuit. Elle a voulu aller prévenir, mais quand elle est sortie de chez elle, des soldats descendaient du chemin en face, celui du Cougoussa. Elle s'est cachée à temps, mais elle n'a pas pu prévenir. »

Vers 9 heures, les habitants de Labastide entendent le début d'une canonnade. « Nous songions avec épouvante au sort qui attendait les habitants du hameau », écrit Alice Bourelly. Vers 10 h 30, le maréchal des logis Eybalin, en congé de réforme au village, entend une « fusillade désordonnée ». Peut-être le moment où Georges Boyer, le jeune braconnier, a essayé de prendre la fuite, avant d'être tué dans son trou. Puis le gendarme reconnaît des « rafales » régulières, pouvant correspondre « à des feux de peloton ». Cela dure jusqu'à midi. Alors, « le canon tonna à nouveau. Le hameau flambait », poursuit Alice. Les camions, restés à l'entrée du village, sont partis récupérer les soldats aux Crottes. Vers 14 heures, ils « traversèrent le village en chantant sans s'arrêter ».

Étienne Bourelly fait alors sonner le tocsin, à 14 h 30. Des colonnes de fumée s'élèvent au-dessus du hameau des Crottes, il faut partir éteindre l'incendie. Huit hommes s'élancent avant les autres. Ginette Payan se souvient que son père a attrapé un seau tout neuf et il est parti en courant. Mais à cinq cents mètres des Crottes, des coups de fusil éclatent. Les Allemands ont laissé une vingtaine de soldats. Le maréchal des logis Eybalin, qui courait devant, s'écroule. Louis Payan le suit de près. « À environ cinq cents mètres des Crottes, témoignera-t-il, j'ai trouvé le chef Eybalin blessé d'une balle à la cuisse droite qui gisait sur le bas-côté de la route. Aussitôt les Allemands sont intervenus et ont transporté le blessé au hameau des Basses-Crottes, chez M. Pianetti Rodolphe. » C'est de là que les Allemands avaient bombardé les Crottes, quelques heures plus tôt. Les sept hommes qui accompagnent Eybalin sont faits prisonniers chez les Pianetti. Les Allemands les soupçonnent d'appartenir au maquis.

Le maire de Labastide fait prudemment demi-tour après avoir lui aussi essuyé des coups de feu. Mais alors qu'il vient d'arriver chez lui, il reçoit la visite de Joseph Pianetti. Les Allemands veulent le voir. Il doit identifier les hommes arrêtés.

Après la guerre, l'instituteur des garçons, M. Fabre, a laissé au Comité départemental de libération un long témoignage, écrit dans un cahier et signé de sa main. Il y recopie en fait le témoignage d'Alice Bourelly, en évitant les ratures et en ajoutant quelques précisions. À propos de cette journée du 3 mars par exemple : « Courageusement, le maire partit seul à la ferme des Basses-Crottes et réussit par des gestes à se faire comprendre, mais ne put faire délivrer les prisonniers. Il fallait attendre les ordres de Nîmes. » Les SS disaient que trois choses pouvaient arriver. Soit les otages seraient libérés, soit ils seraient fusillés sur place, soit ils seraient conduits à Nîmes.

« À 15 h 30, écrit dans un rapport l'adjudant François Marc, de Vallon, le maire a demandé notre concours pour ramener un blessé et certifier de l'identité de sept hommes faits prisonniers. » Le temps qu'ils arrivent avec le docteur Abrial, Bourelly collecte les cartes d'identité des prisonniers, puis ils retournent voir les Allemands, les otages sont toujours « tenus en joue » dans la cour de la ferme, les SS finissent de charger dans deux camions le bétail dérobé aux Crottes, moutons, chèvres, porcs, volaille. Ils renoncent seulement, racontera Louis Payan à sa fille Ginette, à une truie qui se débat trop.

Eybalin est transféré vers un hôpital d'Aubenas. Il a le genou perforé et l'extrémité inférieure du fémur droit fracturée, on lui raccourcira l'os, il boitera le reste de sa vie. Les Allemands repartent vers 19 heures avec leur butin. « Sans donner aucune précision sur la situation au hameau des Crottes et sans nous notifier si les opérations militaires étaient terminées », précise dans un rapport l'adjudant François Marc. Prudemment, les gendarmes et le maire décident d'attendre le lever du jour, le lendemain, avant de s'approcher des Crottes.

La soirée est très longue, à Labastide. La plupart des habitants ont des parents, des amis, aux Crottes. On se marie depuis des siècles dans un rayon de quinze kilomètres, les liens familiaux sont enchevêtrés. « La nuit était trop avancée pour qu'on puisse aller se rendre compte, écrit l'instituteur. On pensait les voir arriver à chaque instant. »

Au matin, quatre gendarmes reprennent « avec précaution » le chemin des Crottes, en compagnie du maire. « À notre arrivée sur les lieux, écrit l'adjudant François Marc, nous avons constaté que la plupart des maisons étaient incendiées, les toitures et plafonds effondrés, les murs extérieurs portant trace de nombreux tirs de coups de canon. »

Devant la grange du père Martin, ils constatent « la présence de nombreuses gamelles et quarts militaires », de fourchettes, et même « d'un casque de soldat ». Tous ces objets ont été jetés par les fenêtres, ils sont percés de balles. « À l'intérieur de la grange, poursuit l'adjudant, nous avons constaté, par la découverte de tables installées et d'ustensiles de cuisine contenant des pommes de terre épluchées depuis peu, que cette maison avait été occupée tout récemment par de nombreuses personnes. » Les Allemands ont dû faire le même constat, la veille. Les traces laissées dans la précipitation du départ signaient la présence des résistants, et la perte des habitants.

Dans les autres habitations, des meubles sont incendiés, tous les autres ont les tiroirs ouverts, leur contenu « éparpillé sur le pavé des pièces ». Dans chaque maison, gendarmes et maire appellent. Le silence reste épais. « Ils redoutaient de comprendre ce qui s'était passé, mais espéraient encore que les habitants avaient pu se réfugier dans les bois », note Alice Bourelly.

Enfin, « pris d'un sinistre pressentiment », le maire descend la ruelle, vers le champ où se trouve le mur du petit cimetière Payan. Il découvre les quatorze cadavres, « certains recourbés et entremêlés ».

À quelques mètres des corps, il y a une ligne droite, tracée dans la terre à l'aide d'une ferrure, abandonnée juste à côté. Autour, une quarantaine de douilles vides. L'endroit où se tenait le peloton. Parmi les morts, manque le fils Boyer, mais les gendarmes relèvent des traces fraîches, dans la terre meuble, derrière le mur du petit cimetière. Georges Boyer a probablement sauté là pour s'enfuir. On retrouvera son corps quatre jours plus tard dans son petit aven. Des habitants de Labastide pensent que son chien l'a suivi, et l'a trahi en aboyant près du trou. C'est Rodolphe (28 ans), l'un des membres de la famille Pianetti aux Basses-Crottes, qui a retrouvé Georges, quelques jours plus tard, en gardant son troupeau. « Mon chien marquait l'arrêt et aboyait devant une touffe de buis, expliquera-t-il. Intrigué, je me suis approché et j'ai découvert le corps d'un homme presque entièrement enfoncé dans un terrier. »

Les corps sont transportés à la mairie de Labastide-de-Virac, dans un camion réquisitionné à la Grand-Combienne, une compagnie qui fabrique de l'électricité à Salavas. Des lits de camp en bois sont installés dans une salle de la mairie, à gauche au rez-de-chaussée. Une chapelle ardente est dressée. Puis tous les morts sont enterrés au même endroit, dans le cimetière. Les fusillés des Crottes, le fils Boyer, l'inconnu. Un monument les réunit dans un même massacre, daté du « 3 mars 1944 ».

Voilà ce que l'on sait par les cahiers d'Alice Bourelly et de l'instituteur, par le témoignage du maire, les rapports de gendarmerie, l'autopsie du docteur Abrial. Impossible, pensait-on, d'en savoir plus, le massacre s'étant déroulé à huis clos. C'est à la lecture des aveux de certains bourreaux, après la guerre, que j'ai appris plus précisément ce qu'il s'était passé.

Chapitre 27

Le lieutenant Gütmann

L'enquête a duré huit ans, pour découvrir les responsables des massacres commis entre le 28 février et le 3 mars 1944, dans le Gard et en Ardèche. Un procès s'est tenu, du 16 au 22 juin 1953, devant un tribunal militaire de Marseille. Tout cela, l'instruction, les auditions, les minutes d'audience, le verdict, tout est soigneusement gardé au Blanc, une commune de l'Indre, dans une caserne où l'on conserve les archives de la justice militaire. Il suffit pour les consulter de demander une autorisation. Puis de disposer d'un peu de temps, pour éplucher un dossier de plus de 1 600 pages.

J'avais prévu deux jours pour photographier toutes les pièces avant de les étudier au calme, et réservé une chambre pour deux nuits, chez des particuliers, au bord d'un étang, à la sortie du Blanc. Jean-Pol et Maryse, des retraités passionnés d'art et d'antiquités, vivent entourés de dizaines de chats dans un manoir rustique et médiéval, aux pièces envahies du sol au plafond de tableaux, de sculptures, de meubles chargés de porcelaines, de faïences et de vases.

Le premier soir, je dîne avec eux. À table, Maryse s'excuse plusieurs fois de ce que son époux soit aussi bavard. Jean-Pol fait partie de ces gens qui ont eu une vie bien remplie, et prennent un grand plaisir à la revivre, en la racontant dès qu'ils peuvent. Il a été notamment légionnaire, chef d'entreprise, brocanteur. Ce soir, il a carafé un très bon cabernet, est ravi d'avoir de la compagnie, remplit mon verre après le repas, pour me garder à table. J'écoute ses exploits de jeunesse, et me laisse convaincre de dîner de nouveau avec eux le lendemain (je suis faible, quand le cabernet est bien travaillé).

Le jeudi, je passe ma journée plongé dans le dossier à la caserne. Je photographie en m'arrêtant parfois, pour lire un procès-verbal, un récit, regarder une photo. Une journée longue, fatigante. Le soir, à table, Jean-Pol me pose des questions sur ces recherches. Je raconte, les récits, les photos, ce jeune pendu sous un viaduc. Cela lui fait penser à cette fois où ils avaient tué des rebelles au Tchad, quand il était sous-officier dans la Légion. Pour dissuader un village de continuer d'aider la rébellion, il avait commandé à ses hommes de pendre les cadavres aux arbres, avec ordre aux habitants de ne pas y toucher avant son retour, sous peine de voir toutes leurs maisons brûlées. « J'aime autant vous dire que quand on est revenus, les cadavres étaient toujours là ! » conclut-il dans un rire flûté. « Arrête, tu es bavard, tu nous fatigues », dit Maryse.

*

Après-guerre, les policiers du Service de recherche des crimes de guerre ennemis se sont lancés sur la piste de l'unité SS qui avait sévi autour de Saint-Hippolyte et à Nîmes. Un meunier les a contactés : il avait une photo à leur montrer.

Le 28 février 1944, après les arrestations au hameau de Driolle, une voiture allemande était repassée par son village. Un lieutenant et un sergent s'étaient arrêtés. Pour les amadouer, il leur avait proposé un verre d'eau-de-vie. Ils avaient demandé une bouteille, qu'ils avaient bue à deux. « Inutile de vous dire qu'à leur départ, ils étaient ivres. » Ils avaient oublié leurs mitraillettes, l'une sur le fourneau de la cuisine, l'autre sur la TSF, et laissé le portefeuille du lieutenant sur la table. Avant qu'ils reviennent, le meunier avait prélevé une photo d'identité. Cela n'a pas suffi à mettre un nom sur l'officier.

Les enquêteurs ont ensuite appris qu'une partie des soldats venaient d'une petite ville, Calvisson, proche de Nîmes. Le maire leur a confirmé qu'une compagnie SS avait séjourné dans sa ville, de mi-février à mi-mars, mais il n'avait « jamais pu connaître les noms des officiers et sous-officiers : ils cachaient soigneusement leur identité ». D'ordinaire, les soldats allemands stationnant chez lui transmettaient leurs demandes de réquisitions de logements par écrit. Eux, « s'appelaient entre eux par leurs prénoms et tous les ordres qu'ils donnaient était des ordres verbaux ».

Des prisonniers de guerre allemands ont fini par renseigner les enquêteurs. Un cuisinier, Alfred Rohmann, 21 ans en février 1944, a indiqué que son régiment, le 20e Panzergrenadier de la division Hohenstaufen, effectivement cantonné à Calvisson, avait participé aux opérations contre les patriotes français. Son régiment était commandé « par le colonel Muller, grand, fort ». On l'appelait « Zigarren Muller », parce qu'il fumait de gros cigares. Muller n'a jamais été arrêté.

Un fonctionnaire de la mairie de Nîmes se souvenait de son côté des deux responsables d'une compagnie de Feldgendarmerie cantonnée à l'école de la Croix-de-Fer, celle d'où étaient partis les dix-sept hommes pendus le 2 mars 1944. Le chef était « le lieutenant Peter, assez grand et maigre, il avait le visage brûlé et le plus souvent enduit d'un corps gras ». Son second était « le lieutenant Gütmann », tous deux parlaient très bien français. Gabriel Bergommier avait alors 19 ans, il travaillait au service des réquisitions allemandes, à la mairie. Peu après les pendaisons, il était revenu à l'école, « pour un problème administratif ». Il avait été reçu par le lieutenant Gütmann, qui lui avait dit : « Vous avez vu les terroristes ? » L'employé avait esquivé : « Quels terroristes ? » Gütmann avait répondu : « Ceux qui ont été exécutés et pendus. » Bergommier avait fait semblant de ne pas être au courant. Alors Gütmann « avait ri aux éclats, avec un air moqueur ».

Le lieutenant Helmut Peter a été tué au combat, à la fin de la guerre en Normandie. Son adjoint Gütmann a en revanche été arrêté en Allemagne, et extradé en France. Ce qui a permis d'en savoir un peu plus, sur lui et sur ce qui s'est passé aux Crottes.

Gütmann est né à Dresde en 1909. Jusqu'à la guerre, il était chef des petites annonces dans un journal berlinois. Il avait adhéré en 1936 au NSDAP, le parti nazi, puis intégré en septembre 1939 la police berlinoise – mais après avoir reçu un « ordre d'appel », et non comme « volontaire », insiste-t-il en 1945. Cela ne l'a pas empêché de prendre

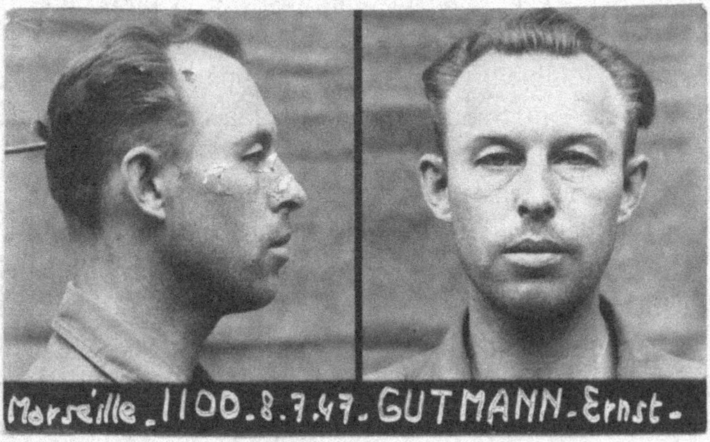

Le lieutenant Ernst Gütmann,
le 8 juillet 1947 à Marseille

rapidement du grade. Gardien de la paix à Berlin en 1939, puis lieutenant en juin 1942, à la tête d'une colonne de ravitaillement des commandos de police sur le front russe. À son retour à Berlin, il a été affecté au service des bombardements (chargé notamment du tri du mobilier urbain à jeter ou à recycler après les bombes alliées). Puis en mars 1943, il a été versé dans la 9e Panzerdivision SS Hohenstaufen, qui venait d'être créée. Il y a rejoint une compagnie de Feldgendarmerie.

Ernst Gütmann avait 34 ans en février 1944. Assez grand, 1 m 80, de très longues jambes, des cheveux blonds, des yeux gris-bleu. Il avait une fille de 8 ans, deux fils de 5 ans et 8 mois, il était marié à Dorothée, une Berlinoise. Avant de travailler dans la presse, il avait fait des études de « pédagogie », pendant cinq ans. Sur la photo que j'ai de lui, datée de 1947, il a les oreilles légèrement décollées, ses yeux semblent assez froids, comme insensibilisés, ou revenus de loin. Sur les planches contacts conservées dans le dossier judiciaire, des dizaines de photos de soldats de la division Hohenstaufen, quelques années après la guerre. Une fois débarrassés des uniformes SS, habillés en civil, ils ressemblent à de braves paysans de Saxe, ou à de jeunes patriotes français.

Gütmann a toujours contesté son rôle dans les pendaisons du 2 mars. Il n'avait fait, selon lui, qu'assister au départ des camions transportant les dix-sept hommes vers la mort. L'ordre de les pendre venait de son supérieur, Peter. Le lendemain, en revanche, c'est bien lui qui a fait tuer tous les habitants du hameau des Crottes.

*

Le détachement parti de Nîmes pour Labastide, le 2 mars 1944 au soir, était composé d'éléments du 20e régiment de Panzergrenadiers et d'une centaine d'hommes de la Feldgendarmerie – les mêmes formations que les jours précédents autour de Saint-Hippolyte. Le lieutenant Gütmann commandait une section, sa voiture roulait en serre-file, à la fin du convoi. Arrivée à Labastide, détaille-t-il en 1947 aux enquêteurs français, « la colonne à laquelle j'appartenais fut partagée en trois détachements, qui devaient attaquer le nid de résistance qui nous avait été signalé ». Il s'agissait, précise-t-il, « d'attaquer un centre d'instruction », dont l'emplacement « avait été trahi par un Français ». Les Allemands, ajoute-t-il, sont d'abord allés au mas de Serret.

« Lorsque je suis arrivé moi-même, j'ai vu un gros bâtiment qui avait vraisemblablement été détruit à la suite d'un bombardement d'artillerie, mais cet incendie remontait certainement à plusieurs jours avant notre arrivée. J'affirme que cette maison n'a pas été démolie par notre colonne. Il n'y a d'ailleurs pas eu de combat ce jour-là autour de cette maison. [...] Les chefs ont constaté que la mission qu'ils devaient remplir avait déjà été exécutée. » Cette citation dans le procès-verbal des aveux de Gütmann est importante. Elle confirme qu'il n'y a eu qu'un combat au mas de Serret. Celui du 26 février. Les blessures infligées à Grand-Père, les éclats d'obus notamment, n'ont pu être faites que ce jour-là. C'est important, car cela confirme que l'inconnu retrouvé le 5 mars est bien le résistant qui s'était sacrifié six jours plus tôt, abandonné à dix mètres de la ferme sous un boqueteau d'arbres, et non un promeneur égaré abattu par les Allemands le 3 mars.

Une autre section est partie en patrouille, dans les environs. Puis Gütmann a reçu l'ordre d'aller « assurer la sécurité » d'un détachement, qui était en train de fouiller « une ferme où se trouvaient les FFI ». Il était « à peu près 6 ou 7 heures, en tout cas au petit jour », se souvient-il. Il ne s'est dans un premier temps pas approché des Crottes et c'est un commerçant berlinois, Walter Plock, retrouvé par les policiers français en 1947, qui raconte l'arrivée au hameau. Lui aussi était Feldgendarme. Il avait 36 ans et connaissait très bien Gütmann car ils avaient suivi ensemble, en 1941, des cours pour devenir officiers de police. « Au cours d'une perquisition dans les bâtiments, on trouva d'assez importantes quantités de munitions pour armes légères », affirme Plock.

Gütmann dira la même chose. Ni les gendarmes français ni le maire Bourelly n'ont rapporté cela. Soit ces munitions ont été évacuées par les Allemands, soit les ex-soldats mentent, pour légitimer ce qui a suivi.

« Quatre ou cinq officiers, poursuit Plock, se réunirent en tribunal militaire sommaire. Les personnes arrêtées furent conduites devant ce tribunal, qui les interrogea et les condamna. C'est ce que j'ai vu moi-même. » Gütmann ajoute que les habitants, « interrogés en présence de deux chefs de compagnie, avouèrent avoir été en relation avec les terroristes ». Vers midi, le lieutenant Helmut Peter, responsable des Feldgendarmes, fait appeler Gütmann et lui donne l'ordre de rassembler « une quinzaine d'hommes » de sa section pour fusiller tout le monde. « J'ai déclaré à mon commandant de compagnie que je ne connaissais pas les commandes pour procéder à une exécution. Alors ce dernier a fait manœuvrer pendant quelques instants les hommes de ma section, en indiquant les commandements qu'il fallait faire. Puis j'ai commandé le peloton d'exécution, et fusillé toutes les personnes qui avaient été arrêtées. »

Les habitants ont-ils été tués en même temps, lui demande, le 16 octobre 1947, le général de brigade Girolami, juge d'instruction militaire à Marseille ? « Non, répond Gütmann. Il a été procédé à l'exécution par groupes de trois personnes qui étaient désignées par le commandant de compagnie. » Les habitants ont-ils vu mourir leurs proches, avant d'être tués à leur tour ? « L'exécution a eu lieu près du groupe de prisonniers, mais ceux-ci ne voyaient pas le lieu de l'exécution. » Les hommes et les adolescents ont d'abord été fusillés, dos au mur, face au peloton d'exécution. Puis les femmes, de dos, face à leurs maris et leurs enfants déjà morts. Le plus jeune avait 15 ans, c'était le petit Galizzi, Jacques, celui dont le dessin était trop sale pour le maréchal Pétain.

« En rentrant à Nîmes, raconte Walter Plock, j'ai fait le trajet dans la même voiture qu'Ernst Gütmann. Il m'a raconté qu'une partie de son peloton avait dû exécuter environ quinze partisans. Il a ajouté que cela lui avait été très désagréable. »

Pendant l'instruction, le général de brigade Girolami a posé cette question à Gütmann : « N'avez-vous demandé aucune explication à votre commandant de compagnie au moment où il vous a ordonné de fusiller tous ces civils ? » L'ex-SS : « Non. En tant que subalterne, je n'avais pas de questions à poser à mon supérieur. » Le général a insisté : « Le règlement allemand faisait-il obligation d'obéir à n'importe quel ordre d'un chef ? » Gütmann a répondu : « Oui, sauf si l'exécution de cet ordre était de nature à déshonorer l'exécutant, ou illégal. » Le général a renchéri : « Vous estimez que l'ordre qui vous a été donné de fusiller quinze civils ne rentrait pas dans l'un de ces cas ? » Le lieutenant a sobrement répondu : « Oui. »

Chapitre 28

Le procès

On n'aurait peut-être jamais su ce qui s'était passé dans le huis clos des Crottes si le lieutenant Ernst Gütmann n'avait en fait avoué spontanément, à la fin de la guerre. Il avait été fait prisonnier en Autriche le 8 mai 1945, était rentré en Allemagne, pour y être arrêté à la fin de cette même année, comme de nombreux officiers SS, regroupés comme lui à Dachau. Le 25 février 1946, au cours d'un interrogatoire général de son unité, le lieutenant évoque spontanément ce qu'il s'est passé le 3 mars 1944. La fiche, transmise par les Américains aux autorités françaises, indique que « le sujet a signé une confession concernant la fusillade de plusieurs Français, membres d'un groupe de résistance, qu'il déclare avoir exécutés sur les ordres de son commandant de compagnie ». Une information est ouverte en France pour assassinats, pillages et association de malfaiteurs. Les enquêteurs doivent, pour commencer, trouver à quelle fusillade se rapportent les aveux de cet officier. Les meurtres collectifs de civils ont été nombreux, à l'hiver 1943-1944. Le drame d'Oradour-sur-Glane les surpasse par son horreur, il sert symboliquement à les désigner. Les autres se trouvent relégués dans l'ombre et le silence. Les habitants de ces hameaux, du moins ceux de Labastide, vivent cela comme une injustice, même si eux-mêmes ne parlent guère du massacre. La relégation d'un drame qu'ils sont les seuls à connaître et commémorer. À Labastide, le maire, Jacques Marron, parle du « petit Oradour-sur-Glane » de son village. Un historien allemand, Peter Lieb, appelle cela les « petits massacres » oubliés de l'hiver 1943-1944.

Les policiers ont mis des semaines à trouver de quel massacre il s'agissait. La presse n'avait jamais mentionné le massacre des Crottes. Un habitant de Labastide, Georges Chapus, avait bien écrit au Service de recherche des crimes de guerre ennemis pour raconter le drame, mais son courrier s'était perdu. La police judiciaire de Montpellier a finalement fait le rapprochement entre les aveux de Gütmann et le massacre des Crottes en retrouvant les procès-verbaux rédigés par les gendarmes ardéchois, juste après le drame. Un inspecteur a contacté le maire, Étienne Bourelly. Cela s'est su très rapidement. Et l'instituteur, M. Fabre, revenu d'Allemagne, a écrit au sous-préfet de Largentière : « Peut-être avez-vous déjà reçu confirmation officielle de cette nouvelle sensationnelle ? » Le maître ne voulait surtout faire « aucun commentaire anticipé », mais il ne pouvait s'empêcher d'ajouter : « Il se pourrait fort bien qu'une arrestation de cette envergure donne lieu à une exécution sur les lieux mêmes du crime. »

Ernst Gütmann est revenu une fois à Labastide, le 22 juin 1949. Sous escorte policière. Personne, au village, ne s'en souvient. Sur place, il n'a reconnu ni le mas de Serret, ni le hameau des Crottes, ni le mur devant lequel il avait fait fusiller tous les habitants d'un village. Il ne niait pas les exécutions. Simplement sa mémoire avait totalement effacé les lieux.

Seuls deux responsables ont été jugés, en juin 1953 à Marseille. Ernst Gütmann et Wilhelm Bittrich (en tant que commandant de la 9e SS Panzerdivision). On sent à la lecture des minutes de l'audience que les magistrats ont douté de la responsabilité du général Bittrich. Un officier à l'ancienne qui avait été impliqué dans un complot visant à déposer Hitler, à l'été 1944[1]. Joseph Tresnel, officier enquêteur français chargé entre 1945 et 1947 de la recherche de criminels de guerre en Allemagne et en Autriche, avait retrouvé et fait extrader Bittrich, alors que ce dernier travaillait pour le service historique de l'armée américaine. Au procès, six ans plus tard, il est venu défendre le général. Dès ses premières auditions, en Allemagne, il avait eu des doutes, explique-t-il, sur sa culpabilité. Il le soupçonnait de « couvrir certains responsables de la division Hohenstaufen ». Persuadé ensuite d'avoir œuvré à l'extradition d'un « innocent », il avait continué son enquête, et retrouvé en Allemagne un témoin décisif, dont il venait livrer le nom au tribunal. Le président a décidé de le convoquer.

La salle est pleine, le lundi 22 juin 1953, devant le tribunal militaire de Marseille, lorsque le témoin se présente à la

1. Avant la tentative d'assassinat contre Adolf Hitler le 20 juillet 1944, quelques officier réunis autour du général Erwin Rommel comptaient de leur côté livrer le Führer aux Alliés, puis retourner leurs soldats allemands aux côtés des Américains, contre les seuls Soviétiques. Ce complot n'a jamais été mis en œuvre, Rommel ayant eu un accident juste avant son déclenchement.

barre. Sur les bancs du public, des survivants d'Ardaillers et de Driolle, Étienne Bourelly. « Je ne suis pas venu pour affirmer de la sympathie pour le général Bittrich, prévient d'emblée Gehrard Schlemer (36 ans), négociant à Sarrebruck, dans la Sarre. Mais je suis venu aujourd'hui pour dire au tribunal que le général Bittrich est innocent. »

Schlemer connaissait très bien Bittrich ainsi que le colonel Thomas Müller, Zigarren Müller, commandant du 20e Panzergrenadier d'Hohenstaufen. Ce dernier était aussi chargé de remplacer Bittrich, de prendre l'intérim à la tête de la division, lorsque le général était absent. Le négociant connaissait Müller depuis leur entrée dans les SS, en 1936. En 1950, ils se sont croisés à Munich. Müller « voulait que je lui procure un emploi, explique Schlemer. [...] Notre entretien a duré trois heures et au cours de celui-ci, [...] il m'a dit qu'à cette époque (celle des massacres dans le Gard et aux Crottes), le général Bittrich était absent et que c'est lui, Müller, qui commandait la division. Je lui ai dit qu'on ne pouvait pas laisser Bittrich ainsi en prison, il fallait entreprendre quelque chose. Il me répondit en dialecte bavarois : "Que voulez-vous, je préfère ma tête à celle de Bittrich." J'ai été indigné de cette déclaration. Ne sachant pas quoi faire mais connaissant [...] Tresnel, un enquêteur français chargé des crimes de guerre, je lui ai demandé s'il connaissait le cas de Bittrich, il me répondit que c'est lui qui l'avait arrêté. »

Le greffier a noté soigneusement la déclaration de Gerhard Schlemer, le 22 juin 1953. Mais le tribunal n'est pas allé plus loin. Le procès s'achevait, il n'a pas cherché à convoquer Müller, ni les autres responsables du massacre mentionnés pendant les audiences. L'instruction avait traîné en longueur, la priorité n'était plus là. L'Allemagne, vaincue, était devenue un allié, qu'il fallait conforter, et non affaiblir face à l'Union soviétique.

Le 23 juin 1953, le lieutenant Ernst Gütmann a écopé de vingt ans de travaux forcés. Il s'est pourvu en cassation, avant de se désister, a été libéré au bout de quelques années. Le général Bittrich a été condamné à cinq ans de réclusion, couverts par ses années de préventive. Il a fini sa vie, en avril 1979, dans son village de la banlieue de Münsig, en Bavière. Sans pension militaire. Nourri par les services sociaux de la ville. Mais président, jusqu'au bout, de l'Association d'entraide des anciens SS de la région.

Chapitre 29

Les délateurs

Qui a donné Bir-Hakeim et ceux qui avaient aidé le maquis ? Après le massacre des Crottes, les Allemands avaient les noms de quasiment tous ceux qui avaient ravitaillé, caché, renseigné. Ils ont arrêté rapidement la famille Martin, qui nourrissait en décembre et janvier l'avant-poste du maquis, en haut du chemin de Terris. Le fils, Auguste, est mort en déportation. Ils sont allés chercher les frères Trintignant, Raoul et Henri, qui ont réussi à leur échapper. Claire, la femme de Raoul, a en revanche été arrêtée, elle a passé des mois à la forteresse de Pont-Saint-Esprit. Tout le comité local de l'Armée secrète était sur leurs listes. Le menuisier Marty a été pris. Les Riffard ont eu quelques jours de répit, ce qui a sauvé André, le jeune boulanger. Il a eu le temps de s'enfuir : «Après les premières arrestations, mes oncles m'ont dit c'est trop dangereux maintenant, il te faut partir. Je voulais rejoindre le maquis, mais ils n'ont pas voulu, alors je suis parti dans un chantier de jeunesse du côté de Roanne. Le même jour, les Allemands sont venus arrêter mes oncles et ma tante. Ils savaient tout.» Jules (44 ans), le maçon, leur a montré certaines des planques de Bir-Hakeim, il en a réchappé. Son frère Louis (37 ans) a succombé sous la torture, à la citadelle de Pont-Saint-Esprit. Une plaque, sur sa tombe, au cimetière de Saint-André-de-Roquepertuis, indique : « Martyr de la Gestapo. Mort pour ne pas donner le maquis Bir-Hakeim. »

La question de la dénonciation est revenue souvent pendant l'instruction et le procès. Comme une évidence. Quelqu'un de Labastide ou des environs avait forcément dénoncé. « Il est difficile, résume en 1945 Jean Beaussier, responsable départemental de la Résistance en Ardèche, de penser que l'occupant a pu monter, la seconde fois, son expédition avec des moyens aussi importants sans informations précises et rapides. » Le lieutenant Gütmann confirme cela, lorsqu'il dit que le « centre d'instruction » du mas de Serret avait été « trahi par un Français ».

Aujourd'hui encore, pour les habitants de Labastide, c'est une évidence : celui qui a dénoncé était du village, ou des environs. C'est l'une des raisons, à mon avis, de la profondeur du silence qui s'est abattu sur les événements. Au traumatisme se mêlaient une culpabilité diffuse et des soupçons qu'il fallait étouffer, pour continuer de vivre ensemble. Le maire, Étienne Bourelly, a beaucoup œuvré, en 1945, pour que tout s'apaise. Que chacun retrouve sa place. Que l'on parvienne à cohabiter sans s'étriper. C'est ce qui a sauvé bon nombre de collaborateurs, dans les campagnes. Jean Cassou dresse une charge violente dans son livre *La Mémoire courte* contre cette concorde civile, cette « réconciliation dans l'aveuglement », vécue par lui et beaucoup d'autres comme un crachat sur la mémoire de ceux qui avaient combattu.

Ce silence n'empêche pas les familles d'avoir leur idée sur l'identité du traître. Cela ne se dit que dans le secret des murs car les délateurs ont des descendants, qui n'ont pas à subir l'infamie de leurs aïeux. Mais cela se transmet. Et presque tout le village a les mêmes noms en tête.

« Il y avait des miliciens à Labastide », disait l'autre jour Alice Jouve, la fille des paysans chez qui ma famille achetait le lait. À ma connaissance, un seul milicien était de Labastide. Il avait 41 ans en 1944, son nom figurait à la Libération sur une liste abandonnée dans les locaux de la Milice du Teil, où il travaillait comme mécanicien aux chemins de fer, avant de déménager à Valence, dans la Drôme. Comme je faisais remarquer à Alice Jouve que cet homme n'était plus à Labastide pendant la guerre, elle m'a répondu : « Il n'était plus ici, mais il avait de la famille, on ne savait pas qui il contactait. Il fallait tenir notre langue. » Tout le village connaît cette histoire. L'une des filles du milicien est restée longtemps vivre à Labastide, après la guerre. Quand on abordait le sujet, elle répondait avec constance : « Cette histoire ne m'intéresse pas. » Son père avait fui en Allemagne, à la Libération, avec sa femme et sa sœur. Tous trois ont été condamnés, elles à l'indignité nationale, lui à mort, puis sa peine a été commuée, à son retour, en travaux forcés à perpétuité, avec confiscation de tous leurs biens.

Un autre homme a été soupçonné, et même exécuté, à l'été 1944. Il avait 38 ans, vivait dans un village voisin. À Labastide, j'ai plusieurs fois entendu dire que les maquisards l'avaient arrêté parce qu'ils savaient qu'une carte de milicien à son nom était cachée chez lui, sous la selle d'un vélo, dans son grenier. Dans le silence, les choses se déforment. Il n'existe aucune preuve, à ma connaissance, que cet homme ait été milicien. En revanche, il aurait vendu ses informations à la Milice d'Avignon, qui les a transmises aux Allemands.

Le jour de son arrestation, le 22 juillet 1944, il s'était justement rendu à Avignon, officiellement pour récupérer 25 000 francs d'une vente de charbon de bois. Dans la journée, des résistants étaient venus chez lui, sa femme leur avait dit qu'il n'était pas là, alors ils s'étaient cachés dans le village. En fin d'après-midi, l'homme est rentré, en compagnie d'un cafetier avec qui il avait fait le voyage. Il est passé boire un verre dans le bistrot de ce collègue qui travaillait, lui, pour la Résistance. Puis il a été arrêté en ressortant, conduit sur une petite route, à quatre kilomètres de Vallon-Pont-d'Arc, au bord de l'aven de Chazot, qui servait à l'époque de gouffre charnier : les bouchers et les fabricants de suif y balançaient leurs carcasses de bœufs, de moutons. Les maquisards ont fouillé l'homme, et ils auraient trouvé dans la doublure de l'un de ses vêtements un reçu émanant de la Milice d'Avignon, prouvant qu'il avait bien touché de l'argent pour avoir vendu un maquis. Cette précision a été rapportée par des résistants, dans l'une des procédures ouvertes après la guerre. Une rafale de mitraillette a été tirée, l'homme s'est jeté dans le vide, les gens se sont demandé s'il était mort par balles ou de sa chute.

Son épouse a écrit au préfet, en décembre 1944, pour savoir si son mari faisait partie des personnes fusillées dans le département. On lui a répondu qu'il ne se trouvait sur aucune liste. Alors elle s'est débrouillée seule. Quelqu'un lui ayant murmuré qu'il avait peut-être été jeté dans l'aven de Chazot, elle est allée voir à Orgnac un spéléologue réputé, Robert de Joly, afin de lui demander s'il accepterait de descendre, pour vérifier. L'homme n'était pas emballé : il avait exploré l'aven avant la guerre, en gardait le souvenir d'un « épais charnier nauséabond ». Il a dit qu'il n'accepterait que sur ordre du procureur. L'épouse est allée trouver le magistrat, qui a signé une réquisition. Le spéléo a publié un récit de sa descente, sordide. Les corps de trois hommes gisaient dans l'aven. Les deux premiers avaient été exécutés d'une balle dans la nuque. Le troisième se trouvait plus bas, à un peu plus de quarante mètres de profondeur, enchevêtré dans la carcasse d'une motocyclette (c'est peut-être cela qui a provoqué ensuite la confusion avec l'histoire de la carte de milicien cachée sous la selle du vélo). Il ne « semblait pas avoir reçu de projectile », précise le spéléologue. Sa femme n'a pu reconnaître le corps de son mari, qu'un tribunal civil a déclaré mort, en avril 1950. L'épouse a alors demandé une pension à la direction des Anciens Combattants et Victimes de guerre. C'est ainsi que des enquêtes ont été ouvertes, pour savoir s'il avait été tué à tort, ou s'il s'était « rendu coupable de faits précis de collaboration avec l'ennemi ».

« Mon mari rendait des services à la Résistance, a plaidé l'épouse. Il ravitaillait des groupes en légumes et en alcool qu'il distillait tout seul. » Selon elle, l'exécution était une « vengeance personnelle ». L'inspecteur Pierre Isnard, des renseignements généraux d'Ardèche, a noté pour sa part, le 3 mars 1950, que l'homme passait « pour être assez peu courageux et cupide ». Il aidait parfois la Résistance, effectivement, et avait pris, en pension, des réfugiés. Mais il aurait joué double jeu, « entretenu des rapports avec la Milice d'Avignon où il aurait reçu de l'argent pour avoir dénoncé un maquis ». C'est bien « la preuve de cette collusion, recueillie après la fouille dont il a été l'objet, qui aurait motivé son exécution ».

L'enquête n'a pas été facile. Comment y voir clair dans l'entrelacs des solidarités et des règlements de comptes ? « Il semble bien que cette affaire est tenue volontairement obscure par les témoins », écrit l'inspecteur Isnard. L'un de ses collègues, reprenant en 1953 les investigations, explique que la population locale considère l'homme « comme un collaborateur », mais craint qu'un témoignage en sa défaveur nuise à la demande de pension de sa veuve, fille du village jouissant « d'une bonne réputation et dont la situation matérielle est difficile ».

Personne n'a eu le fin mot de l'histoire. Peut-être l'homme avait-il dénoncé Bir-Hakeim ? Peut-être les Allemands avaient-ils eu connaissance de la présence du maquis par le milicien de Labastide ? Ou par l'enquête des gendarmes en février ? Ou par toutes ces sources ? En réalité, ils n'avaient pas besoin de tout cela. Personne ne le sait, encore aujourd'hui, à Labastide, mais un homme, au cœur du maquis Bir-Hakeim, avait trahi, transmis des informations très précises sur toute l'organisation, ses planques, ses réseaux de solidarité. Avant le combat du mas de Serret et le massacre des Crottes.

Chapitre 30

Le traître

La nuit commence à tomber, le 2 mars 1944, lorsque des gendarmes de Saint-Ambroix (Ardèche) voient arriver sur eux une voiture roulant « à vive allure ». Ils sont à une intersection pour une opération de contrôle. Le véhicule circule avec des phares non camouflés, ce qui est interdit. Depuis quelques semaines, la loi[1] impose de fixer des capuchons sur les optiques, avec des fentes de 6 à 8 centimètres de large, 1 centimètre de haut, pour éclairer la route sans que le faisceau « s'élève au-dessus de l'horizontale ». À « fin d'intimidation », le gendarme Ronzano met en joue le conducteur avec le mousqueton de la patrouille. Ses collègues mettent pistolets aux poings. L'homme s'arrête et leur présente une carte d'identité. Il s'appelle Marc Loubet, il a 23 ans, il est étudiant. C'est l'homme de main recruté en janvier par Christian de Roquemaurel. Son ami d'enfance, celui qui avait fourni le fusil-mitrailleur Hotchkiss, puis participé au casse de l'intendance de police le 24 janvier. Loubet n'a pas le permis de circuler vert, qui autorise à rouler de nuit, les gendarmes ne veulent pas le laisser repartir. Alors, pour qu'ils le laissent filer, il leur

1. Du 23 février 1944.

Marc Loubet, le 15 mars 1944
à Alès

confie qu'il est en fait milicien, en mission d'infiltration dans un maquis de la région. Il n'a pas sa carte de la Milice ni son permis de port d'arme[1] sur lui : ce serait trop dangereux compte tenu de son activité. Mais ces documents sont cachés dans une armoire, dans le meublé qu'il loue à Toulouse, c'est très facile de vérifier. « Cet individu nous ayant paru suspect, nous lui avons demandé à brûle-pourpoint de nous remettre ses armes », écrit dans un rapport le maréchal des logis-chef François Meunier. Loubet donne deux pistolets. Ils trouvent aussi dans la voiture deux grenades et un chargeur de fusil-mitrailleur.

1. Les préfets attribuaient généralement des permis de port d'armes aux membres de la Franc-Garde de la Milice.

Alors, « après avoir pris toutes dispositions utiles », ils le conduisent à la caserne.

Devant un juge d'instruction du tribunal de première instance d'Alès, Loubet précise qu'il est « agent personnel du chef régional Lacomme, patron de la Milice de Toulouse ». Pierre Lacomme dirige effectivement à l'époque les miliciens de la région Midi-Pyrénées. Il est un cadre important au niveau national. Un collaborateur de la première heure, qui sévissait auparavant en Tunisie, où il dirigeait le Service d'ordre de la Légion, organisation paramilitaire mise en place par Vichy, quand Pierre Marty, le futur intendant de police, s'occupait de la surveillance du territoire tunisien. Les deux hommes sont restés très proches.

Le magistrat contacte le chef de la Milice d'Alès, qui part aux renseignements. Effectivement, il existe à Toulouse un Loubet travaillant pour eux. Mais « il y a lieu de faire attention à un faux usage d'état civil ». Cela convainc le juge, qui fait incarcérer Loubet en attendant d'y voir plus clair. La police judiciaire de Montpellier prend alors le relais. Un inspecteur de la police de sûreté vient voir le suspect. Loubet explique une nouvelle fois, avec plus de détails, ses fonctions auprès de Lacomme. Il est chargé de « jouer le rôle de dissident » afin de « détecter des maquis de l'Armée secrète ». Grâce à lui, celui de Revel (tout près d'Auriac, dans le Lauragais) a été démantelé en janvier. Lacomme voulait surtout qu'il infiltre celui qui sévissait vers Pont-Saint-Esprit. Il est allé une première fois « dans la région de Méjannes-le-Clap, par l'intermédiaire de M. de Roquemaurel », qu'il connaissait de Pau. « J'ai parfaitement pu, ajoute-t-il, repérer toute l'organisation de ce centre de résistance. » Il donne, phonétiquement, les identités des principaux responsables de Bir-Hakeim. Roquemaurel, mais aussi « Barreau qui s'appelle Capelle », « Mallet que l'on appelle Toubib », le « capitaine Demarne de Gignac ». Et il ajoute cette précision : « J'ai immédiatement avisé M. Lacomme, qui je crois a averti son ami, M. Marty. »

L'intendant de police de Montpellier, et donc les Allemands n'avaient nul besoin du garde-chasse de Méjannes, en janvier, pour savoir dans quelles granges se trouvait Bir-Hakeim. Ils ont pu suivre à la trace le maquis au mas de Serret, puis aux Crottes. Christian de Roquemaurel avait présenté en toute confiance à son ami les caches, les responsables du mouvement, toute l'organisation. Il était même allé avec Loubet chez certains des soutiens de Pont-Saint-Esprit. Ils avaient déjeuné à la table du menuisier Émile Marty, arrêté le 6 mars 1944.

Dans ses mémoires, Christian de Roquemaurel explique qu'il savait, dès janvier 1944, que Loubet avait adhéré à la Milice. Pour faire, pensait-il, « du marché noir avec les Allemands ». Cela ne l'avait pas étonné : il savait son ami « sans grands scrupules et capable de pas mal d'indélicatesses ». Entre les lignes de ces mémoires, on sent une admiration, presque une affection, que la trahison n'a pas totalement recouvertes. Loubet, écrit Roquemaurel, « était drôle et avait les poches pleines d'un mélange d'absurdité et d'inconvenances, qu'il manipulait comme un prestidigitateur de charme. Malgré ce que je savais, mon amitié à son égard restait fidèle. [...] C'était un feu follet. Le feu dansait gaiement, inconscient des incendies semés sur son passage ».

*

Marc Loubet n'est pas resté longtemps en prison. Il a été libéré mi-mars, le chef Lacomme ayant confirmé au juge que ce garçon travaillait pour lui. L'onction d'un chef milicien, à l'époque, valait bien plus que celle d'un magistrat. Le procureur d'Alès a prévenu sa hiérarchie que, malgré les charges, notamment le casse de l'intendance de police, il envisageait de requérir la libération de Loubet. Son procureur général lui a répondu d'un mot bref et navré que c'était probablement ce qu'il y avait de mieux à faire.

Le milicien, à sa sortie de prison, a vite décampé chez ses parents, à Bagnères-de-Bigorre, dans les Hautes-Pyrénées. Les chefs de Bir-Hakeim ont trouvé cela louche. Certains d'entre eux avaient déjà des doutes, avant l'arrestation. Ils avaient mis en garde Christian de Roquemaurel, au sujet de son ami d'enfance. Capel a décidé de faire enlever Loubet afin qu'il vienne s'expliquer.

Le 30 mars 1944, Jean Mallet accompagné d'une équipe va chercher Loubet à Bagnères chez ses parents, au prétexte d'aller reconnaître avec lui un dépôt d'armes à dévaliser, dans la vallée de Campan, dans le département. À mon avis, le piège était un peu grossier. Loubet n'était pas un ballot. Il faut être tordu pour infiltrer des maquis comme il le faisait, mais aussi drôlement malin, retors et audacieux. Loubet leur propose de manger un morceau ensemble le lendemain, au Café des Américains, avant de se mettre en route. Ils acceptent. Mais alors qu'ils viennent de s'asseoir, le commissaire de la ville, Vigoureux, entre dans la salle. On lui a signalé des hommes louches, il veut contrôler leurs identités. Mallet tente de jeter son revolver sous la banquette, pour ne pas être arrêté en possession d'une arme, dira l'un de ses hommes. Le commissaire prend cela pour une menace, il tire, blesse grièvement Toubib à un poumon. Mallet est conduit à l'hôpital de Bagnères, les autres à la maison d'arrêt de Tarbes. Loubet en profite pour disparaître.

Quelques jours plus tard, un enquêteur de Toulouse vient à Bagnères pour essayer d'en apprendre un peu plus sur ces hommes. Il compte surtout interroger Mallet et Loubet, mais à peine arrivé il apprend que le premier a été enlevé à l'hôpital, le second kidnappé chez ses parents. Comment peut-on s'évader quand on est grièvement blessé et gardé par des gendarmes dans un hôpital ? Dans le jardin poussiéreux de l'hôpital, des traces de pas mènent l'inspecteur jusqu'à un escalier qui permet d'accéder à une galerie extérieure. Il ne reste qu'un portail à escalader pour pénétrer à l'intérieur de l'hôpital, ce qui n'est pas difficile quand quelqu'un a opportunément oublié une table devant. À l'intérieur, des flèches dessinées au crayon de bois sur les murs des couloirs mènent jusqu'à la chambre numéro 2. Celle de Jean Mallet. Cinq hommes y ont fait irruption, dans la nuit du 1er au 2 avril, armés de mitraillettes et de pistolets. Mallet était conscient, il a crié de ne pas tirer sur les deux gendarmes, Morère et Morvant, qui ont été désarmés. La grille de la fenêtre a été tordue, et pendant que les gendarmes étaient gardés, avec un policier, dans la morgue, Mallet a été sorti sur un brancard. Le commando a pris trois couvertures, un drap de lit, un édredon, un dessus de lit en coton, et bien sûr les armes des gendarmes, ainsi que la capote de l'un deux.

Ils portaient « des chaussures à semelle d'étoffe », afin d'approcher des chambres sans faire de bruit, indiqueront les gendarmes. Ils avaient aussi des masques, qui ne laissaient voir que leurs bouches et leurs yeux. C'est bien la première fois, me dis-je en lisant les PV, que Bir-Hakeim se cache. C'est parce que l'enlèvement a été accompli par d'autres. Dès qu'il a appris l'arrestation et l'hospitalisation de son adjoint, Capel a réuni une quarantaine d'hommes, plusieurs véhicules, une ambulance, afin d'aller le libérer. Mais en arrivant à Bagnères, ils ont découvert qu'un maquis toulousain avait pris les devants et mis Toubib à l'abri – il mourra de ses blessures, quelques semaines plus tard.

Une note des renseignements généraux de Tarbes, datée du 1er avril 1944, indique que le 31 mars « deux voitures automobiles occupées par 7 ou 8 individus armés » se sont présentées, vers 20 heures, « au domicile du milicien Loubet », villa Alice, près de la route de Tarbes. « L'un des individus a appelé le franc-garde de la Milice par ses nom et prénom. Mis en confiance, celui-ci est allé à sa rencontre et depuis on est sans nouvelles de l'intéressé. » Officiellement, on n'a plus jamais entendu parler de Loubet.

Ces explications ne lèvent pas le mystère. Je ne pense pas un instant qu'après ce qu'il s'était passé la veille, l'anguille Loubet a été rassurée de s'entendre appeler par son prénom et son nom depuis la rue. Il savait de quel bois étaient faits les responsables de Bir-Hakeim. Jusqu'où pouvait aller leur audace. Après sa disparition, aucune nouvelle, aucune enquête, aucune confidence. A-t-il été réellement enlevé, et exécuté sommairement, comme trente-cinq « collaborateurs notoires » et trente-neuf « collaborateurs présumés » dans les Hautes-Pyrénées sous l'Occupation ? Ou bien la note des RG signalant son kidnapping est-elle une manipulation pour exfiltrer un collaborateur zélé mais grillé, en faisant croire à son enlèvement ?

Dans les semaines suivant la disparition de Loubet, les notes blanches des renseignements généraux de Toulouse ont curieusement gagné en précision concernant le fonctionnement de Bir-Hakeim, et le parcours de Christian de Roquemaurel. On y apprend qu'avant-guerre le jeune lieutenant frayait avec le Milieu. Que sa maîtresse, Jane, qui avait transmis en janvier à Loubet le rendez-vous pour le casse de l'intendance de police de Montpellier, a un jour dénoncé Roquemaurel aux Allemands parce qu'il voulait la quitter, avant de le faire libérer grâce à l'officier allemand qu'elle fréquentait à Toulouse. Chantal de Roquemaurel confirme l'existence de cette Jane, que détestait la mère de son mari. On lit encore que le lieutenant de Montégut n'était pas franchement hostile à la Milice. Il était contre les Allemands, contre la collaboration, mais partageait avec les miliciens un anticommunisme farouche.

Christian de Roquemaurel, dans son livre, glisse que Loubet est finalement parti pour l'Allemagne à la Libération, avec des soldats en retraite. Ces derniers l'auraient abattu, avant d'abandonner son corps en forêt de Sénart, à côté de Paris. Je n'ai pas trouvé trace de cela.

*

Pour les gendarmes de Bagnères, l'affaire trouve son épilogue le 6 avril 1944, sous la forme d'un colis, retrouvé au matin devant la porte de la brigade. À l'intérieur, les armes et la capote volées dans la nuit du 1er au 2 avril aux gendarmes qui gardaient Mallet à l'hôpital. Et un petit mot, à l'en-tête du « Conseil national de la Résistance, région de Toulouse » :

Mon capitaine,

Lors de la libération de l'un de nos camarades et dans le but d'éviter toute effusion de sang, nous fûmes contraints de procéder au désarmement des deux gendarmes de votre section qui gardaient à vue notre camarade blessé. Dans le but d'éviter à vos subordonnés des sanctions injustifiées, car leur attitude fut en tout point courageuse, [...] leur terrassement n'ayant été réussi que grâce au nombre imposant de nos forces, [...] nous faisons restitution des deux mousquetons et de deux revolvers confisqués, ainsi que d'une capote ayant servi à couvrir notre blessé. Veuillez agréer, capitaine, nos salutations distinguées,

Le comité régional de la Résistance

Chapitre 31

Fin de cavale

Après le drame des Crottes, les maquisards de Bir-Hakeim sont restés quelques semaines disséminés en Ardèche. À ma connaissance, aucun n'est repassé par Labastide. Le maquis intrépide et très mobile, capable de traverser une partie de la France, de prendre tous les risques pour arrêter un traître ou libérer un camarade, n'a jamais envoyé un signe, n'est jamais revenu voir ces habitants dont les parents, les amis, avaient été massacrés, pour avoir caché Bir-Hakeim. Les Crottes avaient fait partie du décor. Un épisode terrible. Mais Bir-Hakeim était passé à autre chose.

En Ardèche, les hommes ont volé quelques voitures pour se déplacer. Ils avaient déjà réquisitionné, avant de partir, celle d'Étienne Bourelly – ils l'ont abandonnée quelques jours plus tard, en panne, sur un chemin de Ruoms. Les hommes qui accompagnaient le lieutenant de Montégut étant fatigués, ce dernier a forcé, à Chassiers, les portes d'un petit château, villégiature d'un marchand-drapier d'Aubenas. Ils auraient pu y souffler un peu, mais au bout de deux jours ils ont réquisitionné du tabac dans deux villages voisins, à cinq et huit kilomètres de leur planque, en laissant aux deux veuves[1] qui tenaient ces commerces deux bons de réquisition, signés du « Groupe de Bir-Hakeim des Forces françaises libres ». Les gendarmes n'avaient qu'à les suivre à la trace. Proches ou non de la Résistance, les pandores devaient avoir hâte, à présent, que ce maquis terrible quitte le département. Le maire de Chassiers a contacté le marchand-drapier, pour lui demander « d'avoir à ne plus tolérer dans sa propriété la présence de ce groupe, afin d'éviter les conséquences très graves qui pourraient en résulter ». Bir-Hakeim a filé en Lozère.

Le Commandant Barot négociait depuis quelques semaines pour que les responsables de la Résistance locale avec qui il avait partagé les butins en janvier acceptent que Bir-Hakeim se pose à la Picharlerie, la bergerie qui servait de maquis-école, à côté de Saint-Étienne-Vallée-Française. Le lieutenant de Montégut et ses hommes se sont installés dans le grenier vers le 21 mars 1944, et la cohabitation a mis en lumière deux cultures de la Résistance à peu près opposées. La prudence cévenole face à l'impétuosité des hommes que les Crottes avaient hébergés.

La Lozère avait accueilli de nombreux réfugiés puis réfractaires au STO, qu'elle s'efforçait de transformer en combattants, sans moyens et très prudemment. Dans le département, la Résistance avait ses codes, ses planques, une réserve héritée des camisards, inchangée depuis des siècles. On privilégiait les petits groupes, invisibles, fon-

1. Les dépôts de tabac étaient souvent attribués à des veuves de gendarmes morts en service, en guise de complément de pension.

dus dans le paysage et la population, ce qui permettait de trouver auprès de cette dernière des solidarités. En contrepartie, les maquisards ne la mettaient pas en danger. Le maquis-école de la Picharlerie fonctionnait par roulement, les groupes allaient s'y former à tour de rôle, pour ne pas attirer l'attention. Les consignes des chefs locaux étaient de se préparer dans l'ombre pour le jour J, sans se faire remarquer. Tout le contraire de Bir-Hakeim, qui cherchait le danger où il se trouvait, tenait mal en place, voulait en découdre avant l'heure.

Le chef de la Résistance lozérienne, Henri Cordesse, préfet à la Libération, a écrit quelques jolies lignes sur ces jeunes qui avaient « un certain plaisir à choquer, à bousculer la routine des jours, à s'emparer brutalement d'un paysage, d'une place de village tranquille – comme pour rappeler aux gens la réalité nationale ». Leurs voitures continuaient de dévaler les routes, de traverser les villages à fond. Les « Biraquins », comme on les appelait en Lozère, poursuivaient leurs réquisitions. Un jour, Jean Capel est reparti lui-même en Ardèche voler des fûts d'essence, dans un dépôt à Largentière. « Il y est allé, raconte Roquemaurel, comme on va au marché, traversant, entre Alès et Largentière, cette région ardéchoise que nous avions portée à ébullition. Souriant et goguenard, il m'a rejoint à Anduze, avec le produit de son rapt. »

De nombreux jeunes ont rapidement délaissé leurs maquis locaux, trop prudents, pour rallier Bir-Hakeim. « Son prestige, ses moyens, son style, fascinaient ces jeunes hommes », résume Henri Cordesse. Les responsables locaux l'ont mal vécu. « C'est avec de compréhensibles rancœurs, écrit Roquemaurel, qu'ils voyaient généralement les meilleurs parmi les jeunes rallier la harde venue d'ailleurs, séduits par ses randonnées aventureuses. » Bir-Hakeim a rapidement régné sur la Picharlerie. Jean Capel venait d'être nommé chef des maquis de Lozère et du Gard, par une ordonnance venue de Londres. Les responsables locaux restaient très réticents.

Le 7 avril au matin, le maire de Saint-Étienne-Vallée-Française arrive à sa mairie. Georges Lafont (fileur en soie) est très engagé dans la Résistance (il a participé à la mise en place de la Picharlerie, a très mal vécu l'ascendant de Bir-Hakeim sur les jeunes de la région). Il découvre que la traction avant qui sert de voiture de liaison aux hommes de Capel est garée sur une place, près de la mairie, les portes verrouillées, une mitraillette oubliée sur la banquette arrière. Il fait porter un message au lieutenant de Montégut, pour lui demander de déplacer le véhicule. Pas de réponse. Un peu plus tard, Georges Lafont reçoit un appel d'un gendarme de la vallée, un ami. « Vous réserverez des os à moelle pour mes enfants », lui dit son correspondant. Un code pour prévenir qu'un danger approche de la ville. En l'occurrence une voiture allemande, quatre Feldgendarmes en patrouille. Le maire envoie deux jeunes dire au lieutenant de Bir-Hakeim qu'il faut à présent déplacer d'urgence la voiture. Mais au lieu de se plier à la demande, Montégut monte une embuscade. Avec quelques-uns de ses hommes, ils se cachent derrière un muret à la sortie de la ville. Et lui-même ouvre le feu, quand la voiture allemande s'éloigne. Trois Feldgendarmes sont tués, le quatrième fait prisonnier. Il sera exécuté une semaine plus tard, par des antifascistes allemands ralliés à Bir-Hakeim. Tout le village doit prendre la fuite, pour éviter les représailles.

Pourquoi cette embuscade, un mois à peine après le massacre des Crottes ? Quel enjeu, quel besoin ? Impossible de le comprendre. Christian de Roquemaurel ne devait à mon avis pas être trop fier de l'épisode, car dans son livre, où tout est écrit avec beaucoup d'humour et une parfaite franchise, il revisite complètement cette journée-là. Il écrit qu'il s'est retrouvé surpris, sur une route hors du village, seul, il n'a pas eu le choix, a dû ouvrir le feu. Le jeune maquis menait sa propre guerre, avec courage. Mais le sort des autres, autour, ne comptait pas.

Les chefs des maquis de basse Lozère et du Gard ont fini par convoquer le Commandant Barot, le 3 mai 1944, après d'autres dérives. Ils lui reprochaient de débaucher leurs jeunes, de mettre les populations en danger avec ses actions risquées. De commettre trop de réquisitions. Et même d'entretenir des relations douteuses avec un membre de la Gestapo d'Alès, un souteneur que Capel fréquentait effectivement : il disait l'avoir retourné, pour obtenir des informations[1]. Tout cela brouillait l'image de Bir-Hakeim. Ses hommes finissaient, grince Roquemaurel, par être perçus dans les Cévennes comme « les compagnons de Mandrin » (contrebandier qui sévissait au XVIIIe siècle). Les chefs locaux ont décidé purement et simplement de chasser

1. L'homme a été arrêté en mai 1944 par la Gestapo, torturé plusieurs jours et jeté dans un puits de mine.

Barot et ses hommes des Cévennes. Le Commandant n'a pas insisté.

Bir-Hakeim quitte donc la Lozère, mais ne part pas les mains vides. Il réquisitionne encore cinq moutons le 4 mai, 1 200 kilos de patates dans un camion le lendemain, 2 tonnes et demie de pommes de terre et 2 fûts de choucroute ensuite. En laissant chaque fois un bon de réquisition, pour signer ses exploits. « Pour le Capitaine et par ordre. Le chef de Peloton. M. de Montégut. »

Bir-Hakeim se replie dans l'Hérault. Après les arrestations de Couci et Uziel et la mort de Jean Mallet, Jean Capot se retrouve privé d'adjoints, il ne quitte plus ses hommes. Tout le monde s'installe à Rabieux, un lieu-dit de Ceyras, pas très loin de Clermont-l'Hérault. Quatre jours plus tard, une équipe attaque la gendarmerie voisine de Paulhan, à quinze kilomètres seulement de la planque. Bir-Hakeim semble être en cavale, sa trajectoire périlleuse ressemble à celle de braqueurs privés de moyens, contraints d'improviser.

Le 14 mai, c'est au tour de Christian de Roquemaurel de se faire arrêter, alors qu'il essayait de dérober un camion-citerne allemand transportant 10 000 litres d'essence. Je me demande ce que Bir-Hakeim a bien pu faire de tout le carburant dérobé en un an. Des dizaines de milliers de litres. Même pour un maquis très mobile, cela fait beaucoup. Est-ce qu'une partie était revendue au marché noir, pour financer le reste des activités ? C'était assez fréquent. Pour éviter les dérives, le Service national maquis de l'Armée secrète avait envisagé de mutualiser l'approvisionnement des maquis. L'idée, compliquée, risquée, avait été abandonnée. Les porosités étaient devenues fortes entre trafiquants et certains résistants. Des maquis ont gagné beaucoup d'argent en revendant une partie du tabac et de l'essence qu'ils réquisitionnaient.

Après le braquage de la gendarmerie de Paulhan, il est devenu trop dangereux de rester dans l'Hérault. Bir-Hakeim est reparti en Lozère, aux abois. Le maquis s'est installé dans un hôtel abandonné, près de L'Hort de Dieu, dans le massif de l'Aigoual. Un botaniste avait planté là au début du XXe siècle plus de deux cents espèces d'arbres, pour voir celles qui s'adapteraient le mieux au climat rude de ce coin battu par les vents, tyrannisé par le froid. Une variété enivrante de pins, sapins, séquoias, hêtres, chênes, alisiers… Je ne sais pas si les maquisards ont eu le temps, et l'envie, de goûter à cette beauté. Leurs regards, depuis l'hôtel abandonné, pouvaient plonger dans plusieurs vallées, lignes de fuite vertigineuses qui procurent un sentiment profond de liberté, de solitude. « L'existence de persécutés, écrit Roquemaurel, vous promène toujours à travers des sites de caractère, sans vous laisser le temps de la méditation. »

Il ne reste plus grand-chose du Grand Hôtel du Fangas. Des pierres, sous le sommet du mont Aigoual. J'ai l'impression d'aller de ruines en ruines. Bir-Hakeim aurait pu attendre dans l'établissement déserté l'arrivée du Débarquement, que Capel savait imminent. Mais il fallait se nourrir. On approchait de la fin mai 1944, Bir-Hakeim venait de fusionner avec la brigade Montaigne et ses antifascistes, pour la plupart étrangers, très endurcis. Un alliage explosif avec la jeunesse fougueuse de Bir-Hakeim. Il fallait équiper et nourrir tout le monde.

Le 21 mai, une petite ville voisine, Meyrueis, célèbre la fête du Rocher, qui réunit tous les ans les catholiques du coin. Bir-Hakeim s'est déjà fait remarquer, deux jours plus tôt, lorsqu'un de ses camions a traversé la ville, chargé de résistants chantant *La Marseillaise* à tue-tête. Le dimanche 21 mai au matin, une partie des habitants sont en procession, lorsqu'ils entendent des coups de feu, et voient soixante-dix hommes de Bir-Hakeim prendre possession de Meyrueis. Des résistants armés sont placés aux carrefours. D'autres dévalisent le chantier de jeunesse, la gendarmerie, plusieurs commerces.

Au chantier de jeunesse, Bir-Hakeim dérobe un camion sept tonnes et une camionnette (à gazo-bois), que les hommes chargent de 59 paletots imperméables, 34 ceinturons des chantiers de jeunesse, 76 pantalons, 92 bérets, 55 ceintures de flanelle, 17 paires d'espadrilles, 23 paires de brodequins, 63 blousons en cuir, 13 treillis pantalons, 12 bourgerons, 39 mouchoirs, 88 paires de chaussettes, 42 shorts, 8 jerseys gris, 20 peaux de mouton, 11 paires de gants, 11 ponchos, 2 capes, 36 haches, 33 scies à bûches, 12 passe-partout, 35 serpes, 25 coins en fer, 30 pelles, 26 pioches, 21 marteaux, 15 tenailles, 8 pinces coupantes, 9 masses en fer, 3 kilos de pointes à souliers, 2 kilos de pointes ordinaires, 1 clairon, 18 gamelles, 150 couvertures, 5 toiles de tente, 23 bidons, 17 musettes, 2 paires de gants de boxe, 2 couteaux de boucherie, 1 tondeuse, 20 boîtes de sardines, 30 boîtes de pâté, 40 boîtes de haricots verts, 90 boules de pain, 8 kilos de café, 15 kilos de sucre, 12 boîtes de tripes, 15 kilos de graisse, 40 kilos de pâtes, 12 kilos de fromage, 5 kilos de confiture, 10 kilos de mouton, 1 100 brioches, 340 litres de vin, 389 kilos de pommes de terre, 16 cirages, 34 papiers à lettre, 150 rations de savon, 48 rations de tabac, 5 graisses à chaussures et 1 brosse à dents.

Avant de repartir, indique dans un PV d'audition Michel Puybaraud (24 ans), infirmier du chantier, le Commandant Barot dit à ses hommes : « Ça suffira jusqu'à la fin de la guerre. Il n'y en a pas pour longtemps. » Puis un dirigeant du chantier comprend, en surprenant une discussion entre deux antifascistes allemands, que les résistants sont planqués au Grand Hôtel du Fangas.

La gendarmerie ayant été pillée, les gendarmes désarmés devant la population, le commandant de brigade Irénée Bretou se retrouve sur la sellette. À son supérieur, venu de Florac constater les dégâts, il demande ce qu'il aurait bien pu faire, face à soixante-dix hommes armés. « Tirer », répond froidement le lieutenant, qui lui promet des arrêts de rigueur. Irénée Bretou saura se racheter.

Cinq jours plus tard, dans la nuit du jeudi 25 au vendredi 26 mai, Bir-Hakeim doit quitter en urgence l'hôtel du Fangas. Miliciens et policiers s'apprêtent à donner l'assaut. Le maquis s'installe à La Borie, hameau de La Parade, un village à une trentaine de kilomètres de l'Aigoual, et à douze de Meyrueis. Une famille de fermiers, les Gély, lave le linge des hommes, leur donne à manger. Maurice (86 ans) se souvient que Jean Capel avait réuni les hommes de La Borie, dont son grand-père, Prosper Gély, pour leur faire part de ses besoins. « Chez nous, ils ont pris des moutons, je ne peux plus vous dire le nombre, peut-être cinq. Ils ont pris un four également. »

Les gendarmes de Meyrueis, désarmés quelques jours plus tôt, localisent très vite le maquis. Ce n'est pas difficile. Bir-Hakeim a investi un « château » (en fait une maison de maître assez délabrée) juste au bord de la route nationale. Quelques-uns des « Biraquins » braquent à l'aube, le samedi 27 mai, la boulangerie de Sainte-Énimie, le village voisin. D'autres arrêtent des véhicules qui passent devant leur planque, afin de les contrôler. Ils dévalisent un camion des PTT, avant de lui laisser un bon de réquisition : « D'ordre et pour compte du Gouvernement des Forces Françaises libres, il est réquisitionné ce jour à la voiture des PTT n° 2105.N.H.4 le matériel suivant : Fil de cuivre 80 kilos. Matériel divers, 2 sacoches cuir, avec matériel complet. Le Chef Comdt BAROT. Campagne. » Tout cela en moins de deux jours.

Une thèse circulera, après-guerre, parmi les rares survivants du maquis. Bir-Hakeim aurait été chargé par les services de renseignement extérieurs anglais, avec lesquels Capel restait en relation, de provoquer l'occupant, pour fixer ses forces dans le sud de la France, tandis que le Débarquement se préparait en Normandie. Aucun document n'a jamais étayé cette explication. Elle cache assez mal le désarroi des fidèles face à la multiplication des imprudences.

Les gendarmes de Meyruis préviennent le préfet, le samedi 27 mai 1944 en début d'après-midi : « Important groupe de terroristes Causse Méjean. PC château Lapeyre à La Borie commune La Parade. Réquisition bétail et four. Route barrée par armes automatiques. » Le préfet transmet l'information aux Allemands[1]. Et personne, malgré le noyautage efficace des services publics en Lozère, ne prévient le maquis Bir-Hakeim. Le commandant de gendarmerie du département dira qu'il avait déchiffré le message codé du chef de brigade Bretou avec son secrétaire, qu'il savait acquis à la Résistance. L'interprète chargé par le préfet de remettre le message aux Allemands dira qu'il avait prévenu un camarade, mais celui-ci n'a pu rallier La Parade à moto, faute d'essence.

Si l'information était parvenue jusqu'à La Borie, le maquis aurait pu s'enfuir une nouvelle fois. La famille Gély et les autres habitants auraient peut-être été massacrés, comme avant eux les habitants des Crottes.

Le dimanche 28 mai au matin, Bir-Hakeim est attaqué par surprise. Les hommes étant crevés (certains étaient arrivés de l'Aigoual la veille, à pied, après deux jours de marche), Capel a retardé d'une heure le départ des camions qui devaient disséminer ses résistants sur tout le plateau. Trente-quatre résistants sont tués, dont Jean Capel et Marcel de Roquemaurel.

1. Roger Dutruch a été condamné à mort et fusillé en septembre 1944, tout comme le commandant des gendarmes de Lozère, Pierre Bruguières. Le lieutenant Charles Sorrant, de Florac, qui avait transmis le message d'Irénée Bretou à son supérieur, a été fusillé le mois suivant. La condamnation à mort de Bretou a été commuée en trente ans de travaux forcés.

Jean Capel, le 28 mai 1944
à La Parade

Le Commandant Barot était replié dans une grange, avec une quinzaine d'hommes. Un antifasciste allemand, Max Dankner, a raconté la scène, dans un livre publié quelques années plus tard en RDA. Jean Capel avait tenté une percée. Il a été fauché immédiatement par une rafale de mitrailleuse. Les jeunes, dans la grange, en sont restés pétrifiés. La sidération a duré un moment et Dankner écrit que les pensées se bousculaient dans sa tête : « Comment Barot a-t-il pu courir tout droit sous le feu de l'ennemi ? Pourquoi n'a-t-il pas essayé d'évaluer les forces allemandes qui étaient devant nous ? [...] Comme nous avions raison lorsque nous avions constaté ses fautes de commandement. » Pour la première fois, Capel, plus politique que militaire, devait diriger seul, sans lieutenant, soixante-dix jeunes hommes placés sous sa responsabilité.

Vingt-sept se sont rendus, contre la promesse d'un capitaine allemand qu'ils seraient prisonniers de guerre en Allemagne. Ils ont été torturés toute une nuit par la Gestapo de Mende, avant d'être fusillés, le lundi 29 au matin dans un ravin proche de Badaroux. Les habitants de ce village ont bravé les ordres allemands, ils ont veillé ces jeunes martyrs, dont certains avaient les yeux crevés, les tendons des chevilles sectionnés. Un capitaine leur avait ordonné de les enterrer en pleine terre, ils leur ont discrètement fabriqué des cercueils. Parmi les suppliciés, plusieurs garçons de 18 et 19 ans recrutés une semaine plus tôt, à la fête de Meyrueis.

Le 29 mai 1944 au matin, il ne reste quasiment plus personne du maquis Bir-Hakeim.

Chapitre 32

Le regain et le dégoût

J'écris désormais en Ardèche, dans une maison qu'un ami m'a prêtée, à Chomérac. Je regarde par les fenêtres l'automne qui enveloppe les montagnes. J'ai du mal à me débarrasser d'un sentiment de gâchis, de profonde tristesse. La fin tragique de Bir-Hakeim explique en grande partie le silence qui a entouré l'histoire de ce maquis si particulier. Un livre au vitriol, *Des camisards aux maquisards*, a été écrit au sortir de la guerre sur le maquis. Des résistants, parmi ceux qui s'étaient pourtant opposés aux stratégies de Bir-Hakeim, ont alors pris la défense du maquis de Capel. Comment écrire sur des hommes téméraires et dévoués, égoïstes et imprudents ? Des hommes morts de cette imprudence, autant que de leur courage. Je repense à ce que me disait René Tourre, au début de ce livre. « Ces braves gens sont morts, laissons-les en paix. » Je pensais qu'il parlait des villageois, des habitants des Crottes, parce que j'avais les yeux rivés sur ce que je recherchais. Il parlait probablement de ces jeunes hommes imprudents, venus semer la tempête, à Labastide, aux Crottes, avant d'aller se faire massacrer. René Tourre ne va pas fort ces jours-ci. J'ai appelé sa femme, je suis passé voir sa fille. J'attends qu'il aille un peu mieux pour retourner le voir.

Beaucoup avaient à peine 20 ans. Qu'ont-ils donné à cette guerre, à part leur mort ? « C'était un maquis flamboyant, qui n'avait peur de rien, qui menait des actions spectaculaires, mais qui faisait courir des risques exagérés à la population », reconnaît le vice-amiral Brusson. « C'est peut-être pour cela que j'ai tout refoulé ensuite. J'ai passé toute ma vie sans reparler de cela. »

*

Après le massacre de La Parade, les survivants se sont réunis autour du capitaine Paul Demarne, le vigneron de Canet que Capel avait connu au régiment en Savoie. Il a réparti les hommes de Bir-Hakeim, en petits groupes, autour de Clermont-l'Hérault. Plus dispersés, ils étaient moins visibles. Les leçons d'après coup peuvent avoir un goût amer. Puis Demarne s'est fait tuer, lors de la récupération d'un parachutage. Montaigne a pris la suite. Des instructeurs anglais ont été parachutés, pour assurer la formation des recrues, de plus en plus nombreuses avec les résistants de la vingt-troisième heure, ceux d'après le Débarquement, ceux de quand la victoire devenait plus que probable. « La Libération m'a laissé une vraie amertume, dit Jean Brusson. Les exactions, les trottoirs tenus par des FFI qui s'étaient engagés très tard… Ces résistants-là n'étaient pas très honorables. »

Albert Uziel a connu cela. Il avait été libéré peu après le Débarquement du camp de travail où on l'avait transféré après quelques mois de centrale. Il y avait appris le massacre de ses camarades, par une lettre de Madeleine Chapert, la jeune femme qui leur apportait les paniers-repas en prison. Il est retourné au maquis Bir-Hakeim en sortant, mais ce n'était plus pareil. Il n'y retrouvait pas ce qui avait fait battre son cœur. Ce n'était plus l'organisation familiale, mobile, trompe-la-mort, au sein de laquelle la guerre ressemblait parfois à un jeu. Ils étaient à présent plus de trois cents, il ne connaissait personne, la prudence des nouveaux chefs l'exaspérait. En route pour libérer Montpellier, fin août 1944, sa colonne a été stoppée à la traversée d'un village. La brigade de gendarmerie attendait de recevoir des ordres pour savoir si elle pouvait les laisser passer. Ils ont patienté. « Nous étions mieux armés, moi j'aurais foncé », soupire Uziel dans son témoignage.

*

Christian de Roquemaurel, de son côté, avait été transféré en mai de Montpellier vers Toulouse, juste après son arrestation. Il a appris de la bouche d'un juge d'instruction, début juin 1944, la mort de son petit frère, l'éradication de son maquis. Une semaine plus tard, il a appris en cellule le Débarquement. « Nous nous sommes réjouis pour le principe, pour les autres, un peu comme si l'affaire ne nous concernait plus », écrit-il. Il s'est ensuite retrouvé, avec des centaines d'autres prisonniers, livré aux Allemands, dans ce qu'on a appelé « le train fantôme ». L'un des derniers convois de déportés, ballotté de gare en gare, au gré des mitraillages, des attentats, des ordres et des contre-ordres. Un film, *Les Résistants du train fantôme*, raconte cela très en détail, avec une longue interview de l'ancien lieutenant de Montégut. Roquemaurel a dévissé le plancher du wagon avec des compagnons, et après vingt-trois jours à être trimballé de tous côtés, il s'est enfui dans la Drôme, a retrouvé l'Ardèche au Teil. Dans son livre, il écrit qu'il avait « des prédispositions à faire partie des survivants ».

À une commémoration de Bir-Hakeim, en 1945, Roquemaurel a fait la connaissance de Marthe de Bonnefoy, la fille d'Antoine et Alix, les châtelains d'Auriac-sur-Vendinelle. Elle avait désormais 19 ans. Son père commençait une carrière dans l'administration gaulliste, il avait quitté Alix, pour une autre cousine, dans un autre village, dont il allait devenir maire. Alix se tournait vers une nouvelle vie, d'autres combats. À la Libération, elle a empêché que l'on tonde des femmes, dans les villages autour d'Auriac.

Marthe et Christian sont tombés amoureux. Ils se sont fiancés. Cela n'a pas empêché l'ancien lieutenant, devenu capitaine, de suivre le général de Lattre de Tassigny, en Alsace et en Allemagne, avant de continuer la guerre, c'était devenu son métier, en Indochine et en Algérie. Marthe s'est lassée. Elle lui a proposé d'user des relations de son père pour le faire revenir en France. Il a refusé, elle a rompu. D'autres peuples se libéraient, l'ancien lieutenant de Montégut choisissait l'OAS, l'Algérie française, avant de devoir quitter l'armée, hors la loi, aux côtés des généraux félons. Les années de combat étaient désormais derrière lui. Les réseaux de l'OAS lui ont trouvé du travail en Espagne. Il a rangé, définitivement, ses décorations.

Une phrase à ce sujet, dans ses mémoires, me fait penser à mon grand-père italien, le père de ma mère, Jean Brusadelli. Un jour, quelques années avant sa mort, je déjeunais avec lui dans un restaurant près de Chartres, dans l'Eure-et-Loir, il avait avisé un pendentif au cou de ma copine, et lui avait demandé ce que le sigle signifiait. « Faites l'amour, pas la guerre », avait-elle répondu. « J'ai fait les deux, j'ai préféré l'amour », avait-il souri. Il avait fait la guerre d'Algérie. Ne voulait jamais en parler. Christian de Roquemaurel écrit au sujet de ses médailles : « On devrait jeter celles qui correspondent à des actes gratuits dans des guerres inutiles, toutes celles qui sont tachées du sang de ceux qui sont morts sous vos ordres, et qui vous les ont obtenues. Comment avons-nous pu nous promener avec des cimetières sur la poitrine ? »

*

Beaucoup des survivants de Bir-Hakeim ont continué le combat, comme Roquemaurel, en Indochine puis en Algérie, après la libération de l'Europe. Albert Uziel a refusé. L'ancien ravitailleur est revenu à la vie civile, sérieusement vacciné de la guerre. À la libération de Montpellier, Bir-Hakeim avait obtenu une faveur, pour prix de ses sacrifices. Ses hommes avaient eu le droit de composer les premiers pelotons d'exécution. En raison de son ancienneté dans le maquis, Uziel avait fait partie du premier. Avec ses camarades, ils avaient fusillé un chef de la Milice et un préfet. Le milicien était « mort en péteux ». Le haut fonctionnaire en criant « Vive la France ». « D'une voix claire, sans trembler. » L'ancien résistant raconte cela d'une voix qui flanche soudain. « Je l'admire encore », murmure-t-il. Le jeune enquêteur chargé de recueillir sa parole en 2009 marque un silence, puis il lui demande son sentiment, soixante-cinq ans plus tard. « Affreux ! » répond le vieil homme. Tout au long de l'entretien, Albert Uziel avait raconté des drames, des morts, avec ce léger détachement, cet humour, que prennent ceux qui reviennent de loin, quand ils évoquent des choses graves. Mais là quelque chose se grippait. Albert Uziel semblait bouleversé. « À l'époque, je l'ai fait comme ça. Mais maintenant, j'ai le dégoût. Certains mettaient des balles traçantes dans leurs fusils. Moi j'ai fait comme tout le monde, j'ai suivi. Ça ne m'a rien fait. C'est maintenant que je trouve ça effroyable... »

Chapitre 33

Le temps de reprendre les corps

La guerre avait laissé partout des fosses communes, des inconnus, enterrés à la hâte, jetés dans des puits. Il fallait exhumer les corps, essayer de les identifier. À Jonquières, dans le Gard, où des SS avaient enfoui les hommes pendus la veille à Nîmes, d'anciens miliciens ont été requis pour dégager du champ de luzerne les corps décomposés. Trente prisonniers allemands ont été chargés de creuser leurs tombes dans le cimetière Saint-Baudille de Nîmes.

À Bordelongue, le quartier de Toulouse où passe aujourd'hui le périphérique, on a retrouvé les quatre premiers fusillés de Bir-Hakeim, ainsi que les cadavres de vingt-quatre autres maquisards.

Personne n'est venu à Labastide réclamer le corps du résistant Grand-Père, puisqu'on le croyait enlevé par les Allemands. Puis personne n'a cherché quelle était l'identité de cet inconnu retrouvé à côté du mas de Serret. Cela aurait été si facile à l'époque. Lors de leurs commémorations, les habitants l'ont associé à leurs propres morts. Ils l'ont adopté (et la plupart des habitants pensent, à Labastide, que l'inconnu est mort aux Crottes le 3 mars 1944).

En Lozère, une jeune femme a été chargée, à sa demande, de superviser les opérations d'identification des morts de La Parade et Badaroux. Son mari, le capitaine Rousseau, rallié à Bir-Hakeim, était mort au combat le 28 mai 1944. Un soir, après une journée harassante, Anna Rousseau écrit à un proche : « Je suis rentrée seule dans la nuit et dans la neige au Crouzet, il me tardait d'arriver. [...] La bonne m'avait préparé un bon petit souper, et j'ai apprécié tout le charme d'un grand feu de bois, d'un bon fauteuil et de la TSF. Je me suis couchée de bonne heure, mais je n'ai presque pas pu dormir. » Elle échangeait beaucoup avec les familles, pour identifier les anciens résistants à partir d'un bout de tissu, d'une tache de naissance. Suzy Capel lui a écrit, en septembre 1945. Elle voulait savoir si le grade de commandant de son mari allait être homologué, à titre posthume. Elle avait appris qu'une association des parents de victimes de La Parade se constituait, elle voulait en faire partie.

Jean Capel a été inhumé à Lamalou, le 2 décembre 1945. Il y avait foule ce jour-là dans le petit cimetière. La guerre finie, Suzy venait de révéler que son mari était communiste, qu'il l'avait caché pour garder soudés, au sein de Bir-Hakeim, tous ces hommes d'horizons politiques différents. La section locale de Lamalou a été rebaptisée « cellule Jean Capel ». Une partie des hommes des maquis FTP de la région se tenaient là au garde-à-vous, devant le caveau familial. Les rares survivants des débuts de Bir-Hakeim étaient là. Georges Couci, l'ami d'enfance, était revenu d'Allemagne six mois plus tôt, il ne pesait plus que 36 kilos. Uziel le pensait mort. Sa famille également. Couci avait juste réussi, le 17 juin 1944, à jeter en gare de Bar-le-Duc un bout de papier depuis le train qui l'emportait vers Dachau. Une femme l'avait ramassé et envoyé à sa famille. Depuis plus personne n'avait eu de nouvelles. En revenant dans l'Hérault, le 5 juin 1945, Couci avait rendu visite à Uziel et à Madeleine Chapert, la fille du restaurateur de Gignac torturé par les hommes de Marty, celle qui leur portait les paniers-repas en prison. Son père était mort en déportation. Georges et Madeleine se sont mariés quelques mois plus tard.

Le vice-amiral Brusson n'était pas à l'inhumation de Capel. Denise Guilhem non plus. Les autres sont morts à présent. Personne pour raconter ce moment-là, mais j'ai découvert un article, publié en 2010 par l'association Études sur l'Hérault, composée d'érudits de la région. Cela s'intitule « Pour le centenaire de la naissance de Jean Capel, Commandant Barot (1910-1944), chef du maquis Bir-Hakeim ». L'article ne m'apprend pas grand-chose de nouveau sur le chef de Bir-Hakeim, mais les auteurs ont placé en annexe trois discours prononcés lors de l'inhumation, et qu'un neveu de Capel a mis à leur disposition.

Les amis du Commandant Barot ont dû grincer des dents en écoutant ceux qui s'étaient opposés à leur maquis, et qui se relayaient à présent devant la tombe de Capel pour lui rendre hommage. Le discours d'Antoine de Bonnefoy, en revanche, a dû les émouvoir. L'ancien maire d'Auriac y salue avec émotion la bravoure de Campagne, sa flamme, ses capacités de persuasion. Il dit sobrement : « Jean était mon ami », puis il évoque leurs soirées, à l'automne 1943, lorsque Capel s'était réfugié au château. « Nous connaissions les dangers que nous courions les uns et les autres, mais jamais je n'ai pu discerner en lui le moindre signe de crainte. » Puis Bonnefoy retrace les débuts du maquis à Lestibie, le combat de Douch, les premières victimes, le repli dans les Basses-Pyrénées, les fermes autour de son château transformées en cache d'armes, l'arrivée du maquis dans le Gard, le combat du mas de Serret. Et là, en racontant cette attaque des Allemands du 26 février 1944, Antoine de Bonnefoy relate ceci : « Le combat dure vingt-quatre heures et grâce à l'héroïsme de trois chefs qui tiennent seuls à deux mitrailleuses, le matériel est sauvé. De notre côté, un mort : Julien Desandre, de Levallois-Perret, qui, blessé, a refusé de se replier et a tiré au fusil-mitrailleur jusqu'à ce qu'il soit mortellement atteint. »

En une phrase, l'ancien maire d'Auriac confirme que l'inconnu du mas de Serret s'appelait bien Desandre, comme l'indique Roquemaurel dans ses mémoires. Qu'il est mort en héros. Il ajoute un prénom, Julien. Je repense alors au mouchoir brodé retrouvé dans la poche de l'inconnu, le 5 mars 1944. Le « P » de « J.P. » semble toujours être un « D » mal brodé, en revanche je suis ravi de ce prénom, Julien. Mais Bonnefoy ne situe pas les origines du garçon en Normandie, comme l'a fait Christian de Roquemaurel, mais à côté de Paris, à Levallois-Perret.

J'écris au responsable des archives de la ville, pour savoir s'il aurait, dans ses registres d'état civil, un certain Julien Desandre, né entre la fin du XIXe siècle et 1929 (comptons large, cela donnerait un résistant âgé de 15 à 45 ans). Il me répond qu'il y avait bien des Desandre à Levallois (comme dans de nombreuses villes d'Île-de-France), mais d'après les registres d'état civil, les listes électorales et les recensements, pas de Julien Desandre. Est-ce qu'Antoine de Bonnefoy se trompe sur le prénom ? Sur la ville ? Sur les deux ?

Je rouvre le placard dédié à l'inconnu. Aux côtés de la blague à tabac, du briquet à essence et amadou, du porte-monnaie contenant 10 francs, du mouchoir kaki à encadrement violine brodé aux initiales de J.P., de la paire de chaussures montantes demi-fortes, du béret, des écharpes, des chaussettes et du caleçon blancs, de la photo de l'hypothétique israélite niçois Lévy, du Normand Desandré, de la photo crénelée de « Desandre alias Grand-Père », je dépose le prénom de Julien et la ville de Levallois. Mais il me faudra renoncer bientôt à ce prénom ou à cette ville. Le discours de Bonnefoy m'a donné un élément clé, mais aussi mis sur une fausse piste.

Chapitre 34

« L'homologation de feu votre fils »

C'est curieux tout de même qu'Antoine de Bonnefoy se soit souvenu en décembre 1945, plus de vingt mois après sa mort, du nom de Desandre et de la ville d'où il venait. Le résistant est-il resté longtemps avec Bir-Hakeim ? A-t-il été planqué dans l'une des fermes d'Auriac après l'attaque de Douch ? Sa mort héroïque a-t-elle particulièrement marqué l'aristocrate ? Je sens que je ne suis pas loin, mais j'ai la sensation d'être encore devant une coquille vide. Un nom de famille, un prénom (incertain), des hypothèses sur les origines géographiques. J'ignore encore tout le reste. Quel âge avait-il ? Quel était son métier ? Avait-il des enfants ? Une femme ? Que faisaient ses parents ? Tout ce qui distingue un état civil d'une vie.

J'ai cherché du côté du Service historique de la Défense, qui conserve des centaines de milliers de dossiers d'homologation de résistants FFI. J'y ai trouvé trois Desandre. Un René, un Clément et un René Auguste. Pas de Julien. Je ne sais pas d'où venaient les trois garçons : pour en apprendre davantage il faudrait commander les dossiers, venir les consulter sur place. Mais pour qu'un dossier d'homologation ait été déposé, à titre posthume, à son nom, il faudrait qu'un proche en ait fait la demande. Autrement dit, que sa famille ait su que le garçon appartenait à un maquis, et auquel. Je ne sais même pas si mon inconnu avait de la famille.

Je passe des heures sur le site des archives départementales de Seine-Maritime, puisque Roquemaurel se souvenait d'un Normand. Pauvre garçon trimballé soixante-quinze ans après sa mort de Nice à la Normandie en passant par Levallois-Perret. La diagonale de l'Inconnu. Je fouille les registres d'état civil, mais ils s'arrêtent en 1902. Pour les individus nés plus tard, il me faudrait aller sur place, consulter les listes, ville après ville, village après village. Plus de 3 000 communes, sans être vraiment sûr que Desandre soit normand.

Je commençais à me faire une raison, me dire que j'allais devoir passer un bon bout de temps en Normandie, lorsque j'ai laissé à tout hasard un message, avec les quelques éléments dont je disposais, sur un forum de généalogie. On m'a proposé des Desandre à Marseille, dans la Meuse. On m'a donné des conseils, prodigué des encouragements. Personne ne m'a trouvé de Julien Desandre. Et puis, un matin, j'ai reçu une réponse d'une certaine Marie. Elle avait lu mon message. L'histoire de ce résistant inconnu enterré dans un cimetière ardéchois la touchait. Elle-même s'était formée aux recherches généalogiques pour enquêter sur la famille de son mari, devenu très tôt orphelin. En se penchant sur mon énigme, elle n'a pas trouvé de Julien Desandre, mais elle a examiné attentivement les tables décennales des décès à Levallois. Et trouvé un enfant né sans vie, le 26 mars

1915, d'un certain Auguste Salomon Desandre et d'une Modeste Henriettaz. Poursuivant cette piste elle a découvert qu'Auguste Salomon avait été naturalisé et elle a retrouvé l'extrait publié au *Journal officiel* en 1931. Il mentionnait deux enfants, dont un René Auguste, né à Paris en 1923 dans le VIe arrondissement. La date de naissance collait à peu près avec l'âge des résistants de Bir-Hakeim. Être né en 1923 voulait dire être convoqué pour le STO en 1943, et pour beaucoup rejoindre la Résistance. Je sursaute en lisant le prénom car l'un des trois résistants nommés Desandre sur le site du Service historique de la Défense s'appelait justement René Auguste Desandre. Je prends immédiatement rendez-vous pour consulter son dossier. J'ajoute que je regarderai en même temps celui de l'homologation posthume de Jean Capel (pour ne pas perdre mon temps à Vincennes, si René Auguste se révèle une nouvelle fausse piste). Il faut attendre huit jours avant de venir consulter sur place.

Le Service historique des armées se trouve au fond de la cour du château de Vincennes. Dans un bâtiment en travaux. Les salariés qui travaillent là sont serviables, prévenants. Les deux dossiers réservés m'attendent dans un casier, derrière l'un d'eux. Souvent, quand on commande plusieurs dossiers aux archives départementales ou nationales, on vous demande celui que vous souhaitez consulter en premier. Là, l'employé me tend d'autorité une première chemise cartonnée.

C'est le dossier de Jean Capel. Je m'assieds à l'une des longues tables en bois pour commencer à lire et prendre des photos. Rien de nouveau sur le fondateur de Bir-Hakeim, mais je prends mon temps pour ne rien laisser passer, et peut-être pour savourer l'attente. Comme on garde à table le meilleur pour la fin – ou comme on retarde le moment d'être déçu. Le dossier Capel terminé, je me relève, le rends. Le même employé attrape la deuxième chemise cartonnée. Il y a peu de chances que René Auguste Desandre soit mon inconnu, me dis-je, peut-être par superstition, en retournant m'asseoir.

La première page est un certificat d'appartenance aux FFI. Je commence à lire. Et m'arrête de respirer. « Le général commandant la 9e région militaire certifie que M. DESANDRE René, Auguste, alias Grand-Père, né le 15/1/1923 à Paris 6ème a servi dans les forces françaises de l'intérieur au titre des formations suivantes : F.F.I. – Maquis "Bir-Hakeim" Hérault – Gard du 3/9/1943 au 27/2/1944. Le 27 février 44 M. DESANDRE a été tué au cours des combats du "Mas de Serret" (Gard). » Tout est là ! Écrit en cinq lignes, dès la première page du dossier. Desandre, René, Grand-Père, Bir-Hakeim, le mas de Serret. Je reste immobile, le dos parcouru de frissons. Je reprends ma respiration. Je me dis voilà, tu y es, tu as retrouvé ton inconnu. Ce prénom de Julien était bien une fausse piste, la région Normandie aussi. Conséquences de ces temps d'anonymat et de fausses identités. Le certificat d'homologation se trompe d'un jour sur la date du combat, le 27 au lieu du 26 février 1944. Il situe le mas de Serret dans le Gard au lieu de l'Ardèche. Pour le reste, le dossier qui l'accompagne me donne, au fil des pages, tout ce que je voulais savoir sur « l'inconnu des Crottes ».

J'apprends que c'est le père de René qui a demandé l'homologation de son fils. Une reconnaissance que son garçon avait bien été résistant. Auguste Salomon était veuf. Il venait du nord de l'Italie, comme la famille de ma mère. Ses parents, Antonio Desandre et Marie-Joseph Bionaz, étaient agriculteurs à Quart, un village proche d'Aoste. Une résistante italienne illustre, Ida Desandre, était aussi de la région d'Aoste. Elle a été déportée en Allemagne, elle avait un an de plus que René Auguste. Le nom de Desandre est assez répandu là-bas. Il s'écrit Désandré, est porté surtout par des familles juives. Je repense aux mots d'Albert Uziel, quand il avait dû s'expliquer en janvier 1944 sur cette photo d'identité retrouvée dans son portefeuille. Lévy, un israélite de Nice qui avait besoin de faux papiers, disait-il au sujet de Grand-Père. Quand on ment, il faut toujours être au plus près de la vérité.

Il a fallu s'y reprendre à deux fois pour naturaliser Auguste Salomon Désandré. Un premier décret, paru en juillet 1931, comportait une date de naissance erronée. Un rectificatif est paru le mois suivant. Curieusement, la même mésaventure s'est produite pour l'homologation du fils, René, en tant que résistant FFI. Là encore une erreur de date de naissance. Le premier dossier a été annulé et un autre refait, c'est pour cela qu'il y a au Service historique de la Défense un René et un René Auguste, deux dossiers pour un même résistant. J'avais cherché cet inconnu des mois, et à présent il se multipliait. Avec son identité complète, j'ai pu retrouver un dossier à la Division des archives des victimes des conflits contemporains, à Caen.

Auguste Salomon, le père, était chauffeur de taxi à Paris. Il s'était marié en 1912 avec Modeste Henriettaz, ménagère à Levallois-Perret. Elle habitait 95 rue Gide, devenu l'adresse de la famille. Elle venait de Pollain, également dans la vallée d'Aoste. Ils avaient eu un premier enfant en 1915, mort-né. Puis en décembre 1920 une fille, prénommée Ida Odette. Ida. Comme la résistante née en 1922 du côté d'Aoste. Était-ce la même famille ? Enfin René Auguste, né le 15 janvier 1923, dans le VIe arrondissement à Paris.

La rue Gide est devenue la rue Paul-Vaillant-Couturier (du nom du journaliste, socialiste et pacifiste). Le 95 existe toujours. C'est à présent un immeuble moderne. J'ai recontacté le responsable des archives de Levallois pour qu'il m'envoie l'acte de mariage des parents Désandré (la mère, Modeste, est morte avant la guerre). Il m'a adressé en même temps l'acte de naissance de sa sœur Ida, l'acte de décès de René Auguste, situé « le 27 février 1944 » « au mas de Serret dans le Gard ». Et une carte postale de la belle rue Gide avant la guerre. La Seine est à deux pas. Le cimetière de Levallois également. Le monument aux morts mentionne parmi les victimes de 39-45 un certain R.A. Desandre. J'imagine que c'est Auguste Salomon qui a fait graver le nom de son fils. L'immigré italien avait offert un fils à la France.

Auguste Salomon a recherché René après la guerre. On a dû lui dire que les Allemands l'avaient embarqué, blessé ou mort, au mas de Serret. Sans lui préciser que cette information tenait de la rumeur publique. Il n'est jamais allé à Labastide. Sur place, il aurait découvert la tombe de l'inconnu. Le lien aurait été facile à faire. Au lieu de cela, Auguste a cherché du côté de l'Allemagne ce blessé emporté, il n'a jamais retrouvé la trace de son fils, jamais su ce que son corps était devenu.

René avait commencé à travailler à 17 ans. Il était tourneur outilleur depuis mai 1940 lorsqu'il a quitté la région parisienne en avril 1943 pour devenir ouvrier agricole d'avril à septembre 1943. J'imagine qu'il a quitté Paris parce qu'il venait d'avoir 20 ans, était réquisitionné pour le STO, ne voulait pas y aller. Il y a dans le dossier une photo de lui à cette époque. Une photo aux bords crénelés. La même que celle de l'album de Denise Guilhem à Gruissan. Il a dû se cacher, comme beaucoup, dans une ferme, avant de rejoindre Bir-Hakeim le 3 septembre 1943 à Douch, précisent les documents. Une semaine avant le premier combat. Juste au moment où le maquis de Jean Capel s'ouvrait aux réfractaires pour remplacer les jeunes des écoles préparatoires militaires qui désertaient.

René a pris le nom de Grand-Père. On ne saura sans doute jamais pourquoi. Peut-être parce qu'en septembre 1943, il faisait partie des plus jeunes du maquis ? Quand il s'agit de trouver des pseudonymes, des surnoms, les maigres s'appellent souvent « le Gros », et les gros se retrouvent « Sac d'os ». Grand-Père est devenu chef de sizaine en décembre 1943, à l'arrivée à Terris, dit son dossier d'homologation. Le 5 février 1944, juste après l'arrivée au mas de Serret, ses supérieurs l'ont nommé sergent-chef.

René Auguste Désandré

Le 26 février, lorsque les Allemands de la division Brandenbourg ont attaqué le mas de Serret, Désandré a fait partie de la petite équipe chargée de protéger la retraite. Avec Lucas. René Grand-Père a été touché une première fois au talon, puis au ventre et à la cuisse. L'un des chefs lui a donné l'ordre de reculer, puis aux autres de l'emmener. Il a refusé. Touché une nouvelle fois, il est resté allongé au sol, à tirer tant qu'il pouvait après que Lucas eut retiré le drapeau. Pour protéger la fuite de ses compagnons.

Le dossier d'homologation déposé par le père a été rempli le 10 février 1946 par Christian de Roquemaurel, alors militaire. « Volontaire d'élite pendant l'attaque du mas de Serret, se trouvant en un point très exposé de notre défense comme tireur au F.M., a été blessé », écrit l'ancien lieutenant de Montégut au sujet de Grand-Père. « Il a refusé de se replier et a continué seul à protéger, malgré ses blessures, le repli de ses hommes, a été porté disparu à ce combat. » René Désandré est mort « en laissant à ses camarades l'exemple d'un sacrifice sans limite ». Avant cela, il faisait preuve d'un « esprit de dévouement et d'abnégation ». Avait participé « à de nombreuses opérations de récupération et de destruction de matériel ennemi ». Il méritait, estime le capitaine de Roquemaurel en 1946, un grade supérieur à celui de sergent-chef. Cela avait son importance : ces grades permettaient aux conjoints ou aux ascendants de toucher de meilleures pensions. René Auguste Désandré a été homologué adjudant FFI le 18 août 1946, avec effet rétroactif au 1er février 1944. Son père a reçu un courrier. « L'homologation de feu votre fils. »

Auguste Salomon avait 54 ans à la mort de René. Il est décédé quinze ans plus tard, le 28 juillet 1959, à Clichy-la-Garenne. Il n'avait plus que sa fille Odette, qui s'est mariée en octobre 1947 avec un certain Germain Godioz. Elle est morte le 3 mars 1994. Cinquante ans, jour pour jour, après le massacre des Crottes. Odette avait-elle des enfants ? J'ai envie de creuser de ce côté-là. Elle est morte dans le XVIIIe arrondissement de Paris.

Je dois aussi fouiller en Italie à présent. La vie ne s'arrête pas à la fin d'un livre. La mort non plus.

*

En attendant, si en terminant cette histoire vous venez de retrouver ce grand-père, ce grand-oncle, cet amoureux perdu il y a soixante-quinze ans, vous savez désormais où il repose. Des paysans ardéchois l'ont adopté en silence. Sa sépulture est facile à trouver. Dans le cimetière de Labastide-de-Virac, parmi les martyrs du village, c'est la tombe la plus étroite, à gauche, avec, dans le petit vase, des fleurs en plastique rouges et blanches.

Références

CHAPITRE 2

Synthèses, auditions et rapports médicaux sur le massacre des Crottes : Fonds du service du Mémorial de l'oppression, Archives départementales de l'Ardèche, 3008 W 170
Procès-verbal de découverte du corps d'un inconnu le 5 mars 1944 : Archives départementales de l'Ardèche, 72 W 342
Rapport du capitaine de gendarmerie Boutonnet le 27 février 1944 : Archives départementales de l'Ardèche, 3808 W 342
Lettre de Georges Chapus au chef du Service de recherche des crimes de guerre ennemis le 2 février 1946 : Archives départementales de l'Ardèche, 3808 W 170

René Maruejol, Aimé Vielzeuf, *Le Maquis «Bir Hakeim»*, Lacour, 1947.

CHAPITRE 3

Procès-verbal de perquisition chez Georges Couci le 17 décembre 1944 : Archives départementales de l'Hérault, 59 W 4
Note de renseignement sur Christian de Roquemaurel par le chef de la Section de police de sûreté de Toulouse le 11 avril 1944 : Archives départementales de la Haute-Garonne, 5795 W 842
Témoignage de Michel Brault : Archives nationales, 72 AJ NC_NOGUERES / 32

Notes et comptes rendus de séances du Service national maquis : Archives nationales, 72 AJ NC_NOGUERES / 44
Témoignage du colonel Sarda de Caumont : Archives nationales, 72 AJ 48 / III / n° 12 et 15

Association pour des études sur la Résistance intérieure, *La Résistance en Haute-Garonne*, Aeri, 2009.
Fiche Jean Capel, *Dictionnaire biographique des fusillés, guillotinés, exécutés, massacrés 1940-1944*, Centre d'histoire sociale du xxe siècle (CNRS Paris 1), http://maitron-fusilles-40-44.univ-paris1.fr/spip.php?article18606

CHAPITRE 4

Arrestation de Michel Arlet (synthèse et auditions, octobre 1943) : Archives départementales de la Haute-Garonne, 5795 W 521

CHAPITRE 5

Témoignage d'Albert Uziel : Archives départementales de l'Hérault, 2027 W 62 et 2027 W 63
Procès-verbal d'audition de Christian de Roquemaurel : Archives départementales de l'Hérault, 796 W 39
Dossier sur la mutinerie des Croates à Villefranche-de-Rouergue le 17 septembre 1943 : Archives départementales de l'Hérault, 173 J 24

Dictionnaire biographique des fusillés, guillotinés, exécutés, massacrés 1940-1944, CNRS (Paris 1), http://maitron-fusilles-40-44.univ-paris1.fr/

CHAPITRE 6

Rapport mensuel n° 11 du préfet de région relatif au STO en mars 1943 : Archives départementales de la Haute-Garonne, M 1520

Témoignage de Camille Verdeil : Archives départementales de l'Hérault, 2027 W 77 et 2027 W 78
Rapport du capitaine de corvette Riencourt (Nonce) : Archives nationales, 119J10
Rapport du chef des renseignements généraux de Béziers le 12 septembre 1943 sur le combat de Douch : Archives départementales de l'Hérault, 12 W 757
Dénonciation du maquis Bir-Hakeim, dossier d'instruction devant la cour de justice de Béziers en mars 1945 : Archives départementales de l'Hérault, 1043 W 140
Assassinat d'un soldat allemand : Archives départementales de la Haute-Garonne, 4 E 9420

Général de Gaulle, *Mémoires de guerre*, t. II, *L'Unité 1942-1944*, Plon, 1956.

CHAPITRE 7

Jean Cassou, notice individuelle, Direction générale de la sûreté nationale : Archives départementales de la Haute-Garonne, 5795 W 695

Peter Kory, *Sheltered from the Swastika*, http://www.shelteredfromtheswastika.com/
Jean Cassou, *La Mémoire courte*, Mille et Une Nuits, 2001.

CHAPITRE 8

Vols au Moulin du Martinet (synthèse et audition Jean Darle, service régional de police de sûreté) : Archives départementales de la Haute-Garonne, 5795 W 521
Rapport mensuel du préfet régional au chef du gouvernement, septembre 1943 : Archives départementales de la Haute-Garonne, M 1520

Attaque du chantier de jeunesse du Plo del May (dossier du service régional de police de sûreté) : Archives départementales de la Haute-Garonne, 5795 W 521
Condamnation de Michel Arlet, Gilles Martin de Bellerive et Christian de Roquemaurel le 28 avril 1944 par la section spéciale de la cour d'appel de Toulouse : Archives départementales de la Haute-Garonne, 2066 W 1115

CHAPITRE 10

Dossier d'instruction Pierre Marty, cour de justice de Toulouse : Archives départementales de la Haute-Garonne, 3667 W 223
Témoignage René Poitevin, commandant des CRS de Montpellier : Archives départementales de l'Hérault, 796 W 95

CHAPITRE 11

Arrestation de Georges Couci et Albert Uziel le 17 décembre 1943 : Archives départementales de l'Hérault, 5795 W 679
Perquisition aux domiciles d'Albert Uziel et Georges Couci le 17 décembre 1943 : Archives départementales de l'Hérault, 59 W 4
Rapport de l'inspecteur de sûreté Doumenc mentionnant Simon Benech : Archives départementales de la Haute-Garonne, 5795 W 627
Témoignage sur les tortures infligées à Philippe Chapert : Archives départementales de l'Hérault, 796 W 95
Jugement de Georges Couci, Albert Uziel et Jean Capel par le tribunal spécial de la cour d'appel de Montpellier : Archives départementales de l'Hérault, 59 W 4

CHAPITRE 12

Fabrice Sugier et Monique Vézilier, *Le Gard dans la guerre. 1939-1945*, De Borée, 2017.

Portrait Raoul Trintignant : http://maitron-en-ligne.univ-paris1.fr/?article200509

CHAPITRE 13

Organisation de la Résistance en Ardèche, maquis FTP n° 15 (travaux de Jean Beaussier, correspondant pour l'Ardèche de la Commission d'histoire de la Seconde Guerre mondiale) : Archives départementales de l'Ardèche, 70 J 59-1
Rapport sur la Résistance en Lozère (14e brigade régionale de police de sûreté) : Archives départementales de l'Hérault, 796 W 32

Pierre Bonnaud, *L'Ardèche dans la guerre. 1939-1945*, De Borée, 2017.
Henri Cordesse dit « Robert », *Histoire de la Résistance en Lozère. 1940-1944*, Les Presses du Languedoc, 1989.

CHAPITRE 14

Rapport du 18 janvier 1944 sur le vol à l'usine Paulhand (section de gendarmerie d'Alès) : Archives départementales du Gard, 1 W 254
Lettre du maquisard Étienne Sauzet de la brigade Montaigne : Archives départementales de l'Hérault, 796 W 32
Synthèse et auditions des policiers enlevés le 19 janvier 1944 à Clermont-l'Hérault : Archives départementales de l'Hérault, 18 W 195
Audition du personnel de l'Hôtel du Louvre après l'enlèvement des policiers : Archives départementales de l'Hérault, 796 W 39
Casse du magasin de l'intendance de police de Montpellier (synthèse, auditions et rapports de Pierre Marty) : Archives départementales de l'Hérault, 18 W 95

Recherches après le casse du magasin de l'intendance de police, audition du boulanger Mouret : Archives départementales de l'Hérault, 796 W 38

Rapport des renseignements généraux sur Jane « Tripet » : Archives départementales de la Haute-Garonne, 5795 W 842

CHAPITRE 15

Tentative d'exécution du garde-chasse à Saint-Jean de Maruejols (renseignements généraux du Gard) : Archives départementales du Gard, 1 W 254

Exécution du garde-chasse à Saint-Jean de Maruejols (mise en cause de Christian de Roquemaurel, commission rogatoire au tribunal de première instance d'Alès) : Archives départementales de la Haute-Garonne, 5795 W 914

CHAPITRE 16

Plan du mas de Serret (procédure d'indemnisation pour dommages de guerre) : Archives départementales de l'Ardèche, 77 W 216

Note du chef d'escadron de gendarmerie Moreau le 16 octobre 1942 sur les protestants ardéchois : Archives départementales de l'Ardèche, 72 W 334

Rapports mensuels du préfet de l'Ardèche en février et mars 1944 sur le ravitaillement : Archives départementales de l'Ardèche, 72 W 109

Registre des jugements du tribunal de première instance de Largentière : Archives départementales de l'Ardèche 7 U 1 / 64

Jugement et relaxe d'Étienne Bourelly : Archives départementales de l'Ardèche 7 U 1 / 69

Recensement des armes, lettre d'Étienne Bourelly au préfet le 26 mai 1943 : Archives départementales de l'Ardèche, 78 W 50

CHAPITRE 17

Note du chef de groupe de la police allemande de sûreté de Nîmes le 16 janvier 1944 au sujet des « sabotages » à Pont-Saint-Esprit (réponse du préfet du Gard) : Archives départementales du Gard, 1 W 254

Demande d'enquête adressée le 31 janvier 1944 par le cabinet du ministre de l'Intérieur au directeur général de la gendarmerie au sujet de la brigade de Pont-Saint-Esprit : Archives départementales de l'Hérault, 173 J 8

Rapport du capitaine Pagnoux (section de gendarmerie d'Uzès) sur « l'activité d'éléments terroristes » à Pont-Saint-Esprit (braquage de La Civette) : Archives départementales du Gard, 1 W 254

CHAPITRE 18

Rapport de l'inspecteur de sûreté Henri Duigou le 26 février 1944 au sujet de la présence d'un maquis au mas de Serret : Archives départementales de l'Ardèche, 72 W 342

Rapport du capitaine Boutonnet le 23 février 1944 sur la présence d'« éléments terroristes » à Labastide-de-Virac : Archives départementales de l'Ardèche, 72 W 346

Courrier confidentiel du sous-préfet de Largentière au préfet de l'Ardèche le 8 mars 1944 : Archives départementales de l'Ardèche, 72 W 342

Rapport sur l'aide des gendarmes ardéchois à la Résistance (rapport sur le maréchal des logis chef Eybalin) : Archives départementales de l'Ardèche, 72 W 545

Organisation de la Résistance ardéchoise : Archives départementales de l'Ardèche, 87 W 3

Rapport de gendarmerie sur le passage de troupes allemandes à Vagnas le 26 février 1944 : Archives départementales de l'Ardèche, 72 W 346

Adolphe Demontès, *L'Ardèche martyre*, Imprimerie Mazel à Largentière, 1946.

CHAPITRE 20

Rapport du capitaine Boutonnet le 27 février 1944 (rumeur publique concernant un blessé enlevé) : Archives départementales de l'Ardèche, 72 W 342
Récit de Jean Beaussier, chef départemental de l'Armée secrète, sur l'entrevue le 26 février 1944 au mas de Serret : Archives départementales de l'Ardèche, 87 W 3

CHAPITRE 21

Rapport du sous-préfet de Largentière sur les représailles allemandes à Vallon-Pont-d'Arc : Archives départementales de l'Ardèche, 72 W 342
Rapports mensuels du préfet du Gard sur les attentats de janvier à mars 1944 : Archives départementales du Gard, 1 W 254

Au sujet de la répression allemande en 1943-1944 (notamment de l'ordonnance Sperrle) :
Pierre Laborie, *Le Chagrin et le Venin*, Bayard, 2010.
Peter Lieb, « Répression et massacres : l'occupant allemand face à la Résistance française, 1943-1944 », *in* Gaël Eismann et Stefan Martens (dir.), *Occupation et Répression militaire allemandes, 1939-1945. La politique de « maintien de l'ordre » en Europe occupée*, Autrement, 2007.
Jean-Pierre Besse et Thomas Pouty, *Les Fusillés. Répression et exécutions pendant l'Occupation (1940-1944)*, L'Atelier, 2006.

CHAPITRE 22

Répression à Saint-Hippolyte et ses environs les 28 et 29 février 1944 (synthèses et procès-verbaux) : Archives départementales

du Gard, 1 W 684 ; Dépôt central d'archives de la justice militaire, Le Blanc (Indre)
Rapport des renseignements généraux du Gard le 21 janvier 1944 sur la population cévenole et « les réfractaires pouvant se cacher dans la région de Lasalle » : Archives départementales du Gard, 1 W 254
Témoignage du gendarme de Lasalle : Archives départementales de l'Hérault, 173J5

CHAPITRE 23

Dossier d'instruction militaire de l'affaire des pendus de Nîmes : Dépôt central d'archives de la justice militaire, Le Blanc (Indre)

CHAPITRE 24

Courriers échangés par le général Bridoux et le général de division von Neubronn les 24 mars et 18 avril 1944 : Archives départementales du Gard, 1 W 684

CHAPITRE 26

Sur le massacre des Crottes (enquête, auditions, témoignages, courriers) :
Archives départementales de l'Ardèche, 72 W 342, 72 W 346, 72 W 109
Fonds du service du Mémorial de l'oppression et de la délégation régionale du Service de recherche de crimes de guerre ennemis 1940-1944, 3008 W 170
Dossier d'instruction militaire : Dépôt central d'archives de la justice militaire, Le Blanc (Indre)

CHAPITRES 27 ET 28

Dossier d'instruction militaire et jugement rendu le 23 juin 1953 à Marseille: Dépôt central d'archives de la justice militaire, Le Blanc (Indre)

Peter Lieb et Robert O. Paxton, «Maintenir l'ordre en France occupée. Combien de divisions?», *Vingtième Siècle*, n° 112, 2011/4.

CHAPITRE 29

Témoignage de Jean Beaussier, chef départemental de l'Armée secrète, sur la dénonciation du maquis Bir-Hakeim: Archives départementales de l'Ardèche, 87 W 3
Liste des miliciens ardéchois: Archives départementales de l'Ardèche, 70J8-31
Demandes de pension (victimes civiles de la Résistance) : Archives départementales de l'Ardèche, 72 W 626, 85 W 1

CHAPITRE 30

Arrestation de Marc Loubet à Saint-Ambroix: Archives départementales de l'Hérault, 796 W 39
Fiche concernant Pierre Lacomme (cour de justice de la Haute-Garonne) : Archives départementales de la Haute-Garonne, 5846 W 441
Dossier Pierre Lacomme à Tunis: Archives départementales de la Haute-Garonne, 3667 W 223
Arrestation de l'équipe de Jean Mallet à Bagnères-de-Bigorre: Archives départementales des Hautes-Pyrénées, 20 W 31
Enlèvement de Jean Mallet à l'hôpital: Archives départementales de l'Hérault, 796 W 38
Kidnapping de Marc Loubet: Archives départementales des Hautes-Pyrénées, 20 W 9

Note du chef de la section de police de sûreté de Toulouse le 11 avril 1944 : Archives départementales de la Haute-Garonne, 5795 W 842
Armes rendues à la gendarmerie de Bagnères-de-Bigorre : Archives départementales de la Haute-Garonne, 5795 W 758

CHAPITRE 31

Bons de réquisitions Bir-Hakeim en Ardèche : Archives départementales de l'Ardèche, 175 W 20
L'affaire de Saint-Étienne-Vallée-Française (récits et rapports) : Archives départementales de la Lozère, 7 W 80, 1426 W 28 ; Archives départementales du Gard, 1 W 246
Réquisitions du maquis Bir-Hakeim en Lozère : Archives départementales de la Lozère, 1426 W 28
Attaque de la gendarmerie de Paulhan (rapports et synthèse) : Archives départementales de l'Hérault, 796 W 22
Arrestation de Christian de Roquemaurel : Archives départementales de l'Hérault, 996 W 39
Projet de mutualisation de l'approvisionnement des maquis : Archives nationales, 72 AJ / NC_NOGUÈRES / 44
Chronologie du passage de Bir-Hakeim en Lozère (témoignages, notes des gendarmes au préfet) : Archives départementales de la Lozère, 7 W 81
Combat de La Parade (récits, rapports, auditions) : Archives départementales de la Lozère, 100 J 17, 100 J 49, 1426 W 28, 1700 W 101 ; Archives départementales de la Haute-Garonne, 8089 W 31
Rapports allemands sur le combat de La Parade : Archives départementales de la Lozère, 100 J 49
Gestapo de Mende : Archives départementales de la Lozère, 1426 W 38
Fusillés de Badaroux : Archives départementales de la Lozère, 100 J 6

Instruction du procès du préfet Dutruch : Archives départementales de la Lozère, 100 J 17, 100 J 49

Témoignage de Max Dankner : *Résistance, Erinnerungen deutscher antifaschisten*, Berlin, RDA, Institut für Marxismus-Leninismus beim ZK der SED, 1973.
Henri Cordesse, dit « Robert », *Histoire de la Résistance en Lozère, 1940-1944*, Les Presses du Languedoc, 1989.
Association départementale des anciens de la Résistance, *La Résistance en Lozère*, Association pour des études sur la Résistance intérieure, 2006.
Bir-Hakeim. Le maquis des patriotes, court-métrage de Baptiste Ménage, Arcole Production, 2012.

CHAPITRE 32

Muse et Raymond Tristan-Sévère, *Des camisards aux maquisards*, Ateliers Henri Peladan, Uzès, 1945.
Les Résistants du train fantôme, film de Jorge Amat et Guy Scarpetta, France Télévisions, Alkimia Productions, 2016.

CHAPITRE 33

L'enterrement des pendus de Nîmes : Archives départementales du Gard, 1 W 684
Correspondance d'Anna Rousseau : Archives départementales de la Lozère, 100 J 5
Courrier de Suzy Capel : Archives départementales de la Lozère, 7 W 453

J. Bonijol, R. Bourrier, H. Humel et J. Vacquier, *Pour le centenaire de la naissance de Jean Capel, Commandant Barot (1910-1944), chef du maquis Bir-Hakeim, Études héraultaises*, n° 40, 2010.

CHAPITRE 34

Certificat d'appartenance de Jean Capel aux Forces françaises de l'intérieur : Service historique de la Défense, GR 16 105009
Dossier d'homologation René Désandré : Service historique de la Défense, GR 16 P177865
Dossier René Désandré mort pour la France : SHD Caen, base des militaires décédés pendant la Seconde Guerre mondiale, AC 21 P 117888

Chronologie

1940

17 juin	Pétain demande aux Allemands les conditions d'un armistice qui est signé le 22 juin
18 juin	Premier appel à la résistance du général de Gaulle depuis Londres
25 juin	La ligne de séparation entre la zone Nord occupée militairement par les Allemands et la zone Sud est effective
juillet	Formation du groupe de résistants du musée de l'Homme

1941

Novembre	Naissance du mouvement gaulliste Combat, par la fusion des groupes Liberté et Libération nationale.

1942

Printemps	Structuration de l'organisation gaulliste Armée secrète (qui réunit les formations paramilitaires de Combat, Franc-Tireur et Libération-Sud)
Avril	Jean Capel intègre le groupe Combat à Toulouse

Octobre	Création à Toulouse du groupe Campagne, dirigé par Jean Capel
11 novembre	Les troupes allemandes envahissent la zone Sud

1943

30 janvier	Création de la Milice française
Janvier à mars	Recrutement des premiers élèves du maquis-école du groupe Campagne
16 février	Loi créant le Service obligatoire du travail, rebaptisé ensuite Service du travail obligatoire (STO)
28 avril	Première rencontre entre Jean Capel et Christian de Roquemaurel
30 mai	L'ensemble de la classe 42 est appelée à partir en Allemagne. Hausse du nombre des réfractaires
2 juin	Reconnaissance officielle du maquis-école du groupe Campagne par le Service national maquis
Août	Le premier maquis du groupe Campagne prend le nom de maquis Bir-Hakeim
25 août	Le maquis Bir-Hakeim déménage de Lestibie, dans l'Aveyron, à Douch, dans l'Hérault
10 septembre	Premier combat du maquis Bir-Hakeim à Douch
Octobre	Installation du maquis Bir-Hakeim sur le plateau du Bénou dans les Basses-Pyrénées
9 novembre	Quatre résistants de Bir-Hakeim sont fusillés
Fin novembre	Les organisations dirigées par Jean Capel, dont le maquis Bir-Hakeim, passent de la région R4 (Toulouse) à la région R3 (Montpellier)

5 décembre	Arrivée des premiers maquisards de Bir-Hakeim dans le Gard

1944

25 janvier	À la suite d'une dénonciation, Bir-Hakeim quitte le Gard pour l'Ardèche
Février	Création des FFI
3 février	Publication de l'ordonnance Sperrle (dite Sperrle-Herlass) qui renforce la répression contre les populations civiles aidant la Résistance
26 février	Combat du Mas de Serret, installation de Bir-Hakeim aux Crottes
27 février au 2 mars	Représailles SS contre les populations civiles autour de Saint-Hippolyte-du-Fort (Gard)
3 mars	Massacre des Crottes
7 avril	Embuscade de Bir-Hakeim à Saint-Étienne-Vallée-Française (Lozère) et représailles contre les populations locales
28 mai	Combat de La Parade durant lequel meurent 33 résistants dont Jean Capel et Marcel de Roquemaurel
29 mai	27 résistants de Bir-Hakeim fusillés après une nuit de tortures à Mende
8 juin	Débarquement en Normandie
26 août	Libération de Montpellier avec la participation des survivants de Bir-Hakeim
Fin août	Dissolution de Bir-Hakeim

Remerciements

René Tourre, Aimé Thibon, Guy Scarpetta, Patricia Sanzogni, Olivier Roullet, Marie-Dominique Roullet, Chantal de Roquemaurel, Julienne Robert, André Riffard, Jean-Claude Richard, Denis Pralong, Paulette et Dominique Pianetti, Claude Pennetier, Mireille Paolini, Claude Noguès, François Meurisse, Jean-Dominique Merchet, Baptiste Ménage, Marie de Geneanet, Delphine Leneveu, Ginette et Michel Lascombe, Yohanne Lamoulère, Alice Jouve, Jean Imbert, Denise Guilhem, Alice Géraud, Maurice Gély, Huguette Fustinoni, Nathy Friederich, Antoine-Laurent Figuières, Pascal Farjon, Josette Eymond, Henri Dufour, Hélène Demarne, Brigitte Demaria, Philippe Colangelo, Édouard Chaulet, Simone Charmasson, Monique et Philippe Chambon, Adrien Cazaux, Jean Brusson, Christine Bouty, Christophe Boudot, Lina, Héloïse et Éliane Bourelly, Claude et Michel Bertrand, Stéphanie Aubert, Fabrice Arfi.

Patricia Gillet et Cécile Simon (Archives nationales), Carine Cianea et Bruno Érault (dépôt central d'archives de la justice militaire), Thomas Vaisset (service historique de la Défense), Héloïse Rouge (archives départementales de l'Ardèche), Chantal Pagès (archives départementales de la Haute-Garonne), Julien Duvaux (archives départementales de

l'Hérault), (archives départementales de la Lozère),
Xavier Théret (archives municipales de Levallois-Perret),
Morwena Ruiz (mairie du VIe arrondissement de Paris),
Laurent Delauzun (archives municipales de Barjac).

Illustrations in texte

Table

RÉALISATION : IGS-CP À L'ISLE-D'ESPAGNAC
IMPRESSION : NOUVELLE IMPRIMERIE LABALLERY À CLAMECY (NIÈVRE)
DÉPÔT LÉGAL : MARS 2019. N °141310-5 (908287)
IMPRIMÉ EN FRANCE